dirigée par
André Vanasse

La Maison Trestler

Les situations et les personnages de ce roman sont fictifs. Toute ressemblance avec des personnes vivantes ou décédées ne serait que pure coïncidence.

TOUS DROITS DE TRADUCTION, DE REPRODUCTION
ET D'ADAPTATION RÉSERVÉS
© 1984 ÉDITIONS QUÉBEC/AMÉRIQUE
DÉPÔT LÉGAL :
1er TRIMESTRE 1984
BIBLIOTHÈQUE NATIONALE DU QUÉBEC
ISBN 2-89037-195-6

La Maison Trestler

ou le 8e jour d'Amérique

MADELEINE OUELLETTE-MICHALSKA

roman

ÉDITIONS QUÉBEC/AMÉRIQUE

425, rue Saint-Jean-Baptiste, Montréal, Québec H2Y 2Z7 (514) 393-1450

À Judith et Louis Dubuc

Le futur est en avant et en arrière
et vers les côtés.

Clarice LISPECTOR

I

Je ne sais plus comment cette histoire a commencé.

Peut-être dans la vieille maison accrochée au rocher nu bordant la route de Gaspé. Peut-être dans l'impatience de père lorsqu'on l'arrachait à son journal, à ses conversations avec les touristes américains qu'il hébergeait en été. Il était né à Lowell, Massachusetts. Dans ma tête, *Son of a gun, son of a bitch* a d'abord été une comptine. Et l'Amérique, une caravane blanche tirée par une Cadillac décapotable qui pétaradait sous le soleil.

L'Amérique, c'était aussi les caméras de luxe, les boîtes de chocolats, les usines de textile, les souliers blancs. Tout ce qui reluisait. Tout ce qui faisait riche. Tout ce qui ressemblait, de près ou de loin, à la parenté des États. La France était discrète. Elle ne débarquait jamais chez nous. Elle me parlait par les livres d'histoire. Elle se racontait par la bouche de ma mère les jours de pluie : la bataille de Saint-Cloud, Charlemagne, saint Louis, François 1er, Marie-Antoinette, Versailles, le château de Chambord.

Je retenais des dates, des lieux, une absence frappée de nostalgie. Tante Antoinette, la sœur cadette de père, avait fait ses humanités avant d'entrer au Carmel. Ses livres traînaient dans les vieilles malles du grenier. Je les ouvrais et palpais les mots contenus entre les pages gaufrées par l'humidité. Je déchiffrais les phrases éclairées par la lucarne surplombant la cour, devant laquelle je m'asseyais, souveraine, émerveillée.

Des découvertes me stupéfiaient. N'importe quel point du globe et n'importe quel lieu du désir tenaient en quelques lignes. À l'écart du monde, j'en éprouvais les passions, j'en captais la clameur grandiose et sauvage. Ma tête bourdonnait. La lecture rendait tolérable la monotonie du jour. Elle me renvoyait l'écho d'un assouvissement possible par l'imaginaire. La vie était une succession d'aventures épuisées dans l'économie de l'heure et du mouvement. Le rêve, un récit qui collait aux doigts. L'intrigue, un art de vivre et de mentir, l'art du temps divisé en paragraphes et en chapitres. Mais cette fascination, tôt devenue nécessité, recélait un piège. Sitôt que je me levais et suspendais ma lecture, la magie cessait. Le monde retournait à lui-même, aminci, lié au vouloir des gens qui le réduisaient à leur usage.

En bas, la famille s'affairait. J'étais une enfant douce. Personne ne savait que je jouais avec le feu. Personne ne me soupçonnait de perpétrer des meurtres, de recomposer des paysages, de préparer des fuites. Je l'ignorais aussi, mais l'habitude était prise. Je continuerais de lire comme une forcenée, et l'envie d'écrire suivrait, magique transformation du silence et de la sensation en paroles. J'entretiendrais le vertige. Les mots resteraient illusoires et généreux.

Un jour, trente ans plus tard, cet incident. Ce reportage.

Dans un magazine, la photographie d'une maison de pierre, de style dix-huitième siècle, étalée sur quatre colonnes, m'interpelle comme une énigme. Le titre évoque des événements dont l'étrangeté me frappe. Je dévore l'article et souligne en rouge certains passages. L'implantation à proximité de la métropole d'un mercenaire allemand débarqué ici à la faveur de la guerre d'Indépendance américaine, son élection à la Chambre des députés, ses deux mariages, ses huit enfants, quatre filles d'un premier lit, quatre garçons d'un second, et seulement deux survivants de chaque sexe.

Cette symétrie me paraît suspecte. Je scrute la façade du bâtiment derrière laquelle j'imagine des drames, des couloirs gorgés d'ombre, des chambres aux rideaux fanés. J'imagine l'impudeur de ma propre imagination. Car je sais les bruits que je veux entendre, le noir des nuits que je veux distiller. Je sais. Et pourtant cette habitation colossale et sombre alerte le corps sans délier les mots.

Aucun indice apparent ne justifie un intérêt aussi subit. Inutile de chercher à quelles hantises renvoie cette maison que l'on dit hantée. J'ignore à quel passé tenu secret, à quels événements invraisemblables conduit cette lenteur du temps déployé sur la photographie que je fixe, m'appliquant à déchiffrer des signes, cherchant à saisir des sens imperceptibles au regard. Comme si quelque sens primordial, jusque-là demeuré obscur, pouvait brusquement surgir de faits et de mots oubliés qui eussent attendu de traverser la rétine et d'investir la mémoire pour livrer à la conscience leur poids d'effroi et de fascination.

Il est trois heures du matin. Je quitte mon fauteuil et marche vers ma table de travail où j'écarte les papiers accumulés durant ces derniers jours. Je glisse la découpure de presse dans une chemise vierge, au centre de laquelle j'inscris en lettres gothiques, sur un rectangle blanc liséré de rouge, *La maison Trestler*. Puis je place ce dossier sur celui, plus volumineux, étiqueté *Visite de Monsieur B.*

Stefan a vu le rai de lumière sous la porte du bureau. Il s'amène, l'œil inquiet, faussement interrogateur. Poussée par l'instinct de culpabilité qui monte du fond des entrailles de ma mère, je retourne au lit sagement, remettant à plus tard l'approfondissement des voix, des formes, des énigmes qui sollicitent l'imaginaire dont elles attendent leur résolution. Je ne sais pas qu'à l'aube un rêve me tiendra lieu de signal.

Appuyée à la rampe d'un escalier, je descends dans un sous-sol humide en tenant une chandelle de la main droite. Tandis que mes pieds effleurent les marches vermoulues, subitement un point lumineux s'allume devant moi et une goutte de sang suinte du mur poreux vers lequel je me dirige. Je la racle du bout de l'ongle et la lèche goulûment. À peine me suis-je séché les lèvres qu'une femme approche, vêtue d'une bure grossière. Elle me fixe longuement, puis me remet un livre contenant le mode d'emploi d'une chose ancienne dont le nom ne m'est pas livré. J'hésite à soulever la page couverture, cherchant du regard une fenêtre qui éclairerait le visage sombre dont je discerne mal les traits, mais il ne s'en trouve aucune dans ce réduit que je souhaite quitter.

Au réveil, mon corps tranquille ne laisse transparaître ni étonnement ni stupeur. Je me tourne vers Stefan. Il dort, allongé sur le dos, le visage découvert. Lorsqu'il ouvre les yeux, je lui raconte ce rêve qu'il trouve inquétant. Sa réaction me paraît justifiée. Le rêve est, avec l'écriture, le plus haut des cris. Le plus puissant obstacle à l'aveuglement.

— Tu m'accompagneras à Dorion demain ?

— Pour quoi faire ?

— Pour visiter la maison Trestler.

— On verra.

Lorsque enfin nous roulons sur la route déserte, radio fermée, je lui avoue avoir déjà rédigé vingt pages sur la fille aînée Trestler, Madeleine, enfant calme à qui j'ai d'abord cru ressembler. J'ai déchiré ce texte avant de monter en voiture. Je construirai plutôt le roman autour de sa sœur Catherine, rebelle qui défia son père à cause d'un homme et lui intenta un procès afin de récupérer la part d'héritage maternel dont il voulait la spolier.

Nous traversons un village couvert d'une lumière crémeuse qui paraît venir du lac des Deux Montagnes. Sur le pare-brise, un battement d'air sec. Entre nous, de longs silences malgré l'effort de conciliation. Stefan déteste jouer les princes consorts. Il m'accompagne à contrecœur. Il dit ne pas comprendre mon engouement pour des villages ordinaires, des balcons branlants, des rues banales.

Rue Vaudreuil, rue Valois, rue Galt. J'ai déjà répété ces mots ailleurs, autrement, je ne sais trop où et quand. Les histoires coloniales sont si encombrées d'intendants, d'officiers, de gouverneurs, qu'elles déroutent la mémoire et confondent l'imagination. De ces récitatifs monotones échelonnés sur une enfance tenace et lointaine, j'ai retenu qu'il y avait là-bas des rois, des châteaux, des empereurs, de grands destins. Ici, des hommes de paille qui se battaient pour des moulins à vent.

— Tu exagères.

— C'est toujours comme ça quand on pense.

Et plus tard, à une intersection, ces mots inattendus tandis qu'ils hésitaient, ne sachant quelle direction prendre.

— L'Amérique a été découverte par hasard.

— Ça me paraît un geste manqué qui a réussi.

— Si l'on veut. Après tout, pourquoi pas.

Elle pensait : réussir comme on réussit en affaires, mais elle se tut. Cette phrase lui paraissait inappropriée. Elle seule savait à quel point l'écriture lui tenait lieu de conversation.

Nous longeons l'ancien Chemin du Roy. Stefan hésite avant de s'engager sur la rue de la Commune découpée à flanc de forêt. Une pente douce débouche sur un cul-de-sac. Fin de la civilisation. Ici commence la splendeur du monde. Ici s'entend un silence total, une mesure de temps parfaite.

Sous le froid de fin de saison, une douceur inattendue tempère l'air. Les derniers mois d'hiver m'ont toujours été un soulagement. Nous descendons de voiture en retenant la portière. Devant nous, le lac gelé, des arbres gris trouant un ciel rond. Ce paysage éveille en moi une émotion si vive que je ferme les yeux, m'efforçant de reconstituer une image, tentant d'aviver l'impression de familiarité liée à des détresses ou des jubilations dont j'aurais perdu le souvenir mais qui seraient restées présentes au corps, ancrées au lieu de plus grande vulnérabilité.

Je dois me souvenir. Où ai-je déjà soutenu l'éclat du soleil pesant sur mes paupières tandis que je m'affamais d'une terre opiniâtre qui prenait à la gorge ? Où ai-je cru pour la première fois qu'il suffisait de se réfugier dans un espace de paix pour jouir d'une certitude jusqu'à l'extase ? Était-ce le dimanche après la messe, après le déjeuner plus copieux que d'habitude, le thé servi aux grandes personnes, et les gâteaux blonds, découpés et consommés devant la fenêtre ouverte, lorsqu'une accalmie favorisait ma fuite ?

J'ai oublié le thé et les gâteaux d'hiver. Y en avait-il ? Je ne saurais l'affirmer. Mais le dimanche, pendant la saison chaude, je quittais la maison, vêtue d'une robe de coton clair, et je traversais la route conduisant au cap réservé à de rares excursions familiales. J'avais franchi les limites du quotidien. J'avais quitté le nécessaire. Je pouvais m'offrir l'indispensable. Je courais entre les pierres et les failles poreuses où je cueillais des fleurs minérales, dénichais des mousses crénelées, défouissais des lichens rares. J'apprivoisais les papillons, les mouches, les libellules. Je jouais avec la lumière.

Dans ces moments, la vie était une matière chaude qui collait aux doigts. Le bonheur, un paysage indéfiniment recommencé pour le plaisir du corps. Pendant des heures, je me soûlais d'odeurs, de mouvements, de vertiges. Puis finalement, ventre au sol, je fixais pendant des heures la tremblante moulure de la ligne d'horizon à laquelle je souhaitais me fondre. À demi assoupie, et cependant en état d'éveil, je prolongeais l'ébriété, retardant le moment de redescendre. Là-haut, je ressentais moins que parmi eux l'oppressante proximité des choses utiles qui tiraient vers l'avant, ou vers l'arrière, un appétit de bonheur déjà trop chargé de mémoire et d'obligations pour profiter pleinement de l'instant offert.

Lui ne dit rien, perdu dans ses propres souvenirs, égaré dans ses propres paysages. Une odeur tenace monte des champs déserts. La sève a déjà prise sur le gel. Encore deux mois, et l'hiver sera terminé.

— Regarde, dit Stefan, un ancien chenal.

Sur le côté sud du domaine, un sentier de neige battue descend vers le lac. En face, une entrée de cour percée de fondrières débouche à son extrémité, vers la gauche, sur une habitation massive. Je la reconnais. C'est elle, portes closes, volets fermés, et son haut toit à larmier. C'est la maison Trestler. Une image devenue réalité. Du courage, de l'obstination, du solide. Une élaboration patiente coulée dans la pierre au mortier retouché, de teinte plus pâle, qui trahit les rénovations récentes.

En Amérique, les maisons vieillissent mal. Et pourtant, j'ai toujours cherché des traces anciennes sur les poignées des portes, au fond des placards, dans les greniers des demeures traversées. J'ai toujours construit des romans sur les lambeaux de papier peint couvrant les vieilles armoires et les murs effrités. J'ai toujours convoqué les mots autour d'un portique éteint, d'une pièce condamnée, d'un couloir secret dont j'ignorais l'histoire et l'usage.

J'examine la masse architecturale fermant l'échancrure du lac. J'en détaille la façade, les lucarnes étroites, la porte Tudor, les fenêtres symétriques. Je compte les arbres centenaires qui l'entourent. Tant de profondeur et d'épaisseur de temps exerce sur moi une fascination dévoratrice. Le souvenir, peut-être, des longs hivers à grelotter dans un rez-de-chaussée ourlé de frimas où résonnaient les voix. « Des clous cassent », disait ma sœur, en tendant l'oreille, comme si cela pouvait résumer la totalité présente et future de notre situation. Refusant de me satisfaire à ce jeu, j'effaçais ses paroles d'un geste distrait, préférant le risque de l'indétermination.

Est-ce réminiscence ou prémonition ? J'ai l'impression de connaître cette maison. En approchant de ses murs, je me heurte à son austérité et je frémirai, j'en suis sûre, lorsque j'entendrai grincer ses portes et craquer ses parquets. Une touffe de branches mortes pend à l'une des fenêtres. Dans les ramifications du regard, sur le noir bistré des carreaux, je me surprends en train de filer la texture de rêveries anciennes. C'était déjà ainsi. Le sommeil, à l'égal de la solitude, apaisait les sens sans tuer l'imagination.

Je m'éveillais, cherchant le blanc rassurant des draps, m'affolant de ne plus trouver les contours du lit. Ils dormaient tous, têtus, paisibles. Je connaissais la mélodie. Je me la répétais avant que la peur ne commence à résonner trop fort à mes oreilles. Le vent du nord fouettait la corde à linge où des serviettes glacées se balançaient dans le vide. Il soufflait à l'étage des chambres, il gémissait aux portes, dans la bouche, entre les mains repliées sous la gorge. Il nourrissait la hantise des départs. Un jour, je m'évaderais. Un jour, j'irais m'installer dans une ville chaude et peuplée où des gens parlent et s'occupent à toute heure. Cette détermination raffermissait l'équilibre du désir. Inventer l'avenir par les mots gardait intact l'aigu de la perception.

Mais le lendemain, ce fossé qui me séparait d'eux. Le harcèlement de nécessités élémentaires, contraintes niant tout romanesque, m'incitait à contrecarrer les patiences apprises. Pour échapper à la banalité quotidienne, je ne m'épargnais aucun effort. Comprendre, c'était ruser. Survivre, c'était prévoir. Et même écrire. Dans un cahier à lignes bleues, j'avais noté d'une écriture maladroite, et pour mon seul plaisir, quelques anomalies de l'histoire, grande Histoire apprise sans but, sans maîtres, dont le premier chapitre était peut-être déjà contenu dans ce roman familial oublié dont la maison Trestler ressuscitait des bribes.

Christophe Colomb a découvert l'Amérique en 1492, qu'est-ce qu'on attend pour découvrir l'Amérique Centrale et l'Amérique du Sud ? — Mon premier aïeul repoussa Phipps à Rivière-Ouelle avec ses trois fils en 1691, mais je ne connais toujours rien de ses filles et j'ignore si la Fille du Roy devenue son épouse sut qu'une autre femme la remplaça dans le deuxième lit du maître. — Dieu créa le monde en sept jours et il se reposa ensuite. Il aurait mieux fait de continuer sa besogne.

Étourdie par la lumière, traversée par les lames d'eau qui forcent la surface du lac, j'ai brusquement envie de rebrousser chemin.

Je me suis trompée. Ce n'est pas la maison Trestler que je souhaite avant tout connaître. Ce n'est pas le passage de Monsieur B en ces murs qui m'intéresse. Stefan dit : « Il est trop tard. J'ai déjà frappé le gong. »

La porte s'ouvre. Eva et Benjamin C. sont dans le hall, une pièce haute dont le mur d'appui, en grès de Potsdam, constitue l'épine dorsale de la maison. Pour tout mobilier, une armoire à pointes de diamants, un fauteuil capucine, une table basse où j'aperçois un livre d'or que je commence à feuilleter. Une signature me brûle les doigts. Eva tourne la page à la bonne date. Monsieur B a du nerf. Son écriture est ferme. Le jambage sûr, sensuel. Les majuscules arrondies, soulignées d'un trait ascendant fortement appuyé, dénotent une ambition pouvant faire échec aux tendances épicuriennes.

— C'est une sorcière, dit Stefan. Elle lit dans les astres. Elle déchiffre les écritures. Méfiez-vous. Elle vous jettera un sort.

Eva rit, insensible aux rumeurs qui circulent sur sa maison. Elle sait que la visite de Monsieur B a nourri la légende en revêtant d'un caractère historique, quasi sacré, une simple formalité diplomatique. Chaque jour, les actualités ajoutaient une tranche au roman-feuilleton qui prenait, à la télévision ou dans la presse écrite, l'ampleur d'un roman balzacien.

Un soleil voilé d'une fine brume blanche, un ciel strié d'éclaircies bleu pâle, juste ce qu'il faut de froid et de neige pour signifier la rigueur de l'hiver canadien, tel était le décor qui s'offrit à Monsieur B, lorsque l'avion qui l'amenait de Paris avec sa suite se posa le jeudi 8 février, à 10 h 30 (16 h 40 heure de Paris), avec une ponctualité remarquable pour la saison, sur l'aérodrome d'Ottawa-Sud.

Monsieur B a aussi lu l'article.

Il ignore que le réel s'y montre conforme à l'imaginaire. Il ne se sait pas mêlé à l'un de ces récits à tiroirs où l'intrigue se fragmente en de multiples péripéties orientées vers un dénouement imposé par les contingences extérieures plutôt que par la volonté des personnages ou la logique des situations. En quittant la passerelle du quadrimoteur qui le relie encore pour quelques secondes au Quai d'Orsay, il éprouve une singulière appréhension. Où est-il? Qu'est-il venu chercher sur cette terre glacée où les gestes se rétrécissent? Qu'attend-il de ces inconnus de même souche qu'il connaît comme une légende nonchalamment apprise?

Tant de froid et de blancheur le désoriente. Pressé par ses hôtes, happé par le cérémonial, il n'a pas le loisir de s'interroger longtemps. Tout se déroule comme sur une pellicule cinématographique. Les poignées de main, les présentations officielles, le dîner à Rideau Hall, l'entrée au Parlement, la visite de la ville: un canal, des buildings modernes, des murs de brique rouge, des parcs à l'anglaise. Carte postale d'un jour d'hiver en Amérique: on lui parle, et les mots résonnent à ses oreilles, irréels, archaïques, fond sonore couvrant la foule massée derrière leur chef d'État fleuri d'un oeillet. À les observer, il croit contempler quelque tableau naïf tiré de ces musées ambulants qui suivaient autrefois les foires de province. Mais le scénario progresse. Il ouvre la bouche, et le décor s'anime. Il forme des phrases, et les corps se déplacent.

Il était une fois, aux confins de l'exil, un peuple élu qui se morfondait dans une solitude grandiose, voué corps et âme à sa vocation messianique. La rhétorique apprise au lycée dicte à Monsieur B les phrases ensorcelantes qui comblent l'attente. Pour eux, il trace des arabesques sonores avec ses lèvres. Pour eux, il traverse les circuits de la mémoire et célèbre des lendemains qui chantent. Il s'étonne de triompher sans effort. Il ignore l'essentiel des discours, traités, ententes qui ont soutenu le triangle France-Québec-USA, rendant ce peuple tendre d'oreille, capable de frémir à toute évocation de francitude, susceptible de vibrer à toute voix le situant dans l'espace infini des gloires posthumes.

Il s'autorise de leur ferveur pour aborder un sujet délicat, l'Arctique, ce grand Koweit blanc gorgé d'uranium et d'électricité qui attise la convoitise des siens. Il répète «la France», prenant garde d'abîmer l'image du père prodigue sous l'œil incestueux des journalistes qui cherchent les mamelles de la mère patrie sous son plastron de dignitaire.

Ses lèvres modulent les inflexions suscitées par le charisme de l'alliance. Mais voilà qu'un raté s'introduit dans la machine. Une hésitation lézarde son débit. Il dit «et de sa...», puis halète, laissant en suspens une phrase bancale où s'exhibe l'horreur de l'inachevé. À distance, on le regarde. On l'ausculte. Ses secondes sont comptées. Des commentaires infamants stigmatiseront cette défaillance de part et d'autre de l'Atlantique.

— Il est très important de trouver les mots précis, hasarde-t-il gauchement.

Énonçant la règle à laquelle il devrait satisfaire, il rage de n'avoir su articuler cette phrase que son homologue local, dont il envie la faconde et l'arrogance juvénile, vient d'avancer : «La tentation est grande, lorsqu'on vit un problème domestique aussi grave, de s'en ouvrir à ceux que l'on tient en amitié.»

S'en ouvrir ? Comment pourrait-il succomber à cette faiblesse sans encourir le ridicule. Sa maladresse fait tache d'huile. Il sent monter de l'assistance un grouillement ténu qui se déploie dans une sorte de reptation sournoise. Maudissant son inconfort, il raidit les mâchoires, espérant forcer les mots. L'obstruction persiste. Il est piégé. Dans ce pays à double langue et à double face, il le perçoit maintenant, il se sait observé par un monstre bicéphale dont la tête se dissocie au-delà de l'apparente unification du corps.

Tiraillé entre deux continents, partagé entre deux cultures, deux histoires, deux modes de pensée qu'il ne peut clairement identifier ou circonscrire, le voilà coincé entre deux factions étrangères, ou même rivales, qui attendent l'impair. Il se voit, invité somnambulique, pressé d'exécuter le numéro de l'ex-colonisateur en visite. À quel rameau rattacher son homélie ? You speak French, Sir ? ou je parle toujours comme nos ancêtres les Gaulois ?

Un rire généreux l'enrobe. Il se ravise, comprenant soudain que sa tirade interrompue vaut mille discours. Dès lors, il retrouve son souffle et rattrape les mots perdus. Que cette fin de phrase se soit fait attendre importe peu. Cette terre a six heures de retard sur Paris. La patience est sa plus longue habitude.

— Vous savez ce que Le Figaro a écrit ?

— Quoi ?

— *Il n'y aura pas de débarquement de la Légion étrangère sur les rives du Saint-Laurent.*

— Que le diable les emporte.

Québec, la Belle Province.

L'aérodrome de Mirabel perce l'étendue sauvage étalée à la lisière d'une forêt du Nouveau Monde tirée de l'une des plus belles pages de Chateaubriand. Monsieur B aperçoit les Laurentides, chaîne de montagnes râpées, la plus vieille du continent lui a-t-on dit. Une éruption minérale insignifiante qui semble non seulement souligner l'immensité du vide offert à son regard, mais réduire à zéro la moindre de ses initiatives.

De monter ainsi vers le Nord lui fait éprouver la vanité des entreprises humaines. Comme si cette partie du globe indiquait plus nettement qu'ailleurs la précarité de la culture et de ses patientes édifications. En ce lieu, la planète Terre éclairée d'une étoile de grandeur moyenne, le Soleil froid et lointain, renvoie à d'autres systèmes planétaires, à d'autres galaxies comptant des milliards d'étoiles dont chacune veut être le soleil de quelqu'un. Ému par l'ampleur de sa réflexion, le dignitaire croit toucher les franges d'une dangereuse utopie. Ce rêve de conquête qui poussa l'Europe de la Renaissance à chercher vers l'Ouest le plus court chemin pour atteindre l'Est, la route des Indes.

Il ne peut s'empêcher de sourire en pensant aux anathèmes proférés par les puristes qui refusent toujours d'admettre que ces gens puissent continuer, dans leurs lexiques, à préférer le blé d'Inde au maïs. *Blé : Par extension se dit de graminées distinctes du froment. Blé noir. Blé maudit. Voir sarrazin. Blé cornu. Voir seigle, (ergoté).* C'était bien eux. Racistes jusque dans un champ de céréales ! Jusque dans un dictionnaire ! Ils ne changeraient jamais malgré leurs pompeuses déclarations. En vocabulaire, tout était litote. En histoire, tout était lapsus.

S'arrachant à son indignation, Monsieur B se dirige vers la foule dont il entend les cris d'acclamation. Il suit la levée des bras dans l'air glacial, et cette chaleur humaine le ramène à l'aveuglement de la gloire. C'est bien lui que l'on aime. Lui que l'on accueille par cette ovation nourrie du lien de consanguinité qui le précipite dans les foulées du défunt général. Dieu ait son âme, ils l'idolâtrent encore. Régner, c'est évincer le patriarche. Tuer le père, c'est en consommer le corps dans un rituel cannibalique. Imitant l'homme de Colombey-les-Deux-Églises, il dit : « Ceci est la preuve que nous constituons une grande famille. »

— Mais qu'est-ce qu'il vous avait donc fait, le général, pour vous tourner la tête à ce point ?

— Le général ? Oh, rien.

J'étais en voyage dans la mère patrie. Ce Parisien qui m'apostrophait dédaignait l'amour filial.

Pour le ramener à de meilleurs sentiments, j'entrepris de lui raconter l'Ancien Testament, l'ivresse de Noé, l'irrespect des fils, le plat de lentilles d'Esaü et Jacob. Le recours à l'Histoire Sainte l'indifférait. J'invoquai alors des motifs plus raisonnables. L'œuf de Colomb à l'horizontale, parlez et multipliez-vous, eau qui roule n'amasse pas mousse, seules les pierres ont des oreilles.

Il me coupa la parole, ne pouvant rater l'occasion de m'exposer la quadrature du cercle, les grandes orgues raciniennes, le cogito cartésien, la Petite Madeleine proustienne, tout ce qui vous fait une belle gueule. Au bout du compte, personne ne sut qui de nous deux l'emporta.

L'ovation est à son paroxysme. Elle jaillit des mains, des bouches, des replis de l'air, des fractures du sol. Elle éclate dans la buée givrée qui tapisse le front et les lèvres de Monsieur B dont elle presse les tissus capillaires, creuse les chairs intimes, élargit les ramifications du sang. Il se sent fléchir. À 6000 kilomètres de Paris, il se sent plus Français qu'à Montmartre ou à Saint-Cloud.

Bouleversé, il tend les mains en direction des corps afin de s'enivrer de leur moutonnement charnel. Il veut capter l'ampleur de l'enflure admirative liée à l'instinct de survie qui les fit triompher des vicissitudes du destin. Où a-t-il lu déjà que ce pays avait « trop de géographie et pas assez d'histoire ? »

D'avoir dévoré des livres ne l'aide en rien. Les mots encombrent inutilement. Ils parlent toujours trop tôt ou trop tard.

Dans *Le Monde*, ce matin-là : *Vous tournez le bouton de la télévision pour voir le gouverneur général «français» prononcer son discours du Trône en français devant un premier ministre «français» et une équipe ministérielle composée par une bonne moitié de «Français».* Monsieur B savait-il que des correspondants métropolitains bâclaient des articles à l'hôtel Méridien, propriété d'Air France, sans descendre dans la rue ? «Son of a bitch !» aurait dit mon père.

Sur la route de Gaspé, une maison juchée sur un précipice résiste aux tornades, aux intempéries, aux brûlures solaires. Le chef de famille a vécu dix-sept ans à Lowell. Il aime parler anglais avec les touristes américains.

En été, ils ralentissent, puis s'incrustent. Après avoir parqué leur caravane derrière la maison, ils font des photos. Les petites filles blondes accroupies dans les champs de fraises et les garçons maigres juchés sur des charrettes de foin les fascinent. «What's your name darling ?» Je m'appelle Rachel, Madeleine, Solange ou Anne-Marie, peu importe, tous ces prénoms résonnent de la même manière à vos oreilles. Paul, Réal et Jean s'approchent. Ils reniflent le convoi. Quand ils seront grands, ils iront aux États et se pavaneront dans des Cadillac et des Oldsmobile aussi pétaradantes.

Moi, je me fiche des caravanes des États. Je voudrais seulement voir les photos promises, mais elles n'arrivent jamais. En Afrique du Nord, trente ans plus tard, je braquerai mon appareil photo sur des caravanes de dromadaires, des attroupements d'ânes, de femmes, d'enfants. Roumia, Roumia ! Je retiendrai la véhémence des cris, mais j'oublierai aussi mes promesses. Des pauvretés résistent. Un jour, ailleurs, c'était je crois aux Antilles, à Marie-Galante, je me suis approchée d'un quai d'où j'ai dû déguerpir en vitesse. Un pêcheur noir a montré le poing. Il refusait d'être le nègre qui logerait dans ma tête de riche.

L'homme né à Lowell est pauvre. Il lit trois quotidiens par jour. Le reste du temps, il parle de politique au village et reçoit des politiciens dans sa maison. Quand on me demande d'apporter une allumette pour la pipe du député, j'en offre trois. L'élégance est la première des générosités. En hiver, lorsque le givre couvre les fenêtres de la cuisine et que les champignons de gel envahissent les chambres, je trace des *a* et des *i* sur les carnets d'allumettes épargnés. On ne m'oblige pas à écrire. Je crois que mon salut viendra par l'alphabet.

— C'était l'année de la typhoïde ou de la grippe espagnole ?

— L'année de la grippe espagnole.

Des filles vêtues de noir descendent un long escalier en retenant leurs pas. Après l'ensevelissement besogneux d'une enfant, elles s'affaissent dans un lourd sommeil. L'une d'elles, ma mère, restera une jeune fille triste. Mais au dehors, quand même, la chaude moiteur du jardin et le piaillement des oiseaux. La remontée du temps conduit toujours au piège de la réminiscence. Il faudrait pourtant savoir oublier. Il faudrait savoir s'épargner les blessures de la mémoire, détourner ces flux et reflux d'images qui grouillent dans les replis d'une consciente distraite et en menacent la tranquillité.

Cette femme adorait l'histoire de France. Les jours de mauvais temps, elle profitait de l'allègement de sa besogne pour nous en raconter des passages. À huit ans, je connaissais des dates, des faits, des épisodes. Je pouvais réciter certaines tirades. Je pouvais reproduire la voix des grands hommes qui commandèrent le destin des peuples.

— C'est vrai que votre pays est beau sous la neige, mais ce qui est plus beau encore, c'est que le froid n'empêche pas la chaleur du cœur.

Monsieur B a pris les tics des habitants du pays. Il cite la température en guise de salutation. Le cœur de cette population bat dans sa main largement étalée au-dessus d'eux. Il se déplace, porté par la rumeur convulsive qui fouette son appétit d'amour. Du haut d'une mezzanine, il les voit maintenant en contre-plongée, les visages échappant aux lignes du corps, mais les mains et les bouches l'appelant toujours avec avidité.

Alors il succombe à la dévoration. Il réagit au magnétisme des radiations hypnotisantes qui l'incitent à se rapprocher des lieux du festin. Il avance. Il cède à l'élan qui le pousse vers les lèvres et les bras nourrissant son propre désir de fusion. Leurs frustrations mutuelles s'apaisent. Ils oublient le long sevrage. Il se repose de la froideur désabusée des siens, râleurs pédants et vindicatifs qui l'accablent de leurs griefs et revendications.

Monsieur B a bougé. Il fronce les sourcils. Son hôte vient de lui faire une suggestion outrageante qui ne passera pas la rampe. Cherchant la formule qui porterait jusqu'à Paris, il lance d'une voix de gorge : « Vivent les Français du Québec ! »

Les bras retombent. Les visages se défont. La stupeur le gagne. Il a provoqué la fin de l'extase. Dans la foule, quelqu'un maugrée : « Maudit Français ! »

— Et ça, dans *L'Express*, vous avez lu ?

— Montrez.

— *Le Canada se disloquera-t-il ? L'Europe n'aurait rien à y gagner. Historiquement, les États-Unis se sont constitués contre l'Europe, alors que le Canada s'est créé avec elle. Sur les billets de banque, le portrait d'Élisabeth II, l'une des dernières reines européennes, en est un rappel.*

— La monarchie leur manque.

Aucune de ces affirmations n'éveillait ma fureur iconoclaste. Je m'étonnais de ne ressentir ni chagrin ni colère. À l'écart de la foule, loin de la cohue, des cris, de la bousculade, je touchais les sources du malentendu. Dans l'infini besoin de ressaisir l'origine et de combler la perte, ils rabattaient de ce côté-ci de l'Atlantique les détournements de l'histoire. Nous étions condamnés au dépit amoureux. Nous devenions le parfait reflet de leur grandeur déchue. Nous aimions tant que nous existions à peine. Ils triomphaient.

— Moins 37° depuis un mois, lance l'agent de bord en relevant son col.

Nouvelle piste d'atterrissage. Ancienne-Lorette.

Monsieur B déroule son foulard de cachemire sur son nez et quitte avec inquiétude le DC 8 de la République française. La concentration d'Indiens refoulés dans cette municipalité agglutinée à l'ancienne capitale pourrait lui attirer une manifestation d'autochtones. Devant lui, ni plumes ni tomahawks, mais une brochette de partisans fédéralistes qui agitent mollement des drapeaux unifoliés. À peine a-t-il soupiré d'aise qu'un vent glacial venu du nord lui rabat le souffle dans les poumons. Ici, le froid lacère. Ici, le froid décape. Qui vit et meurt dans ce pays devrait mériter la Légion d'honneur, pense-t-il en s'engouffrant dans la limousine qui le conduira en ville.

Ils roulent dans l'encaissement creusé dans un amoncellement de dunes, d'arêtes et de replats qui encombrent la voie de ceinture. Au fur et à mesure qu'ils contournent la baie, il suit, dans ce paysage lunaire marqué de l'empreinte glaciale, la poussée des stalactites qui pendent aux pylônes de haute tension, aux tabliers des ponts, aux piliers des viaducs, aux portiques des hauts buildings. Il tourne la tête, cerné de tous côtés par de gigantesques bancs de neige sculptés, lovés, encastrés, que l'Académie française s'entête à appeler congères. Un latinisme périmé. Les demi-teintes et les demi-mesures propices aux climats tempérés. À son retour, il suggérera de rafraîchir l'expression. Car il est clair que toute cette terre, et la langue qui en découle, est figée dans l'étau de la congélation.

Il claque des dents. Les climatologues ont sans doute eu tort de fixer aux 14ᵉ et 18ᵉ siècles les points culminants des glaciations terrestres. Monsieur B est sûr que les glaciers envahissent de nouveau l'hémisphère nord. Sûr de frôler les bords du monde habitable. S'il restait, cet hiver le tuerait.

À l'extrémité d'un promontoire, la capitale surgit, couverte d'une lumière blanche filtrée par des milliards d'années-lumière. Cette ville dégage une éternité de bas-relief, immobilité stupéfiante pour qui a vécu en pays tropical. Le dénuement du paysage tranche avec l'agitation baroque du carnaval d'hiver. À proximité du parlement, des bonhommes de neige coiffés de tuques rouges montent la garde devant le Palais des glaces où de graciles duchesses, vêtues de longs manteaux d'hermine, exécutent la danse d'une saison en enfer pour un groupe de touristes américains. À peine distrait par ce ballet de sylphides qui, sous des cieux plus cléments, éveilleraient son désir, le dignitaire vomit les scribes qui se gargarisent d'icebergs et de banquises sans avoir jamais éprouvé la moindre engelure, la moindre morsure du froid.

Autrefois, lorsqu'il trouvait entre les pages de ses livres d'aventure des Vikings congelés portant l'habit de cour, les bras croisés sur la poitrine, le visage tourné vers le ciel, il ambitionnait la relève. Plus tard, il irait explorer les régions boréales sur un traîneau tiré par des chiens sauvages. Plus tard, il chasserait le phoque, l'ours, la baleine, se nourrirait de viande crue et dormirait dans un igloo. Plus tard, il serait un héros.

Plus tard est le temps de l'enfance. Aujourd'hui, tout héroïsme l'a quitté. Il ne rêve plus que de l'indispensable. Une chambre chauffée, un double scotch et des pantoufles. De retour au Quai d'Orsay, lorsqu'il se sera détaché de l'événement et se remémorera ce voyage, la rigueur du climat, leur familiarité dans la fête, il comprendra pourquoi ce pays regorgeait d'horloges et de calendriers. Pourquoi la parole y était rare avant dix-huit heures. Pourquoi l'on y pratiquait l'hospitalité plutôt que la sociabilité.

Bien calée dans mon fauteuil, je regardais sur mon écran de télévision le convoi ministériel remonter la Grande-Allée, et, dans ma mémoire, une enfant se souvenait. Elle avait à peu près le même âge que le jeune Monsieur B. Elle courait au bord de la route sur les champs durcis, redoutant la bassine d'eau glacée dans laquelle on plongerait ses pieds nus dès qu'elle franchirait la porte.

On la ferait asseoir et on baignerait les extrémités blanchies. Elle sentirait des aiguilles traverser les chairs et, avant qu'elle ait enfilé les longs bas de laine, on la persuaderait d'aller courir sur la neige pour apaiser la douleur. Obstinée, elle refuserait. Elle se cramponnerait à sa chaise, repoussant l'horreur du mal, de tout mal, ces malheurs et calamités de la mauvaise saison : la mort des rêves, la mort des fleurs, des gens, des bêtes.

Plus tard, un jeune Français sur le point d'épouser sa sœur serait trouvé gelé sur la route de Gaspé, au lendemain d'une effroyable tempête de neige. Elle y penserait longtemps, oublierait le drame classé parmi les faits divers du journal local, puis elle en tirerait finalement un roman qui ne ressusciterait personne.

Monsieur B entre au Colisée où l'attend une foule agitée.

Il pense je suis ici pour régler une affaire de famille, une histoire ennuyeuse et compliquée comme le sont toutes les histoires de famille. De nouveau il devra émouvoir, promettre, rassurer. De nouveau il devra ruser avec ses phrases, jongler avec des expressions intraduisibles. Sous les tropiques, les mots fondaient sur les lèvres avant d'être prononcés. Ici, ils se pétrifient sous la langue. Cherchant les liens qui puissent relier les carences politiques et linguistiques aux écarts de température, il s'entend répéter : « Nous constituons une grande famille. Je vous apporte le salut fraternel de la France. »

Au contact des foules, il s'abandonne à la jubilation parentale. Il exalte des sentiments dont il doit ensuite tempérer les excès. Sommé de s'expliquer, prié de ratifier l'impossible symbiose, il ne peut que blesser, se fourvoyer. On ne comble pas une absence de quatre siècles et demi par un morceau de bravoure. Comme ultime prouesse, il sauve sa peau. À la dernière conférence de presse, il déclare : «À chacun sa vérité.»

Puis au dîner d'adieu servi dans le Jardin d'hiver du Musée de Québec, il porte un toast à leur parenté spirituelle et charnelle. Il ne peut enfreindre ou nier la loi du sang. Mais il les quitte sans appuyer leurs prétentions autonomistes. Cette descendance bâtarde peut l'aimer. Elle ne peut le contraindre, ni surtout l'élire.

— Et qu'est-ce qu'en dit *Le Figaro* ?

— *Il n'y a jamais eu de Royaume du Québec. Les Québécois sont des personnages en quête d'auteur.*

— Son of a bitch !

Eva est calme. Benjamin n'ajoute rien. Stefan se demande où je veux en venir. Il a lu tous ces journaux sans s'étonner ou s'indigner. Dans la voiture, plus tard, il force l'attaque.

— Je n'ai jamais compris pourquoi vous les considérez comme vos pires ennemis.

— Comme des parents. C'est encore plus traître. Ils viennent jouer au monarque après nous avoir abandonnés.

— Abandonnés ? Le mot est un peu fort.

— Et la canne à sucre des Antilles préférée à nos peaux de castor ?

— La canne à sucre, c'était le pétrole de l'époque.

— Tu en parles aisément. C'est pas ton histoire.

De Trestler, il dit : «C'était un boche». Pour le reste, il invoque l'objectivité historique. Celle que j'endosse quand je ne suis pas concernée. Celle qui me fit défaut un jour, en Guadeloupe, lorsqu'un chauffeur de taxi proposa de me conduire au carrefour d'une route où se trouvait, m'assurait-on, une plaque commémorative du Québec. J'acceptai avec empressement. Nous existions puisque cette terre perdue, farouchement exotique, nous reconnaissait.

J'avalai de la poussière pendant vingt longues minutes. Finalement la voiture stoppa.

— Voilà ! dit-il en pointant du doigt.

Je descendis. Une plaque rongée de vert de gris, datée de 1763, énonçait la clause du traité de Paris stipulant la préférence de la France pour les Antilles et sa cession du Canada à l'Angleterre. Ma colère montait. C'était pousser un peu loin la désinvolture. M'avisant qu'il ne savait peut-être pas lire, je lui demandai de me déposer plus loin. Une cinquantaine de mètres au-delà, un écriteau affichait Kébec.

— Venez, dit-il en jubilant.

Nous longeâmes une bande de terre brûlée, et il m'indiqua, sur la gauche, une bicoque surmontée d'une crête de coq. «C'est là !» Un compatriote, installé là-bas depuis quatre ou cinq ans, organisait chaque dimanche des combats de coqs dont raffolaient les Guadeloupéens.

À propos de l'article du *Figaro*, il m'eût été facile de donner le change. Hors des livres, il m'était parfois apparu que les Français étaient des auteurs qui se prenaient pour des personnages. Cela m'eût été une piètre consolation. Derniers héritiers d'une langue morte, nous avions été floués par l'histoire. Ici, il n'y avait pas de généalogie, mais des générations. Pas de territoire, mais des terres. Pas de pays, mais des paysages, des saisons, quatre prétendaient les anciens manuels de géographie.

La visite de Monsieur B ne changerait rien. Nous resterions les missionnaires de la francophonie. Nous continuerions de rouler le rocher de Sisyphe, heureux de nous consacrer à un destin sublime, opiniâtres dans notre refus

des week-end, shopping et parking du pays mère qui ambitionnait de parler anglais, la langue de l'Amérique.

Le lendemain, j'étais à l'Élysée.

Le dos appuyé au siège anachronique qui, de l'absolutisme
royal au régime républicain, avait gardé la même cambrure, je
gardais les yeux braqués sur les tapisseries des Gobelins afin
de m'imprégner de l'atmosphère cérémonieuse des lieux.
Loin de notre Assemblée nationale où l'absence de protocole
et une certaine bonhomie autorisent le laisser-aller, je pensais
je fais tache dans le décor, la France c'est toujours Louis XIV
et son amour de la dorure, le Québec lui importe autant
qu'une puce sur le dos d'un éléphant. Cette ambiance
compassée sentait la rombière et l'archiduc. Tout cela me
rappelait les minauderies des précieuses, les roucoulades des
petits marquis entrevus dans les vieux livres du grenier.

Je devais vite être saisie d'une évidence. À Montréal, nous
mimions l'emphase métropolitaine et les bouches en cul-de-
poule, mais un jour dans la Ville lumière suffisait à
stigmatiser nos insuffisances. À Paris, je rougissais d'un
rien. J'avais honte de transporter ma petite république de
neige, mon slip en nylon rose et mon attaché-case en simili-
cuir dans un pays où les faux ont du style, et la petitesse de la
grandeur. Confondue par mon insignifiance, je m'abîmais
dans l'humilité.

Je pratiquais les vertus de la sobriété. Je cultivais le
suspense de l'inédit. Mais le parti pris du silence s'avéra
intenable. Ne pas avoir la langue bien pendue, c'était
s'interdire la gastronomie, renoncer à la fine champagne, au
foie gras truffé, aux parfums Dior, aux foulards Hermès,
aux guides de la tour Eiffel, aux gloires du Panthéon, à
l'échafaud où montèrent Louis XVI et Marie-Antoinette. La
civilisation française me paraissait aussi dangereusement
liée à la bouche que la fleur de lotus l'est aux yogis, je finis
par desserrer les lèvres.

— Monsieur le Premier ministre... pardon... Monsieur le président, ne pensez-vous pas que le Québec attendait autre chose qu'une diplomatie trop attentive... pardon... trop attentiste, qui semble jouer sur deux tableaux ?

— Vous venez d'avoir la visite du Premier ministre. Ça vous dispense d'avoir la réponse du président.

Le cœur me cogne aux poignets et dans les oreilles. Toc. Le président vient de désamorcer la bombe introduite dans la grande salle des Fêtes du palais de l'Élysée. Il a séparé en deux phrases distinctes deux fonctions qu'un lapsus avait, par maladresse et non sans une certaine impertinence, confondues. La représentante d'un obscur journal d'outre-mer ne l'accablera pas de ses doléances villageoises le jour où il convoque une conférence de presse sur les Affaires étrangères.

Quelques jours plus tôt, tandis que son Premier ministre faisait là-bas ses classes de neige, il se trouvait en Afrique où il lui était apparu que, de toutes les négritudes, la noire était la seule redoutable et la seule authentique. Il reconnaissait trop, dans la thèse des nègres blancs d'Amérique défendue par certains fanatiques montréalais, l'atavisme inclinant à la paranoïa et à la mégalomanie.

Aujourd'hui, il devait clore l'épopée burlesque reproduite à la télévision française, son Premier ministre arpentant le pays de Maria Chapdelaine, coiffé d'un chapeau à la Davy Crockett. La France avait besoin d'alliés puissants, non de cousins plaintifs et revanchards. Les sommets franco-québécois avaient tous abouti au bas de laine. Cette terre maudite n'avait jamais rapporté à l'État l'or sacré des Incas et des Mayas. Dès le premier jour, la France avait fait fausse route. Elle avait découvert une fausse Amérique, une toundra aride dont on ne cessait de lui infliger la désolation.

Le Québec n'était pas un problème universel. Il était le résidu d'une mémoire coloniale, le caillou trouant le bas blanc du président qui avait dû stopper ce reflux de con-sanguinité qui lui plaquait l'outre-Atlantique sur les bras quand tant de points chauds le sollicitaient. Le capitalisme agonisait devant trois milliards d'affamés, et la France comptait à elle seule deux millions de chômeurs qui réclamaient du pain, du pétrole et du vin. On ne pouvait s'embarrasser des six millions d'habitants qui peuplaient les rives du Saint-Laurent. Chibougamau, Natashquan, Arthabaska, la baie des Ha-Ha étaient des onomatopées, non des districts électoraux.

« Cessez de pleurer, m'a lancé un jour dans un séminaire un jeune philosophe suisse habillé d'un tee shirt balafré du mot *Esprit*, votre histoire, c'est une histoire de colons qui se battent contre d'autres colons. » Mourir en public est un art difficile. Je regarde mes collègues, visages aigus, la dialectique cartésienne en poche, je parle donc je suis.

Un malaise ancien me taraude l'échine. L'Amérique précolombienne me sort par tous les pores de la peau. Je ne serai jamais des leurs, quoi que je dise ou que je fasse. On me répétera toujours vous avez un accent ou bien vous n'avez pas d'accent, celui du Sud parfois à la finale, non je dirais plutôt le Nord, la Bretagne ou la Normandie. Le Berri peut-être, oui, absolument quand vous attaquez une phrase, c'est pareil. Le même son de cloche. Le même timbre fêlé de la scène primitive. Il était une fois un roi riche et puissant qui souhaitait copuler avec des sauvagesses.

« On vous prendrait pourtant pour une Suédoise, m'a lancé hier un pâtissier du boulevard Saint-Michel, une race pure, ça. Des sang-mêlé ça se voit à l'œil, noir comme du jais, vous avez déjà respiré un Arabe ? »

Au Belvédère d'Annaba, ils dansaient le charleston comme de grands oiseaux de mer. La peau mûrie d'odeurs d'eucalyptus, ils rêvaient à voix haute. Ils disaient : « T'es pas Française, c'est quoi alors ? » Ils s'interdisaient de répéter la leçon apprise à l'école, nos ancêtres les Gaulois, mais au-delà de la Méditerranée, le monde leur échappait. Ils s'approchaient, Lakdar, Samir ou Mohammed. Ils m'entraînaient dans un slow, et nous nous abandonnions à la musique.

Des éclairs frappaient la baie où les vagues ronflaient. L'air brûlait. Nous engloutissions de grands verres de Kebir rosé en bravant l'indicible. Nous refoulions la morgue des empires coloniaux dans la mémoire des livres. Cela ne pouvait durer. La nuit galopait. Bientôt la mer réapparaissait et claquait ses eaux sous un pan de ciel frangé de citronniers. L'aube nous trouvait écrasés autour de tables branlantes, humant l'air salin, reniflant l'odeur du café servi dans des tasses *made in France.*

Aujourd'hui, par contraste, ce blanc de l'hiver. Et ce soleil voilé.

Dans la salle à manger de la maison Trestler, une cheminée en pierre des champs, couverte d'une large corniche, occupe presque tout le mur du fond. L'âtre, creusé au centre, trahit un usage quotidien. Eva en déduit que nous sommes dans l'ancienne cuisine. Elle contourne la longue table de réfectoire entourée de chaises de pin, dépose des fruits dans un plateau, s'affaire comme si elle avait toujours occupé et administré cette pièce.

J'imagine les demoiselles Trestler assises à cette table, propres, un peu guindées. Une odeur rance monte de la laiterie où ils viennent d'écrémer le lait. Madeleine se pince les narines, attendant que le liquide mousseux ait refroidi dans la tasse. D'une voix ferme, le père interdit de poser les coudes sur la table et de laisser des restes sur l'assiette. Ils sont quatre à lui obéir. Deux filles aux mains blanches, le tablier étalé de chaque côté des cuisses. Deux garçons aux poignets rougis et aux cheveux aplatis sur les tempes.

Madame Trestler apporte le hachis de pommes de terre et distribue les tranches de porc fumé que le chef de famille découpe avec la précision d'un chirurgien. Sa fourchette se dirige vers les fils, servis par rang d'âge, avant de passer aux filles. La main du père s'allonge vers le moutardier de porcelaine. Catherine voudrait être le moutardier. Elle voudrait être désirée par cette main qui approche, touche, se retire. Elle feint, face à l'impossible amour, le jeu de la froide indifférence. Mais elle sait déjà que plus tard elle voudra tantôt prendre, tantôt être prise, afin que rien ne soit sacrifié en pure perte.

Cette stratégie lui coûte. Une boule dure se forme dans sa gorge. L'appétit la quitte. Elle se cramponne à sa chaise pour ne pas basculer. Hébétée, elle les regarde, épiant leurs gestes mesurés, suivant le va-et-vient des poignets au-dessus de la nappe, le heurt des gobelets, le bruit des couteaux sur l'assiette. Elle ne supporte plus cet espace d'ennui et de répétition dans l'absence. Les poursuivant de sa dévorante exigence, elle guette la venue du désir dans leur regard, la montée de salives chaudes sur leurs bouches. Elle soupire, fortifiée par l'intensité de l'attente. Mais le repas s'éternise, et rien n'arrive des passions rêvées.

J.J. Trestler parle. Personne ne l'interrompt. Personne ne s'introduit dans la conversation sans être interpellé. Il essuie ses lèvres sur sa serviette, englobe la table du regard et pose ses mains de chaque côté de son couvert. Des mains puissantes qui ne l'ont jamais touchée. Jamais aimée, jamais rejointe. Sur l'auriculaire gauche, une bague torsadée couvre le doigt le plus démuni. Parfois, elle fixe cette bague jusqu'à l'hypnose, souhaitant briser sa force arrogante, s'approprier son éclat. Ensuite elle porterait le bijou éclaté et bercerait à vie le cœur mis à nu à la pointe de son regard.

De tous les gestes qu'elle apprit à suspendre, celui-ci persiste. Chaque jour, elle ravale ses mots, langues de feu inventées pour percer la nuit de leurs yeux. Mais ils ne voient rien, ne saisissent rien. Ils disent «il faut». Ils disent «ensuite». Ils disent. Ils sont les parents, les gens d'en face, ceux dont elle doit se méfier.

Objet de sa rancœur et de ses convoitises, ils gouvernent cette maison. Constants, prudents, ils imposent leur rythme à la perfection des lieux. Le four à potasse, les écuries, la voûte remplie de fourrures, les lits garnis, les placards bien rangés sont leur œuvre. Marie-Anne Curtius, épouse de J.J. Trestler, s'y connaît dans l'ordonnance des gestes. Au petit matin, elle déplie les robes et les habits, rabat les draps, réveille les corps engourdis. Le soir, elle se vautre dans la satisfaction du devoir accompli. Une tâche sans bavures. Elle a régné sur la table, le potager, la cave, le grenier. Elle a étendu sa mainmise sur les enfants, le commerce, le bien-être de l'époux, le souci de sa fortune et de sa réputation.

Souvent Catherine déserte la table et se réfugie au-dedans d'elle-même. Provocante, fermée, elle leur soustrait sa raison de vivre. Dans la grand-salle, elle a découvert le globe terrestre sur une page du dictionnaire où elle se repaît de la sphère coupée en deux parties égales, peuplée de terres grasses, d'eaux poissonneuses, de corps ardents dont elle imagine la forme, l'odeur, les mouvements. Ici, elle sèche sur pied. Ici, elle ne voit rien de l'immensité du monde, rien de la course des chemins dans l'infinie liberté de l'air. Rien de la satisfaction du désir et des besoins du cœur dont ils condamnent les emportements.

Ils la regardent. Aussitôt, sa bouche se fige. Ils barrent ses mots, lui imposant la suite du récit. Il était une fois, le lui a-t-on assez dit, elle se l'est répété si souvent, déjà dans cette histoire tout avait été prévu, fixé, arrêté. Ses frères, futurs médecins, futurs officiers, se disputeraient les épées, les médailles, les fioles, les ordonnances. Ils poliraient la bouche des canons, refermeraient les ventres ouverts, répareraient les yeux crevés. Ils transvaseraient le sang, les liquides, les excrétions des corps condamnés. Et sur tant de mort et d'horreurs, ils accumuleraient les titres, les propriétés, les relations utiles.

Catherine entend leur cabriolet dévaler le Chemin du Roy. Les fils Trestler honorent leur père. Ils connaissent les traits marquants de l'histoire de France, d'Allemagne et d'Angleterre. Cela s'étale sur trois pays, deux continents, plusieurs siècles. Cela rejoint la langue, les livres, la mémoire. Cela dicte les gestes qui s'accomplissent à cette table, commande les événements qui se déroulent dans cette maison. Cela exige le retrait des filles, femmes qui vivront ailleurs, porteront un autre nom, formeront une autre famille.

Les parents ignorent qu'une fissure menace la vie douceâtre à laquelle ils les destinent. L'apparente soumission de Catherine les confond. Elle rompt le pain, et ses lèvres

bougent au milieu de son visage impassible. Elle vide
l'assiette, et ses doigts s'ouvrent et se ferment comme
convenu. Paraissant quêter leur approbation, elle les dissèque.
Elle les scrute. Elle les voit, mains étalées sur toute chose
qu'ils s'approprient, dire «je», comme si l'objet possédé
devenait la prolongation de leurs doigts, la courbure de leurs
ongles. Et cela la révulse.

Terrifiée par cette avidité, mettant toutes ses ressources
à se reposséder, elle souhaite que son corps grandisse vite.
Eux s'en désolent. Chaque printemps, elle entend le même
refrain. Marie-Anne Curtius s'étonne d'avoir à retoucher
l'ourlet des jupes. «Mais elle a encore grandi!» Un reproche à
peine voilé, une appréhension à peine contenue. Ses seins
gonflent, ses jambes allongent, ses cuisses s'arrondissent. La
mère pense aux convoitises que cela fera naître, aux beaux
partis à surveiller. Alors, elle redouble de vigilance, elle
multiplie les interdits. Tu dois, il ne faut pas. Front tranquille,
lèvres serrées, Catherine se retire à l'intérieur du corps. La
mère renonce. «Elle n'a pas de cœur, autant s'y faire.»
L'affrontement est une idée rigoureuse. Cette femme
médiocre préfère l'esquive.

Catherine Trestler se morfond dans une tranquillité
féroce. Ils peuvent la munir d'une dot, souhaiter la caser, lui
enlever le goût d'apprendre, de toucher, de remuer, elle
préservera l'essentiel. Ce besoin de boire la lumière des yeux
et des visages. Cet appétit de terre chaude qu'elle satisfait
dès qu'elle échappe à leur emprise, courant vers les champs
où elle s'étire au soleil, goûtant le jeu liquide des veines, le
mûrissement de la peau, et cette odeur d'herbe qui lui fait
oublier les matins froids et les après-midi plats. De ces
expériences, de ces plaisirs célébrant la vitalité de l'enfance,
aucun Trestler ne la dépossédera jamais. De cela, elle est
absolument sûre.

— Venez voir, dit Eva.

Elle ouvre deux armoires encastrées munies d'une double paroi qui servaient, croit-elle, à conserver le lait et le beurre. Aujourd'hui, nos murs sont de carton, cloisons fragiles qui ne retiennent ni traces, ni empreintes. Ceux-ci s'ouvrent comme des ventres. J'enfonce un bras dans l'ouverture, et l'humidité me couvre. Matière rêvante penchée sur un trou d'ombre, je capte l'odeur puissante du vieux bois, cette patine de couleurs mâchées, un goût de lait et de crème sûre qui dit, mieux que les mots, le goût d'anciennes voluptés. Ces matins d'audace quand je frayais dans les saveurs clandestines de la cuisine, poussée par une fringale de sucre brut, de sirop doré, de beurre ramolli au fond d'assiettes de verre, de coulées de mélasse sur la mie du pain blanc cuit la veille.

Réveil des sens. Le récit s'organisera autour d'odeurs chaudes. La soupe et les légumes languissant sur le poêle de fonte, les ragoûts mijotant de longs avant-midi, les rôtis de porc ficelés dont le gras me donnait des haut-le-cœur. Le sirop blond qui tournait en tire. Et ces bouillonnements d'écume qui couvraient, certains jours, le goulot des cruches de vin de salsepareille cachées derrière les jarres de maïs qui fermentaient dans la dépense où s'accumulaient les réserves interdites.

Manger était un acte grave. Nous n'en abusions pas. Ma nourriture, je la prenais avant tout dans les propos des grandes personnes en visite, réflexions et confidences qui ne m'étaient pas destinés et que je m'appropriais par effraction, la rareté du don aiguisant mon appétit des miettes, mon horreur de la pauvreté de cœur, dernières des indigences.

Tous ces bonheurs se soutenaient de la clarté du jour. Car, déjà, la nuit m'était un cauchemar. Les orages et les ombres me terrorisaient. Toujours, j'ai craint les fantômes qui s'agitent derrière les murs, ces souffles qui rôdent sans but, sans voix, sans visage. Toujours, j'ai redouté ce qui se trame dans une tête inquiète. Parfois, dans mes rêves, je revis des scènes anciennes, et la couleur des murs est restée la même. Je pénètre dans la chambre des filles, une pièce rosâtre au plafond noueux où j'élaborais ces histoires que je me racontais, à l'aube, tôt éveillée par les cris des oiseaux, le passage d'un attelage, le grincement d'un crochet de fer contre la fenêtre, bruits multiples qui demandaient à être résolus avant que la lumière se répande sur le lit.

Dans le salon vert garni d'un rideau de cretonne fermant l'accès à la galerie donnant sur le précipice, la photo de mariage des parents trône encore sur une table baroque au centre de la pièce. Ce marbre victorien taillé en ovale, parfaitement lisse, parfaitement glacé, servait à préparer les confiseries des Fêtes et à faire frémir les doigts. L'Enfant Jésus de Prague et l'œuf de porcelaine rapportés des États-Unis par les grands-parents paternels n'ont pas non plus bougé de la corniche garnie d'une dentelle de soie jaune occupant le mur principal. Grâce aux formes, le passé dure. Grâce aux images, le temps bouge.

Ma fascination de la maison Trestler remonte à l'enfance. L'adhésion aux signes et aux choses qui paraissaient contenir le mystère de la durée, l'attachement à de vieux bibelots, l'ensorcellement de vieux objets me conduiraient à ces pages où s'inscrivent les mots qui ont manqué trente ans plus tôt. À l'époque, la parole était rare. La communication se faisait surtout par le regard.

Madeleine et Catherine Trestler me ressemblent. Elles sont les enfants du retrait. Les enfants du silence. Elles sont des filles sans larmes, sans cris, à qui l'on offrit la distance des bouches, le grain des surfaces. À deux cents ans d'intervalle, nous partageons la même sagesse suspecte. La même méfiance envers tout ce qui barre l'accès au bonheur, la même aptitude à camoufler l'accumulation d'entailles dans une langue et des chairs contraintes aux apparences.

Nous connaissions les usages. Nous parlions peu. Nous pardonnerions plus tard.

Eva me tend une liasse de papiers.

— Tenez, jetez-y un coup d'œil. Ça vous intéressera.

Sur le dessus de la pile, trois pages dactylographiées titrées *Jean-Joseph Trestler*. Puis une colonne de dates suivie de l'énumération d'événements : naissances, titres, achats de propriétés, mariages, décès. *1757 — Naissance à Manheim, duché de Bade, Allemagne, de J.J. Trestler, fils de Henry Tröstler et de Magdeleine Seitten.* L'enfance est brève. Tout de suite l'embauche et le départ pour une colonie anglaise. *1776 — engagé comme mercenaire contre la guerre de l'Indépendance américaine, il arrive à Québec avec le régiment Hesse-Hanau, compagnie du major Franken.* Ensuite un lapsus de sept ans, et *1783 — licencié, il demeure à Montréal et devient marchand ambulant.*

Suivent l'installation, le volet familial, la naissance de quatre filles. Mauvais départ pour un ancien militaire. Tout est clair quant aux acquis, mais rien n'explique la disparition des deux aînées, cinq et six ans, au lendemain du second mariage. Sur cette notice biographique, leur vie tient en quatre lignes. Deux pour la naissance, deux pour la mort. Si je veux percer le mystère, je devrai inventer ou m'en

remettre à Catherine, survivante qui a bravé le père et
encouru le scandale.

Eva se demande à qui elle a prêté le premier inventaire
dressé du vivant de J.J. Trestler. La veuve Marie-Anne
Curtius le sait peut-être. Elle en possède sûrement une
copie, car elle est seule à avoir vu, entendu ce qui s'est passé
dans sa maison entre les onze et seize janvier mil huit cent
soixante-treize.

*À la grève on a compté quatre bateaux, un bac et un canot, le tout
vingt-cinq livres sterling. Au grenier de la maison, un lit de plumes, deux
paillasses, deux couchettes et deux draps, une pelle et un aviron complet,
deux robes de bœuf, une robe de chat, une peau d'ours et une couverture de
cariole, treize livres sterling.* S'y trouvent également un porte-
manteau, vingt-trois moules à chandelles, sept valises, une
chaise et une charrette d'enfant, de même qu'un lot de
gabardine, objets évalués à dix livres sterling, premier sous-
total de cet inventaire fixé à deux mille six cent dix-sept
livres et quatre shillings.

J'examine la dernière phrase de l'acte notarié. *Après avoir
vaqué jusqu'à quatre pleines journées, il a été cessé et la continuation
remise à demain matin, et ont les dites parties signé avec nous notaires.*
Au bas, à droite, le nom du notaire Dumouchelle souligné
d'un prétentieux paraphe. À gauche, très appuyé, celui de
l'épouse satisfaite. Enfin ceux des témoins. Le premier, de
caractère altier, affectionne le trait vertical. Le second, bon
vivant, se perd dans des arrondis qui doivent le conduire
souvent sous la jupe des femmes. Le troisième masque sa
timidité sous l'arc dentelé coiffant ses nom et prénoms. Le
dernier suspend ses ambitions aux arceaux spiralés qui
enjolivent ses majuscules.

Dès le premier jour de l'inventaire, Marie-Anne Curtius
suffoque sous tant de poussière remuée, mais elle se garde
d'enrayer les opérations. Il lui tarde de connaître la somme
exacte des biens dont elle dispose, et dont elle se ménagera
un usufruit tranquille, persuadée que J.J. Trestler n'aurait pu

les acquérir seul. Forte de cette certitude, elle prie le notaire d'accélérer les procédures. Elle veut jouir en paix de son veuvage. Elle veut fermer sa porte aux intrus et régner enfin seule dans son statut de bourgeoise opulente et respectable.

Eva jette un châle sur ses épaules et regarde vers le lac. Dans ses yeux, se coule la pesanteur du bâtiment aux cloisons épaisses sur lequel l'avancée du toit projette une ombre aiguë. Le salon, prolongé par une terrasse construite au début du siècle, occupe l'extrémité de la maison actuellement exposée au soleil. Sur la photographie trouvée dans le dossier déjà remis aux architectes, deux cheminées du mur latéral, qui viennent d'être dégagées de l'armature de plâtre qui les recouvrait, forment une seule masse coiffée d'une épaisse tablette de chêne.

C'est probablement ici que se trouvait la salle principale ainsi décrite dans l'inventaire : *Une grande salle où l'on compte une table, sept chaises, un piano forte, une histoire romaine en treize tomes, une histoire ancienne de quatorze volumes et divers ouvrages allemands dépareillés, en sus quatre chandeliers argentés, deux carafes, diverses bouteilles et tasses, le tout valant vingt-six livres dix shillings.*

Soulagée, la veuve Trestler referme la pièce humide où elle n'allume plus le feu. Elle n'a jamais touché à aucun de ces livres. Toute sa vie, une seule histoire l'a passionnée. La sienne, composée de jours égaux, uniformes, doublant ceux, brusquement interrompus, de l'époux Jean-Joseph. Suivie des vérificateurs, elle se dirige maintenant vers les chambres. D'abord celle-ci, avec ses deux petits lits, sa table, son grand miroir, une vieille pendule dont le temps s'est figé devant deux cadres d'argent ciselé. Une douleur lui laboure le ventre. Ces deux fils disparus prématurément blessent encore ses souvenirs. Elle ferme la porte derrière elle en s'essuyant les yeux du coin de son tablier, puis elle leur indique d'un geste la chambre étroite longeant le mur d'appui, où se trouve, pour tout ameublement, un lit et un vieux coffre.

Ensemble ils pénètrent dans la pièce voisine où ils comptent deux couchettes en tombeau, un lit habillé de couvertures, une table, deux chaises, deux valises, un miroir, quatre cadres, le tout valant douze livres sterling qui ne lui seront jamais rendues, ces deux enfants étant parties pour l'au-delà au lendemain de ses noces, événement macabre qui assombrissait son bonheur mais faisait place nette pour sa descendance à elle. Car l'autre, cette Marguerite Noël futile, fragile, lui avait laissé deux filles du premier lit qu'elle promit d'élever comme ses propres enfants, générosité dont elle prit l'initiative, sachant néanmoins que nulle promesse n'est jamais tenue.

La veuve désigne maintenant du doigt les cinq chaises et le bureau encombrant le couloir où une boîte en bois, remplie de couteaux et de fourchettes, a été déposée par hasard. Voilà un shilling qui traîne à la mauvaise place. La maison est sens dessus dessous depuis le départ d'Adélaïde, traîtresse qui prit parti pour Catherine et la suivit à Saint-Michel le jour même de son mariage avec leur commis Éléazar Hayst. Maudissant la perte de son ancienne domestique, elle se dirige vers la salle à manger où ils enregistrent une table ordinaire, deux tables demi-lune, une chaise, le tout cinq livres dix shillings, également un poêle de fer et sept feuilles de tuyau, une fontaine de faïence et un miroir cinq livres sterling, dix carafes, cinq flacons, deux pots, un entonnoir, le tout vingt shillings, sans oublier ces vingt-quatre gobelets d'étain, une corbeille à pain, deux porte-carafes, des couteaux, fourchettes, assiettes et tasses désassorties, le tout quatre livres à porter à cet inventaire éprouvant qui lui révèle le désastre de sa maison.

Plus tard, elle rangera ce fouillis. Mais elle doit maintenant surveiller le dénombrement des terrines, tinettes et marmites inutilisées depuis le décès de Jean-Joseph, et oser se réjouir de la variété des couverts de faïence exposés sur la table. Elle couvre du regard les douzaines d'assiettes et plats de service empilés dans le vaisselier, s'indignant ensuite d'apercevoir à l'extrémité de la pièce un lot de couvertures dépareillées, une vieille robe de cachemire qui n'est pas la sienne et deux couteaux à hacher le tabac de feu son mari. Et pourquoi ramassent-ils sur le plancher sale ces dix peaux de rat musqué qui devraient se trouver dans la voûte ? Seigneur, ne pourraient-ils faire le décompte proprement et éviter de placer la pelle et l'égoïne à côté de la cafetière et du moutardier. Les hommes s'y entendent si peu aux choses de la maison. Qu'ils partent enfin, et la laissent seule, épuisée mais souveraine, abîmée dans ses privilèges, effrayée de sa solitude.

Incapable d'imposer son souci d'ordre, elle replace d'un geste las les mèches de cheveux échappées de son chignon. Car ce n'est pas fini. La voix du notaire heurte encore le silence. *Dans un appartement entre la cuisine et la salle, une table, une huche, un banc-lit, une peau, une chaudière de fer blanc, cinq chaises et un billot, un lit et ses couvertures, le tout deux livres trois shillings. Dans la pièce d'à côté, une tourtière et deux bouilloires de cuivre, un gril trois feux et une lèchefrite, deux pilons, trois moulins à café, une paire de chandeliers et deux paires de mouchettes, le tout trois livres sterling.*

Que Dieu lui pardonne, mais elle supportait mal de voir Jean-Joseph loger les mendiants qui frappaient à leur porte à la tombée de la nuit. Avant d'aller dormir, elle prenait soin d'enlever la hache placée sur le billot de l'entrée. Mais elle n'arrivait pas à fermer l'œil. Dans la région, des bâtiments flambaient après le passage de fainéants qui avaient jeté un sort aux propriétaires inhospitaliers.

Marie-Anne Curtius a gardé pour la fin la chambre qu'elle occupera le reste de l'hiver. Elle se place devant la couchette garnie d'une paillasse et d'un édredon de plumes qu'ils tâtent sans vergogne, les empêchant d'atteindre l'armoire où elle a caché, derrière une pile de serviettes, une poupée de son et un sautoir d'argent reçus de sa famille, le tout valant probablement moins de dix shillings. Son regard éconduit leur obstination. Mais elle souffrira qu'ils inscrivent ces objets personnels, la bassine et le broc de faïence utilisés pour sa toilette matinale, le savonnier rempli d'épingles de nourrice et de broches à cheveux, le gobelet d'étain où s'est figée une eau grise à laquelle elle n'a pas touché pendant ces heures abominables où elle attendait l'aube qui l'arracherait à sa torpeur, à son enlisement dans l'abolition d'elle-même.

La mort existe et elle devra s'y soumettre, mais elle entend fuir cette désorientation qui ne lui apporte ni oubli ni résurrection. Blessée, elle veut s'extraire de cette lassitude, de cette dissolution qui menace de l'acheminer vers une agonie lente dont elle croit détecter les premiers signes. Au sortir du lit, elle se sent éparse, affaiblie. Elle a si peu dormi depuis une semaine. Si peu reposé dans ses habitudes qu'elle se sent hors du temps, inapte à reposséder un passé qui ranimerait ses perceptions et lui permettrait de se rejoindre dans ses différents âges confondus, soudain, dans l'hébétude qui la saisit.

Appuyée au mur, elle fixe, immobile, le bout de ses doigts, et ils en profitent pour la devancer. Ils pénètrent dans la chambre du couple dont ils violent l'intimité, déclarant plus de trente livres sterling de mobilier et de literie. Elle les voit renifler les hardes de feu J.J. Trestler, oser toucher ces vêtements qui ont gardé la rondeur du corps dont elle était seule à quémander la tiédeur, seule à déceler les faiblesses, les exigences, l'inassouvissement.

Elle frissonne. Ce froid, qui sévit depuis décembre, accentue son sentiment d'abandon et la pousse à s'agiter sans rien accomplir d'utile. Elle se souvient d'hier, la lenteur de ses mouvements lorsqu'elle s'est retrouvée le front entre les genoux, presque impudique, fuyant le déroulement de l'inventaire qui mêlait les outils et les objets d'utilité courante aux effets personnels du défunt.

Elle s'est ressaisie depuis. Ou peut-être s'habitue-t-elle à sa souffrance. Peut-être se résout-elle à accepter cet effritement de la pensée, cette densité extrême du dénuement qui la remplit. Mais pourtant, dans ces rituels mortuaires, dans la vérité du sacrifice, subsiste la puissance du désir de posséder. Les paupières gonflées, elle les conduit vers le coffre de cèdre contenant ses cinquante paires de draps, ses quinze nappes de chanvre et ses vingt-sept serviettes de toile fine. Dieu merci, elle n'en a pas oublié le nombre, ses facultés sont donc moins affectées qu'elle ne le croit.

— Qu'est-ce que c'est ?

— Trois cuillères d'argent et vingt-quatre gobelets.

Eva m'aide à déchiffrer l'inventaire. Elle sait que le corps du langage recouvre tous les corps d'une époque. Sous les fioritures du texte ancien dont elle saisit les caprices d'orthographe et de vocabulaire, elle lit l'histoire de sa maison. Ce document, comme tous ces autres empilés sur la table, lui en a appris autant sur la vie au 19e siècle que sur le tempérament Trestler.

Nous en discutons. Cela m'aide à apprivoiser Catherine. Après ces reconstitutions imaginaires, je percevrai mieux les agissements d'une famille qui fut d'abord pour moi deux pages d'un magazine et une goutte de sang dans un rêve. Le temps de la fascination obéit à une règle précise. On y entre pour mieux se souvenir de ce qui nous émeut avant même de savoir que le mot émotion existe.

Aujourd'hui, c'est dimanche. Les ouvriers ont congé. Un menu, tracé au crayon feutre sur un bout de carton, a été collé au mur du couloir du rez-de-chaussée dont il achèvent la rénovation.

Soupe aux clous
hachis de pommes de terre lambrissées
salade au Varsol
soufflé de pelures d'émail

Je souris. Quand le Québec sera devenu l'utopie délabrée d'Amérique, il se trouvera quelque part un graffiti cocasse pour témoigner de notre passage sur terre. Dans le travail de transmission de la mémoire, l'imprimerie de Gutenberg est un relais parmi d'autres, et rien n'assure qu'il soit le plus fidèle.

Des tasses de porcelaine fument sur le plateau qu'Eva vient d'apporter. Nous prenons le thé en suivant du regard, en bordure du lac, les lisières de terre éventrée où la neige cède. Ce sol est lézardé depuis le début. Depuis l'instant où les Blancs débarquèrent en terre amérindienne avec leur camelote, leurs fusils, leurs mains blanches, leur bon Dieu.

Ici même, que du blanc. Les murs et les tapis du salon sont blancs. Des laines vierges recouvrent les fauteuils. Nos fronts sont purs, nos voix innocentes. Stefan est celui qui parle le plus. Ce blessé de guerre avait quatre ans lorsque son père partit pour le front dès le début des hostilités. Nous sommes, quant à nous, le résidu d'une rivalité féroce qui atteignit son point culminant dans la guerre de Sept ans. Nous sommes les descendants du général français qui tomba sur les plaines d'Abraham en disant : « Tant mieux, je ne verrai pas les Anglais entrer dans Québec. »

— Avec un inventaire pareil, il a dû réussir en affaires.

— C'était le plus riche négociant de Vaudreuil. Mais il a commencé comme simple colporteur.

— Un boche, maugrée Stefan.

Entre ces mots, comme une voix off, le tic-tac de l'horloge. Surtout, ne pas bouger. Ne pas remuer. Oublier l'usure que l'on se refile de génération en génération sans que personne ose dire votre histoire se continue, dormez tranquille, la terre tourne malgré vous.

Benjamin ouvre la porte-fenêtre donnant sur le jardin. À l'été, il restaurera la roseraie et plantera des jonquilles du côté sud de la maison où se trouvait, semble-t-il, du temps des Trestler, une galerie protégée des vents du lac. Catherine s'y réfugiait probablement avec sa sœur lorsqu'elle ne disparaissait pas dans les sous-bois avoisinants pour y courir et flâner.

À distance, je l'imagine, attentive aux bruits, aux odeurs, aux mouvements des plantes et des insectes. Ailleurs, en un temps plus proche, j'ajustais mes pas aux siens, sentant battre mon pouls au rythme du sol martelé par ses chaussures. L'air était chaud. Je longeais un sentier parfumé d'oseille et, soudain, j'interrompais ma course. J'avais rejoint la fontaine creusée dans le quartier de roches qui, sur une centaine de pieds, servait de frontière à la propriété.

Je me penchais. Je buvais le clapotis bienfaisant, puis je relevais la tête à demi, étourdie, aveuglée. La pierre rampait sous les ronces. J'allais du côté des mûriers sauvages. Des brindilles couvraient mes joues. La terre bougeait. Une musique sourde remplissait mes oreilles. L'air libre était un orchestre.

— Le monde actuel, c'est de la folie. Tout va trop vite. Tout est anonyme. Personne ne connaît personne.

— Les hommes d'affaires d'un côté, les artistes de l'autre, ça n'a pas de sens. On veut décloisonner tout ça.

Ils sont là. Je les entends parler. Stefan porte un nom en ski, un nom à particule inconnu en Amérique. Il méprise les hommes d'affaires et la bourgeoisie. Il dit : « Vous rêvez. La bourgeoisie s'est servie de l'art, mais elle n'a jamais servi les artistes. »

Dans l'album-souvenir de la maison Trestler, une photo étonne. En première page, Benjamin, dont la taille et les manières rappellent celles du président de la République française, sang bleu, profil héraldique, tend la main au dignitaire corpulent qui pénètre sous son toit. Plus loin, un peu à l'écart et sans doute plus tard, Eva, habillée d'un tailleur noir de coupe Chanel, reconduit la dame blonde aux paupières laminées qui enfile ses gants, vêtue d'un tailleur framboise signé Chanel, un vrai Chanel, mais défiguré par des pompons excentriques.

Plus tard encore — le photographe a eu amplement le temps de se déplacer —, dans le Palais des glaces du musée de Québec, on voit Eva, cheveux noués sur la tête, portant un fourreau de velours noir, sourire à la dame blonde ficelée dans un épais brocart, qui la salue de sa table d'honneur. Autour de cette dame, des châles rutilants, des incrustations de nacre, des flamboiements satinés. Le règne du blanc et or.

— Tenez, la dernière photo. Les Françaises ont l'air de provinciales endimanchées.

— C'est encore elle qui dame le pion. On dirait une catin parisienne.

II

Dans la nuit, je rêve de Catherine. Je suis Catherine. Elle est le double inventant les mots insaisissables. Elle est la passeuse violant le silence des chambres fermées.

Elle est l'enfant de mon nom. Mêmes traits, même détermination, même fragilité calculée. Même violence sous le front imperturbable. On ne sait pas à quoi elle pense. On ne l'a jamais vue mordre à sa colère. Mais cette rumeur d'encre sous les doigts, cette écriture haletante sous des silences pressés. Trop calme, cette fille. Trop conforme à leur vouloir, cette nature réservée qui rattrapera son enfance sur le tard.

Couchée dans l'herbe, j'entends ronfler la terre. Mon corps respire par sa peau. Rien ne bouge du fond de l'épaisseur de temps posé sur mes lèvres. Je dors presque. À demi ivre, je mûris dans l'après-midi torride, m'accordant un répit avant l'événement qui va se produire.

Père viendra. Lorsque je l'apercevrai, je m'enroulerai à ses pieds en retenant un cri. Il posera ses lèvres sur mes joues et m'entourera de ses bras. Quand je serai grande, je l'épouserai, et nous ne nous quitterons plus. Je l'empêcherai de filer vers le Chemin du Roy. Je lui interdirai de disparaître derrière le chenal, enfoncé dans le chaland qui glisse sur les eaux bleues du lac.

Mon père est plus puissant que le soleil. Debout, il dépasse l'orme géant de l'entrée. S'il le voulait, il n'aurait qu'à me hisser au bout de ses bras pour me permettre de décrocher la lune. Je lui offrirais aussi les étoiles, la Grande Ourse, la Petite Ourse et les comètes. Je lui offrirais tout l'or de la terre et la beauté du ciel s'il consentait à me garder contre lui, buvant sa chaleur, respirant son odeur de tabac et d'étoffe.

Pour cet homme je ferais n'importe quoi. S'il m'aime, je serai capable de vivre un siècle. Je refuserai d'aller pourrir sous terre comme Marguerite Noël. Au fait, vous ne savez pas encore qui est cette femme. Je vous en parlerai bientôt, mais je dois d'abord en finir avec lui. Sinon, je n'aurai jamais le courage de reprendre l'histoire à partir du début, avant que j'aie souhaité sa mort, vengeance dont personne ne me tiendrait responsable puisqu'il l'aurait consommée bien avant que des signes tracés sur du papier ne m'en aient informée.

Auparavant, il y a l'été, l'herbe touffue, les rumeurs chaudes. Des insectes bourdonnent à mes oreilles. Je les chasse mollement, occupée à couvrir mon visage de fleurs de trèfle. Le temps s'étire. Je me pare et me recompose en prévision de ce qui doit arriver. Des rames battent l'eau. Un clapotis humecte l'air. On jette l'ancre. J'entends ouvrir le portail dont les gonds grincent.

Des pas martèlent le gravier. J'ouvre à peine les yeux, préférant me ménager une surprise. Mon pouls s'accélère. Je me retourne et saisis les hautes jambes qui approchent. Père est prisonnier.

— Catherine ! Nom de Dieu, qu'est-ce que tu fais ?

Silence. Il faut tenir bon.

— Catherine, je t'interdis de te comporter comme une hystérique.

Je ne bouge pas. Il est trop tôt pour réagir.

— Debout !

Mon regard détaille les bottes fauves, le pantalon de toile, la veste marron. Il imagine aussi le torse haut, le menton taillé en équerre au-dessus du large cou, la tête qui refuse de s'incliner. Un regard dur me frappe. Je lâche prise. Ses mains larges, à demi refermées, pendent au bout des manches. J'ai inutilement parfumé mes joues. Il ne me permettra pas de l'embrasser.

— Une enfant bien élevée dit : « Bonjour, père. »

— Bonjour, père.

— Hector, vous avez entendu ?

Hector fait signe que oui.

— Et maintenant, debout.

Hector m'observe du coin de l'œil. Par contrat, il a promis d'obéir à son maître en toutes choses. Cela lui rapporte cinq cents shillings par an, plus le gîte et le couvert, car il mange à notre table et reçoit le gobelet de vin au repas du soir.

Mes jambes s'étirent sous la jupe froissée. J'ai obéi. Je suis debout. La douleur se réveille.

Ils se dirigent vers l'entrée. Hector pousse la porte, s'effaçant comme un chien fidèle derrière son maître. Je les suis à distance, espérant un regard de l'homme dont je souhaite effacer les rides posées en travers de son front comme une condamnation permanente de mes penchants sauvages. Une demoiselle ne doit pas se rouler par terre, souiller ses vêtements, embrasser l'herbe avec sa peau. Une demoiselle doit avoir de la retenue, de la distinction, des bonnes manières. Une demoiselle Trestler doit raser les murs sans encombrer le passage de celui qui fait trembler la terre. Elle doit disparaître de sa pupille, ne pas encombrer son horizon.

C'est promis, père. Je me tiendrai loin de ton univers. Loin de tes affaires, tes achats, tes ventes, tes possessions. Cette voûte où dorment les fauves trafiqués, ces entrepôts où s'accumule la marchandise nourrissant la convoitise des dames de Vaudreuil. Ces rouleaux de tissus, gants de chevreau, foulards de soie, colliers de perles, toiles importées, crêpes de Chine, velours et brocards préservés des voleurs par des volets de fer, protégés des rats et des mulots par ces bouchées de lard farcies d'arsenic que l'on prépare sous mes yeux horrifiés.

Je te regarde ouvrir le coffre-fort de l'entrée et lancer un sac plein d'espèces sonnantes dans la gueule noire qui engloutit ta main. La porte claque. Tu te retournes et passes en revue le régiment familial. À chaque retour de Montréal où tu as réglé des choses importantes, nous sommes convoqués pour l'événement.

Voici Madame mère, ton épouse, le buste haut, les reins sanglés dans sa robe de serge grise. Voici Michel-Joseph, ton fils aîné, filleul du distingué seigneur de Lotbinière et de la non moins grande Madame de Lotbinière. Puis Jean-Baptiste, fils cadet, second héritier des ambitions et de l'orgueil Trestler. Enfin, Madeleine, fille effacée sur laquelle tu jettes à peine les yeux. Et moi, Catherine, que tu feins d'apercevoir pour la première fois. Tu te tournes vers tes fils et avances de deux pas.

— Vous êtes déjà des hommes. Vous ferez de bons soldats.

Je te connais. Tu veux de la bravoure, peut-être même la mort au champ d'honneur sous le commandement de l'arrière-petit-fils du marquis de Vaudreuil. Tu bois le sang qui rougit les tempes de mes frères et nous réunit dans une même absence, Madeleine et moi, filles effacées, futures épousées tenant par un fil au nom Trestler que nous porterons encore quelques années avant de nous engager dans un beau mariage. Car tu vois déjà tes filles au bras d'hommes riches et puissants. Ma sœur, très douce, paraît se conformer à ton attente et favoriser tes desseins. Mais ma sourde obstination t'irrite. Tu te proposes de briser l'enfant sauvage. Tu entends mater cette rébellion qui risquerait de m'écarter de la voie où je devrai m'engager après avoir suivi l'exemple de mère, femme robuste qui te seconde sans te contrarier.

Marie-Anne Curtius sourit une fraction de seconde, puis elle retrouve son air habituel, un souci d'ordre animant les traits de son visage. Ses mains recommencent à battre l'air, cherchant de quoi s'occuper, de quoi nourrir sa passion du ménage et du rangement. Une lueur de satisfaction remplit son regard. Ses pots de confiture dorment, parfaitement étanches, sur la table de la dépense. Ses provisions de mélasse et de fromage sont assurées pour une semaine. Elle pourra, ces prochains jours, s'employer à détruire mes rêves. Entre nous, la distance s'élargit, et pourtant nous ne nous sommes jamais comprises. Jamais reçues. Jamais imaginées.

Parfois, dégoûtée de sa présence, je file à la cuisine d'où viennent des odeurs de soupe au lard. Adélaïde ne m'a pas vue venir. Elle pétrit la pâte avec des gestes lents, se parlant à elle-même comme si elle s'adressait à quelqu'un situé hors du temps. Ses mots défilent, machinal remuement de lèvres mastiquant les prières récitées, mais rien jamais ne filtre de sa vie confondue à celle des Trestler au service desquels elle travaille depuis le mariage de père. Je me jette contre son épaule et respire son parfum de sueur salée. J'enfonce ma tête dans son corsage recouvert du tablier de grosse toile qui filtre l'étreinte. Elle proteste doucement.

— Catherine, on ne t'entend jamais venir.

Mère compense. Elle me voit, pour sa part, toujours venir. Au mauvais endroit, au mauvais moment, dans les lignes de fuite aménagées entre sa méfiance et mes audaces travesties d'obéissance. Elle me refile l'abc de ce qu'elle appelle « une bonne éducation ». Modérer ses élans, se tenir correctement, se présenter et s'effacer en temps et lieu afin de toujours livrer de soi une image favorable. Je refuse cette mesure trop juste, cette retenue masquant des voracités insoutenables.

Ai-je entendu sa voix ? Elle esquive mes questions. Je rejette ses réponses. Nous sommes quittes.

Dans ces instants où je me réfugiais dans le passé ou le futur d'histoires inventées, il y avait des rêves, des ivresses, des cauchemars. Une nuit, je remontai le fil du sang. C'était avant la brisure. Avant le mensonge et le refus. Un souffle chaud m'enrobait. Ma chair et mes os se moulaient dans un espace d'ombre et de douceur. Je me nourrissais de la bonté d'un corps. Puis il y eut un mouvement, une chute. Le premier cri. Le premier aveuglement de la lumière. Je glissais hors du ventre. Je passais au monde.

J'avais vieilli lorsque ensuite, mains tendues, j'appelai sa tendresse du fond de mon lointain abandon. On m'apporta de fausses réponses. On me cacha les vraies raisons. On évoqua ni son départ ni les jours qui l'avaient précédé. Sa vie devenait un silence honteux mesuré par leur bouche. Ma détermination était arrêtée. Plus tard, je vengerais cette femme.

Le parfum de ma mère était celui de l'iris. C'était le soir, et je devais avoir six ou sept ans. J'avais brodé toute la journée des mouchoirs au petit point. J'avais passé de longues heures, assise sur la véranda, souverainement appliquée. Les points étaient semblables, et toutes les minutes s'agglutinaient à mon aiguille, monotones et lentes, entrecoupées de bâillements. À la fin, une femme rendait son jugement. « Attention à ton fil, tes points sont inégaux, ils doivent tous être de même longueur. »

Assise dans la grand-salle, Catherine approche le mouchoir de ses yeux. Elle n'y voit plus rien. Elle souhaiterait être dehors. Elle déteste la broderie, ces plats mouvements des mains qui reproduisent de fausses tiges et de fausses fleurs sur un tissu empesé réservé aux grandes occasions.

La nuit dernière, j'ai encore rêvé d'elle. J'ai porté l'enfant audacieuse. Écrire est un acte dangereux. Au petit matin, j'ai vu un chat noir attendre la mort tandis que je me retournais dans un lit glacé, brûlante de fièvre, en posture alanguie, ne sachant pas de qui ou de quoi j'allais accoucher.

L'ambiguïté a commencé ce jour où je me glissai entre draps et cahier, la bouche sèche, un goût de sang travaillant les gencives occupées à retracer les mots de celle qui ne parlera jamais. Pourquoi cette maladie de Catherine ? Pourquoi cette bronchite d'Eva ? Pourquoi suis-je moi-même alitée à cause d'une mauvaise grippe, les épaules enfoncées dans les oreillers de plumes repliés derrière mon dos ?

Après avoir taillé mes crayons, je me suis recouchée. J'ai dû m'assoupir. Stefan s'est inquiété.

— Tu as crié. Ça ne va pas ?

— Ça va. Je veux dormir.

Un rai de lumière suit le mouvement d'air déplacé par les jupes qui contournent le lit. La flamme d'une bougie vacille. Elle se tend comme une langue, lèche un îlot de cire liquide et, dans ce halo de douceur, j'aperçois le visage d'Adélaïde, ses mains tombant sur le tablier blanc. Un rectangle craquelé qui emplit ma vue. Des lézardes semblables fendillent le lac des Deux Montagnes aux premiers dégels. L'hiver doit tirer à sa fin. Pendant mon sommeil, j'ai entendu les corneilles croasser sur le Chemin du Roy.

— Adélaïde, demain vous m'ouvrirez ces fenêtres.

— Madame sait bien que ce n'est pas la saison.

— Vous ouvrirez ces fenêtres. Je veux respirer l'air du lac.

— Mais il y a encore de la neige, et les contre-fenêtres sont toujours attachées aux châssis.

— Les contre-fenêtres ?

— Oui. L'été est encore loin.

Une lame d'acier transperce mes poumons. Je reconnais cette douleur. Ma plainte. La résonance du corps. Je m'agrippe au matelas afin d'échapper à l'étau qui serre la poitrine. À chacune de ces crises, je crains d'y passer. Mais la respiration se rétablit. J'ai appris à ruser contre la souffrance. Cent fois, j'ai été traversée par ce mal, et cent fois j'en ai triomphé.

Je connais la suite. Toujours les mêmes vieilles terreurs, les mêmes fantômes lâchés sur ma peur. Mon enfer. Mes ombres sournoises. En une nuit, je meurs plusieurs fois de suite. À l'aube, je suis étonnée d'entendre la neige fouetter les vitres par bourrasques sèches et saccadées. Je suis enfermée dans cette chambre. Dans cet hiver. Attendre me tue. Je ne sais pourquoi, subitement, mon cœur bat à un tel rythme.

J'aime l'été, son odeur, ses cycles, ses fêtes. Mais toujours j'ai détesté cette saison maudite. Toujours j'ai refusé de lui céder. Je me lèverai. Je mettrai fin à ce cauchemar.

— Madame va trop vite, dit Adélaïde. Il faut patienter. Allez vous recoucher.

Des lueurs dansent sous mes paupières. Un faisceau lumineux fait chavirer l'iris derrière les cils. Je reconnais ce vertige. L'été approche. Il me délivrera de mon mal.

Stefan me touche l'épaule.

— Réveille-toi. Tu as encore crié.

Eva tousse.

Benjamin tisonne les braises du foyer, et le feu se met à dévorer les bûches par avancées lentes et paisibles. Cette progression des flammes entame à peine la marche du temps. Les après-midi allongent. La lumière s'attarde plus longtemps aux fenêtres. Là-bas, la ligne d'horizon aplatit les îles plantées comme des balises sur la rivière Outaouais. Ainsi le regard peut courir jusqu'aux confins du monde. Jusqu'au bout de nos utopies. Il est toujours mauvais de se garder une poutre dans l'œil quand on veut déchiffrer les augures.

Catherine a vu ces îles, cette eau. Elle a contemplé le jardin endormi sous la neige pendant seize longs hivers et, plus tard, elle a fait huit enfants pour perpétuer la légende du corps inépuisable. Ma propre mère accoucha de quatorze. De quoi voir large. De quoi ouvrir l'arrière-pays sur le fleuve océanesque, l'Atlantique déjà, avec ses cargos, ses dauphins et ses mouettes. Mais ne nous égarons pas. Revenons à cette femme qui me fut imposée par le hasard, comme Cartier, Bigot, Jeanne Mance, Socrate, Descartes et Papineau. Un hasard objectif, naturellement. Celui-là même qui mit la Pompadour, à laquelle je pensais ce matin en regardant les photos du Jardin d'hiver du Musée de Québec, dans le lit de Louis XV.

Je deviens amère. L'hiver a trop duré. Une lampée de caribou par-ci, une goutte de gin par-là, et la saison avance à pas d'oiseau. «Ici, c'est facile de faire les comptes, m'a dit la semaine dernière un Espagnol de la rue Saint-Denis. Après six mois de neige, c'est six mois de moustiques.» Il ignorait que dans le Bas-du-Fleuve l'hiver compte deux mois de plus.

Aujourd'hui, il neige dans ma tête. L'impossible devrait pouvoir se raconter. Eva resserre son châle autour de ses épaules. Elle dit avoir dû s'aliter pendant cinq jours. Une fièvre tenace. Une fatigue extrême à la suite de trop de surmenage. L'angoisse de ne pouvoir joindre les deux bouts, les frais d'entretien, les comptes d'électricité et de chauffage, l'accueil et l'animation de groupes. La maison Trestler est classée monument historique. Le passé coûte cher.

— Si vous intéressiez un mécène ou un financier qui se cherche un abri fiscal. Après tout, les maisons sont faites pour servir d'abri.

— Allez voir si ça entrera dans leurs catégories. Les fonctionnaires se fichent de la culture.

— En Amérique, le mot culture est déplacé.

— L'Amérique, l'Amérique, j'en ai marre de ce refrain.

Chaque fois qu'on parle d'avenir, Stefan s'emporte. Nous sommes l'appendice du plus riche continent du monde. *The biggest in the world*, face au soleil levant des multinationales, alors de quoi osons-nous nous plaindre ? «L'Amérique, m'a-t-il dit un jour, c'est un travesti qui se badigeonne d'huile de coco, extermine ses Indiens en dansant sur une peau de banane tandis que les cow-boys applaudissent le western au cinéma du coin. Il y a du grabuge dans l'air, et on l'aura pas volé.»

Il voudrait partir. Il ne comprend pas cette toquade pour une maison de roturiers. Je le prie d'esquisser un plan du salon, et il s'exécute mollement. Il n'est pas né ici. Il ne voue pas un culte aux antiquités. Il n'entrera jamais en transe pour un lampion d'église ou une vieille table de pin. Il est surtout frappé par le style nouveau riche, ces maisons de carton, de verre et de béton échelonnées en damier le long de nos rues galopantes. L'étalage de la répétition et de la bâtardisation. Mêmes façades californiennes, mêmes portiques, mêmes living-rooms, mêmes lits king size, mêmes T.V. dinners.

Cette maison de style français lui paraît une imposture, et Trestler, un bourgeois médiocre. «De la graine de boche à la solde d'une armée étrangère !» Il oublie que l'Europe a déjà été l'imposture de l'Asie et de l'Afrique. «Compte à l'envers», disait ma sœur en m'obligeant à partir de cent, ou même de mille, pour redescendre à zéro.

— L'Amérique, ça ne se comprend qu'à rebours.

— Ça suffit. Il faut partir.

Nous approchons du seuil lorsqu'une femme apparaît dans l'escalier Tudor longeant le hall d'entrée, vêtue d'une longue robe bleue ceinturée de rouge qui lui donne une allure altière et dramatique. Éclatante et sensuelle, elle se détache du mur lambrissé de bois sombre, et je vois, dans la demi-obscurité qui la couvre, sa main gauche en mouvement, la violence de l'attitude, l'intensité du geste.

— Un héritage, dit Eva. Ce tableau a appartenu au Cardinal Fesch, oncle de Napoléon. Il nous fut transmis par le Chanoine Linsay, petit cousin du grand-père de Benjamin.

— Un jour, rêve Benjamin, on enlèvera ces balustrades Tudor. C'est trop lourd pour un style français.

La hantise du style français peut constituer une raison de vivre. Je me retiens de penser qu'Eva, effaçant de sa main l'empreinte anglo-saxonne, était l'incarnation réduite et adoucie de Judith l'Israélienne triomphant de l'occupant, l'Assyrien Holopherne. Cette maison illustrait l'histoire même du pays. Une anglicisation rapide suivie d'une laborieuse refrancisation. Avant eux, deux hommes d'affaires, l'un francophone, l'autre anglophone, avaient transformé cette belle maison du 18e siècle en prétentieux camp de chasse, mi-ranch, mi-pub, qui avait tour à tour porté les noms de château et de manoir.

Ici comme dans les pièces voisines, pour retrouver la couleur du parquet, le grain de la pierre et la fibre des poutres, il avait fallu creuser, poncer, décaper. Tout en causant, nous nous dirigeons vers la voûte, vaste salle recouverte de crépi blanc, au plafond piqué d'anneaux de fer. C'est à ces anneaux que Trestler suspendait les paquets de peaux de castor, de loutre, de vison et de rat musqué dont il faisait le commerce. Ici qu'il entreposait une part de la mercerie et des marchandises sèches écoulées dans son magasin. Au plafond, pend un lustre à motifs de chevalerie, retenu par de longues chaînes, qui jette des lueurs fauves sur le parquet sombre et les murs lambrissés d'austères panneaux Tudor. Cette pièce, convertie en salle de billard après le départ des Trestler, sera désormais consacrée à l'art. On y accrochera des toiles. On y fera jouer du Bach, du Mozart, du Vivaldi.

— Voyez à quel point il avait la phobie du feu et multipliait les caches. Celle-ci, en fer, servait très certainement de coffre-fort.

Eva travaille comme une ethnologue. La reconstitution de la vie et du comportement Trestler lui importe autant que les travaux de rénovation de la maison. Entre deux coups de truelle, elle court les archives pour alimenter ses dossiers. Sur la longue table de monastère servant aux repas communautaires, elle a déposé des pans de toile ancienne imprimée au pochoir dans laquelle elle reconstituera des tentures d'époque. Ce tissu ramagé, où s'ébattent de grands oiseaux bleus et roux que l'Angleterre a probablement rapportés de l'une de ses expéditions aux Indes, rappelle l'ancienne fonction commerciale du bâtiment.

La réfection du rez-de-chaussée s'achève avec cette voûte. Au-delà, se trouve un couloir longeant une pièce humide et déserte, couverte de plusieurs couches d'émail, qui occupe la place de l'ancien magasin. À son extrémité, derrière une série d'armoires, j'aperçois un escalier étroit, sans rampe, qui grimpe à l'étage des chambres. Stefan craint de voir notre départ compromis par cette découverte. Il insiste : « Viens ! »

Depuis une semaine, le téléphone sonne peu. J'en profite pour écrire. Le roman Trestler allonge. J'en jette des bouts et je recommence, tandis que Catherine court dans les herbes et les ajoncs, sa robe me faisant signe à distance comme une trace à saisir malgré les mots qui se refusent. À ne pas servir, la langue s'affadit. Le corps trahi par la bouche, c'est la première des inexactitudes.

Je consulte souvent le dictionnaire afin de trouver l'expression juste. Ce souci m'importe d'autant plus que Catherine n'est pas née du sexe de ses parents. Elle est une création de mon esprit. Elle est n'importe quelle phrase à qui je peux faire dire n'importe quoi. Bientôt elle prendra corps et vivra des hasards qui l'ont tirée de l'oubli. L'émigration de son père en terre québécoise, l'achat de la maison Trestler par Benjamin et Eva, le reportage d'un magazine, la curiosité portée à la visite de Monsieur B.

Quinze jours plus tard, je retourne à la maison Trestler comme on revient sur les lieux du crime. La goutte de sang recueillie dans mon rêve a germé. Ma taille n'a pas bougé, mais Catherine mûrit dans mes flancs et ma tête. Portant jour et nuit l'enfant de ma chair et de mes mots, je vis une grossesse de rêve pour laquelle je me cherche des témoins.

À peine entrée, je dépose les deux premiers chapitres du roman Trestler sur la table de la cuisine, mais Eva y jette à peine un coup d'œil. Cette gestation me concerne. Lorsque j'essaie de reconstituer la vie et les traits de Catherine Trestler à partir des indices fournis par les actes notariés du père, l'essentiel m'échappe toujours. Son visage, sa démarche, sa voix, la couleur de ses yeux et de ses cheveux me sont toujours un mystère. Eva me ramène sur terre chaque fois que je m'emballe à propos d'une hypothèse farfelue. Ma méfiance à l'égard des dates et de la chronique la scandalise. Elle ne sait pas que les écrivains mentent pour mieux dire la vérité. Elle ne sait pas que les mots trahissent le réel aussi sûrement que le réel trahit les mots et les chiffres.

Elle ignore également les motifs qui m'ont conduite à prendre parti pour Catherine. J'ai aussi des comptes à régler avec mon père, ma famille, et une famille ne s'arrête pas à la troisième ou quatrième génération. Quand je porte des douleurs vieilles de trois siècles, je deviens dangereuse. Quand je suis malade de l'Amérique, je cherche des coupables.

J'attise ma hargne en fixant le piano à queue couvert de la mousse dentelée des fougères, à l'autre extrémité du salon.

— Il en a joué ?

— Non. Son séjour a été écourté.

— Et elle ?

— Non plus. Mais j'avais commandé des partitions de leurs auteurs préférés.

— Et qu'est-ce que vous leur aviez commandé encore ?

— Des peintures. Le Musée des Beaux-Arts avait consenti à nous prêter des tableaux.

— Ça a eu l'effet escompté ?

— Pas tellement. Elle s'est surtout intéressée à un cendrier de porcelaine hongroise.

— Hongroise ?

— Elle est née là-bas.

L'Amérique est une terre fruste où l'on déniche parfois un meuble, un vase, une perle venue d'Europe. Le reste vient par surcroît. Où avais-je lu : *Quant à Madame B, elle est musicienne. Elle aime les fleurs et s'intéresse beaucoup aux musées et à la peinture moderne.*

— C'est révoltant.

— Si on s'illusionne. Si on oublie, c'est fini.

— Fini ?

— En politique, on ne fait pas de sentiments.

Ma colère de trois cents ans se réveille. Ça ne se passera pas comme ça. Je les tiens responsables d'avoir fondé une colonie. Ouvrir un pays, c'est comme accoucher, on ne peut fermer les yeux ensuite et dire merci, c'est terminé. Eva se défend, les défend. Elle précise que dans ce cas-ci il s'agissait d'une paternité, non d'une maternité. Une mère a de la tendresse pour ses petits. Elle les aime, les protège, mais l'enfant doit quand même s'autonomiser. Et puis, l'administration d'un pays, ce n'est pas une affaire de cœur.

Le corps épanoui d'Eva avoue des maternités heureuses, des relevailles parfaites. Mais nous ne sommes pas les enfants comblés dont elle parle. Nous sommes des bâtards du Nouveau Monde en transit entre deux continents. « Ni Français, ni Canadiens, ni Américains, mais alors quoi ? » — « Québécois, et ça suffit. » — « Kébé quoi ? » — « Qué-bé-cois, c'est ça oui, ça vient de Québec, mot de deux syllabes qui signifie, en Indien, une ville haut perchée. »

Trois siècles d'absence, et nous épelons le mot qué-bé-cois à tout venant, comme si les vertus de la répétition pouvaient nous conférer l'existence. Eva, écoute-moi bien, nous nous racontons des histoires de femme. Nous barbouillons d'encre blanche des archives invisibles, mais ce n'est pas nous qui faisons les lois, les guerres, les gouvernements.

— Depuis le traité de Paris, il n'y a eu que le Beaujolais et la grammaire pour nous relier à la France.

— Je vous trouve sévère.

— Et la maison Trestler comparée à une ferme jurassienne ?

Je la touche au point sensible. Cet article du *Figaro* l'a
vexée. Conformes à la légende, nous devons mourir Filles du
Roy, paysans, coureurs de bois. Ou alors, devenir les géants
de la baie James, les superstars de l'uranium, les héros du
Grand Nord.

— Peut-être, dit Eva en regardant sa chambre, ont-ils
ressenti de la honte ou de la culpabilité.

— Ou peut-être ont-ils dormi calmement sur leurs deux
oreilles.

— Peut-être. Après tout, la défaite des plaines d'Abraham
n'a été pour eux qu'une bataille parmi d'autres.

Le Québec, petit pays de deux syllabes, est un rêve qui ne
finit jamais. Il me manque quatre cents ans pour toucher la
source de mon désir. « Voyez-vous, conclut Eva, on n'a pas
renoncé à la France, mais elle a bel et bien renoncé à nous. »

Elle y avait pourtant mis le prix. Elle connaissait leurs
goûts, leurs préférences, leurs lectures. Elle avait sorti Saint-
Simon, Chateaubriand, Baudelaire, Mallarmé et Proust des
caisses de livres entassées devant la future bibliothèque. Elle
leur avait préparé des bouquets, des bougies, des plateaux de
confiserie, quelques bouteilles de grands crus. « Il n'y aura ni
vermeil ni or », déclarait-elle à la presse trois jours avant leur
arrivée. Non, rien de tout cela. Mais son cœur, nu comme le
lac des Deux Montagnes un matin d'hiver.

Nous sommes au premier étage. Un long couloir traverse
le corps du logis et conduit à l'aile est de la maison où il se
rétrécit. De chaque côté, se trouvent sept ou huit chambres
mansardées dont la plupart sont pourvues de beaux meubles
anciens offerts par des amis ou dénichés aux puces et à
l'Armée du salut. Dans quelques-unes, je vois des matelas
non recouverts de draps. Mais il y a des rideaux partout, et
parfois des tapis.

— Vous ne sauriez imaginer, dit Eva, combien de chauves-souris mortes il nous a fallu enlever.

— Quoi ?

— Oui, elles étaient collées partout. Les moustiques du lac les attiraient. Trestler avait décidé d'élever un hibou pour les chasser.

Un bruit me fait sursauter. Des chauves-souris pourraient descendre du toit, se disperser dans le couloir et s'agglutiner aux poutres du plafond. Il se dégage de cet étage désert une atmosphère inquiétante. Je souhaiterais m'approcher des fenêtres et regarder vers le large. Eva me retient.

— Regardez, la porte de la belle-mère.

— La belle-mère ?

— Selon la légende, c'est par là qu'on se défaisait des belles-mères indésirables.

— Mais ça servait à quoi exactement ?

— Probablement une porte de secours en cas d'incendie ou d'inondation. Ça servait peut-être aussi à entrer les provisions au grenier.

Cette porte donne sur le vide. Les filles Trestler auraient-elles eu l'idée d'y précipiter la seconde épouse du père ? Isolées dans ces pièces au plafond bas, avaient-elles, certains soirs, éprouvé cette dangereuse tentation ? Tout geste revêtant un caractère excessif et passionné aurait pu en effet tenter Catherine qui méprisait la facilité du compromis et refusait cette béate conformité au destin qui laisse au hasard le soin d'intervenir. Mais je suis probablement abusée par mon imagination. Rien, sur cette porte, ne trahit l'intention de violence.

— Le fils noyé. Il aurait pu tomber ici ?

— Je ne sais pas. L'acte du décès n'en dit rien, mais c'est possible. Il semble que l'accident soit survenu pendant les travaux d'agrandissement de 1806.

J'avançais, et le plancher craquait sous mes pieds. Ça
sentait l'enfance, la vieille maison grise, les poutres cuites du
grenier. Ma décision était prise. Je dormirais dans la chambre
à courtines. Je choisissais la plus vaste et la plus rassurante
des chambres.

J'examine cette pièce où tout est resté intact. Rien ne
manque. Sur la table de toilette, je reconnais le broc de
porcelaine anglaise et la cuvette fendillée qui servait, depuis
deux ou trois générations, aux ablutions matinales. Je retrouve l'odeur crémeuse du savon de ferme, les peignes
d'écaille, les épingles à cheveux avec lesquelles les femmes
fixaient leurs lourds chignons à l'arrière de la tête. Et, plus
étrange, je retrouve même la pellicule de glace qui flottait à
la surface de l'eau après minuit, quand le vent hurlait aux
fenêtres.

Je me souviens. La température était semblable. Le crochet
de fer grinçait derrière les volets, préparant les réveils
brusques auxquels je ne m'habituai jamais. Même sous
l'édredon de plumes, je sentais le froid. Et cette peur qui
m'étreignait malgré la compagnie des sept sœurs fanfaronnes
à qui je ne pus jamais rien confier.

Je sais tout des maisons traversées. Tout de l'alchimie des
formes, des sensations mises en contact avec le temps du
regard. Et cependant, j'erre d'une pièce à l'autre, fébrile,
inquiète, à l'affût de ce qui pourrait surgir du côté des
ombres. Des fulgurances harcèlent la mémoire, mais le
corps piège les mots. Je ne sais ce qui s'est passé dans
cette chambre, ni de quelle façon cela s'est déroulé, mais je
ressens un malaise lorsque j'enlève le chandail, la jupe et les
hautes bottes de cuir.

Une femme se regarde dans la glace étroite de la salle de
bains. Elle ne voit ni ses épaules, ni sa taille ni ses genoux,
mais elle se reconnaît. La petite fille pauvre est devenue une
bourgeoise qui court le monde, écrit des livres, des articles,
et loge parfois dans des hôtels cinq étoiles et des maisons
rares. Eva m'a invitée à passer la nuit à la maison Trestler.

«Même ici, a-t-elle dit, c'est un centre culturel, et il faut du luxe pour attirer la clientèle.»

Je renonce à faire couler l'eau chaude dans la vieille baignoire crapaud, me contentant, comme autrefois, d'un débarbouillage rapide. Sans les fleurs et les serviettes grenat posées sur l'appui de la fenêtre, le blanc du lavabo et des cabinets serait un souvenir triste. Des relents de cloître et de tuyauterie délabrée, peut-être, ou la vue des longs glaçons découverts un matin, à la cuisine, sous le bec de la pompe.

Dehors, un chien vient d'aboyer, et il m'a semblé entendre claquer sa chaîne contre la niche. Vivre au présent est un pari. Il suffit d'un bruit, d'un mot, d'une odeur, pour faire basculer la mémoire d'un quart de siècle. L'enfant a peur de chavirer dans ses anciennes terreurs. Elle enfile sa robe de nuit et s'agrippe aux pierres de la cheminée dont elle scrute attentivement le grain. Puis elle saute dans le lit, tire l'édredon sous sa gorge et se retient de bouger.

Bras collés au corps, elle fixe l'ampoule nue qui se balance au-dessus de sa tête. Jadis, ils s'éclairaient avec des lampes à pétrole, et elle aimait regarder les cernes noirs qui enfumaient les globes tandis que les femmes brodaient, assises en cercle autour de l'homme qui racontait Lowell et reconstruisait le monde avec ses mots.

L'air est lourd. Les nuits sans sommeil sucent le sang des veines. Catherine a vu les battements d'ailes dans le halo mauve de la chandelle et elle a frémi malgré la présence rassurante du bouquet de fleurs fraîches sur la table de chevet.

Le soir tombe sur elle comme un cauchemar dans lequel elle s'engouffre. Son corps allongé entre ces lignes, ses yeux accrochés aux miens, elle recommence ses prières trois fois de suite. Puis nous comptons les moutons de la bergerie et alignons des carnets d'allumettes en rangs serrés sur nos cuisses. Mais l'oiseau maudit plane toujours sous le plafond noir. Au petit matin, le soleil chassera l'animal. Il pénétrera dans la chambre, jetant une lumière fade sur ce lit. Alors je serai délivrée. Je me lèverai et filerai vers le bois d'aulnes.

La femme se recroqueville en position fœtale tandis que Catherine se tourne contre le mur. Les parents Trestler ignorent, ou feignent d'ignorer, les frayeurs qui s'emparent d'elle lorsque les chauves-souris s'agrippent aux encoignures de la chambre, monstrueuses, leurs grandes ailes rabattues. Le soir, ils se contentent de fermer les fenêtres pour empêcher les moustiques d'entrer, espérant ainsi affamer les bêtes et les obliger à aller s'approvisionner dans le lac. Toujours la fermeture comme solution. Toujours des barrières placées entre le dedans et le dehors.

Clefs, loquets, targettes, coffres et caches protègent le royaume du père. Il dort tranquille. Sa fortune est en lieu sûr, enfouie dans la pierre, confondue à l'obscurité. Mais dort-il vraiment? Des pas glissent sur le parquet de la chambre d'en bas. Il est probablement en train de remplir le chauffe-lit de braises afin de tempérer l'humidité des draps. Des attentions pour Marie-Anne Curtius dont j'imagine le corps robuste étalé sur le lit à quenouilles.

Mes poings se serrent. La rage me saisit. Je ferme les yeux. Certaines minutes durent un siècle. Plus tard, le cri délivrera.

Une nuit, Catherine a hurlé plus fort que d'habitude. Sa sœur a parlé.

— Marie-Anne Curtius n'est pas ta vraie mère.

— Répète.

— Marie-Anne Curtius n'est pas ta vraie mère.

— Tu mens.

— Je t'assure.

— Comment sais-tu ?

— Adélaïde me l'a dit.

— Adélaïde ?

— Sans le vouloir. Elle regrette d'avoir parlé. Ta mère s'appelait Marguerite Noël.

— Mais alors l'autre n'est pas ta vraie mère non plus.

— Ma vraie mère s'appelait aussi Marguerite Noël. Marie-Anne Curtius est la deuxième femme de père. La femme du deuxième lit, comme on dit.

Ni larmes ni protestation. Pas d'allusion inutile. Une surprise sans écho. Impuissante à détourner les mots, elle quittait l'enfance d'un seul coup.

Marguerite Noël, cela résonne comme un souvenir. Marguerite est le nom que je récitais quand j'effeuillais la fleur d'avenir. «Marie, marie pas, fait une sœur, lettre cadeau, visite, rien». Les pétales se détachaient lentement sur ma paume. Rien ne pressait. L'événement était suspendu à ma voix unifiée par la clarté de la campagne immuable. Et, à la même époque, dans l'évasion des syllabes, Noël était aussi un mot magique.

À la maison Trestler, c'était un jour heureux.

Catherine aime l'odeur du cochon de lait qui grésille au-dessus des bûches du foyer. Elle a vu Adélaïde préparer la tourtière et les gâteaux colorés. Elle sait qu'on a étrillé un pur sang, astiqué le traîneau. On jettera une couverture de castor sur la tête des enfants, et ils glisseront sur la route mordue par les patins de l'attelage, les oreilles remplies du tintement des grelots. D'autres traîneaux formeront une caravane derrière. L'air froid raidira les bouches et les oreilles affamées de cantiques. À un moment, le sommeil tombera, précis, courbant les nuques.

Sous le porche, les gens s'effacent pour nous laisser passer. Père est salué avec respect. Mère avance, conduisant le cortège jusqu'au banc familial, le premier à droite, derrière celui des marguilliers. Entourés de notables, nous regardons le seigneur et Madame de Lotbinière faire leur entrée. Un spectacle. Tout Vaudreuil est réuni. Les parents s'inclinent.

La messe de minuit est célébrée par des prêtres habillés de surplis de dentelle et de chasubles brodées d'or. Le sacré dégorge ses fastes dans le flou de la mémoire attachée au chatoiement des couleurs et à l'éclat de la cérémonie. Ces roulements d'orgues, ces glissements de chapelets sur les accoudoirs des prie-Dieu, ces heurts de vases sacrés, précieux, qui ordonnent le rituel déjà consommé dans nos têtes.

Dans cette même église, deux ou trois siècles plus tard, Monsieur B fera cortège avec sa dame et son fils sous le regard des paroissiens massés de chaque côté de l'allée centrale. On aura procédé au tri des politiciens et des notables dont l'importance autorisera l'honneur d'entendre leur prélat accueillir les représentants de la France, fille aînée de l'Église. *Jour choisi, jour solennel, Dieu se réjouit mes frères, notre cœur s'ouvre à votre venue comme à une promesse et à une fête, ensemble célébrons ces retrouvailles qui augurent d'agapes éternelles. Amen.*

Dominus vobiscum.

L'office s'étire. Des quintes de toux et des remuements de langue aiguisent l'appétit. Je frémis sous la fureur de l'orgue. La chorale remplit la voûte d'hymnes retentissantes. Je suis heureuse et lasse. Je plonge le nez dans mon col de lapin, jouissant de l'encens et de la lumière au-dedans du corps habillé de drap rouge.

Au retour, les gestes de père sont lents. Il ne parle plus d'affaires. Il a donné congé à ses employés. À l'office, dans la voûte et les entrepôts, les activités sont suspendues. Mère s'active, préoccupée par nos tabliers, la table, les invités. Noël met la maison à l'envers pour quelques jours. Il y a relâchement de la discipline. J'entends des rires. La vie est bonne.

Aujourd'hui, je suis en deuil. Ces réjouissances me blessent. Je regarde père droit dans les yeux. Mon cœur bat vite. J'attends un aveu.

— Sois sage et obéissante avec ta mère.

— Ma mère ?

— Elle se plaint que tu ne lui obéis pas assez.

S'ouvrir les veines pour toucher sa douleur. Ne plus attendre une seconde de plus. Tuer cette femme. En finir avec cette étrangère. La rejeter hors de moi, loin de moi, comme je n'ai jamais été en elle ni près d'elle.

La tête collée aux genoux, je commence à gémir. Ma vraie mère est l'ombre dont je n'entendrai jamais la voix, le corps dont je ne verrai jamais le visage. Elle est l'absente figée dans les initiales *M.N.* aperçues sur le drap déchiré dans lequel s'est vautrée la seconde épouse avec son sens pratique et ses bonnes manières. Je vomis le présent qu'elle s'est construit à même les débris du passé, y employant sa constance et sa ruse, cette façon d'ensorceler père, de se rendre indispensable afin de mieux le dominer.

Je connais cet art de régner. S'effacer. Laisser à cet orgueilleux les marques extérieures de l'autorité. S'abîmer dans une fausse humilité afin de mieux assurer son triomphe et ménager ses intérêts, ces deux fils, la branche mâle sortie de ses précieuses entrailles. Assise à l'extrémité de la table familiale, elle trône face à J.J. Trestler, insurpassée, insurpassable. Digne de sa confiance et de son admiration. De sa tolérance même, lorsqu'elle paraît chercher son souffle dans un soupir dont il semble saisir la nécessité.

Chaque fois que le repas traîne en longueur, je suis envahie par un malaise. Mes os craquent. J'évite d'attirer leur attention. Elle mange en silence. Lui discute avec Hector de la hausse des peaux de castor. Il respecte les Anglais dont il redoute la mainmise sur le commerce, mais il fréquente les Canadiens français porteurs de la culture française qu'il affectionne.

Son royaume est de ce monde, mais il a pris soin d'y associer l'Éternel. En toutes lettres, sur la façade du corps de logis est gravée l'inscription *Ô Grand Dieu — J.J. Trestler, 1798*. Deux autres pierres, dont l'une porte simplement la date *1806*, et l'autre, les mots *À Dieu la gloire — J.J. Trestler, 1805*, garnissent les ailes est et ouest de l'habitation. Dieu et père ne font qu'un. La terre appartient à Dieu dans la mesure où Vaudreuil et ses habitants appartiennent à J.J. Trestler.

« L'esprit de Dieu est partout, son bras vengeur s'abat sur tous ceux qui lui résistent », récite Adélaïde à partir de ses livres de prières. Un frisson me parcourt. Je vois le bras de père rafler le bétail des pauvres gens, semer la terreur dans leurs champs de maïs et de luzerne, usant, pour le remboursement des dettes, de cette rigueur militaire dont il se départit dans la vie sociale lorsqu'il reçoit les épouses des notables, parées de fourrures, devant lesquelles il s'incline. J'apprendrai plus tard qu'il vénère moins la femme que les marques d'opulence dont on les couvre.

À huit ans, je connais par cœur la route des vieux pays. Avec mon doigt, je suis sur la carte l'embouchure conduisant à la sortie du Nouveau Monde et me lance dans la traversée de l'Atlantique. Voici Paris, capitale de la France. Rome, ville sainte, l'Angleterre, d'où vint le malheur, Wolfe, Bigot, Craig, Durham. Enfin l'Allemagne, plus à l'est, et son duché de Bade. Ici, Mannheim où naquit père.

Cent fois j'ai effectué ce parcours en prenant garde de sombrer dans les Grands Lacs ou de bifurquer vers le Nord où l'on risque de s'enliser dans les glaces. Cent fois j'ai visité sa ville natale, aperçu le clocher de son village, entendu le trot de son cheval et senti l'odeur de sa pèlerine d'écolier. Partout j'ai trouvé des objets qui lui avaient appartenu, souvent j'ai rencontré des gens qui l'avaient connu. Mais jamais je n'ai pu le rejoindre. Prix de la carte de l'Amérique septentrionale : trente soles.

— Ça ne sert à rien de se révolter, dit Madeleine, tu te fais du mal pour rien.

Assise sur le lit défait, ma sœur continue de parler. Dos tourné, je regarde au-dehors. Une noirceur d'encre recouvre la baie. Aucune rumeur. Aucun aboiement. Aucun clignotement de lumières. Le vide remplit le dedans et le dehors de ses mots. Mais en moi, une détermination farouche. J'irai à la vie comme l'autre est allée à la mort, consentante, affamée d'éternité.

Des années plus tard, Adélaïde dit : « La mère de Madame aimait beaucoup le bleu. » Elle en parle comme d'une chose inhabituelle. En été, à Saint-Michel, les alentours de la maison sont bleus. L'herbe, l'eau, les pierres se colorent de cette couleur. Souvent même, mes pensées et mes gestes sont bleus. Comme si, à certains moments, l'intensité de l'absence dégradait le rouge des radiations solaires.

Je n'avais rien écrit depuis trois jours lorsque j'entendis Catherine répéter qu'Adélaïde devait absolument ouvrir les fenêtres de la chambre. Elle disait vouloir se lever et descendre au jardin cueillir un bouquet de jonquilles. Peut-être était-elle devenue folle. Un hiver à finir, et je la suivais dans l'ourlet de brume bordant le lac. J'avançais sans trop savoir où je posais les pieds. Finalement, elle se dérobait. Elle avait pris les devants, légère, confondue à la silhouette de Marguerite Noël.

Aveuglée par le soleil, je m'embourbais dans les marécages, buvant l'odeur acide des plantes confites. À quoi me servaient tous ces papiers. Rien ne m'aidait à reconstituer cette histoire qui exigeait un réajustement perpétuel des limites du corps. « Imaginez que vous dessinez les contours de votre corps sur l'herbe, et puis effacez-les ensuite », disait pendant la chaude saison une monitrice de yoga d'un centre naturiste qui n'entendait pas monter les cris du fond de nos gorges traquées.

Dans ma somnolence, je voyais Adélaïde ranimer la flamme du chandelier qui léchait la cire jaune par petits coups. Un élancement transperçait ma poitrine. J'ouvrais la bouche. Aussitôt, une bouffée d'air sec incendiait mes bronches. Ma respiration tombait. Une sorte de sifflement traversait mes lèvres. Des larmes brûlaient mes joues.

Après ces crises, la sueur glacée, et la peur, chaque fois. Adélaïde dépose une bûche sur les chenets et manie le soufflet, mais le feu baisse. Comment dire le cœur arrêté, la pensée qui échappe, la fenêtre fouettée d'un poudroiement sec. Et ce grondement ébranlant le ventre de la terre tandis que la maison s'enfonce dans un enfer blanc.

Un clou casse. Les murs craquent. La tempête nous précipite dans le néant de l'hiver. Dans les veines, une coulée de sang noir. Cette nuit doit finir. Je souffre trop.

— Madame a crié. Elle se sent plus mal ?

— Ce n'est rien, Adélaïde. Un cauchemar. Retournez vous coucher.

Adélaïde est inquiète. Elle sait que la mort frappe souvent en hiver. Toujours les mêmes symptômes. Une toux sèche, un point au cœur, le souffle court, des crachements de sang, et parfois le délire. Ensuite, l'arrêt final. Alitée depuis des jours, j'ai l'impression de toucher un terme. De ressasser une évidence. Quand je parcours ma vie dans les deux sens, la mémoire trouve, à chaque extrémité, un corps sans âge allongé dans un lit. Le reste est diversion, grande loi dévorante du feu sous les cendres. Mais je dure. On ne meurt pas aussi facilement quand on est une Trestler.

« Vos gouttes, Madame », insiste Adélaïde qui redoute mon silence. Elle attire mon attention sur la potion que je dois prendre aux trois heures, comme si les heures avaient encore de l'importance. J'ai froid. Les braises refroidissent. L'hiver est une saison dangereuse. Une saison maudite qui oblige à mesurer notre amour et notre lassitude de la vie. Je la hais comme je hais tout ce qui nous fait toucher la fin des choses. Le fond de la mémoire, sans raison ni refuge.

Ce hurlement du vent derrière la fenêtre, je l'entendais déjà à six, cinq, ou peut-être même deux ans. Était-ce Adélaïde qui allait vérifier si les crochets des châssis tenaient bon quand la tempête ravageait le ciel et la terre ? Était-ce elle qui soufflait un peu de buée chaude sur la vitre râpée par l'ongle, et glissait ensuite un œil dans le cerne minuscule où se perdaient les directions des champs et des routes ?

— C'est la tempête noire, Madame. On n'y voit rien. La route doit être complètement fermée.

Rassure-toi, Adélaïde, ce sera ma dernière plainte. Je palpe le matelas. Je touche les surfaces tiédies par la chaleur du corps. Mes doigts ne trouvent ni accroc, ni déchirure. Aucun trou par où mes forces pourraient fuir, mais une pleine longueur et une pleine largeur donnant la mesure exacte de ma solitude. Vaudreuil dort. Je suis un point minuscule de la douleur du monde. J'apprends à mourir. Quelle chance. On ne me prendra pas à l'improviste.

Dans un rêve récent, je me suis sentie menacée lorsque je me suis retrouvée, tard dans la nuit, plongée dans les eaux glauques qui entourent la maison Trestler au printemps. Et cependant ailleurs, je sais que le sol s'écaille, noir dans ses replis de roche. Lâcher prise serait facile. Mais, en moi, l'enfant persiste. J'ai une patience illimitée. Toujours je me recommence. Toujours je reviens à l'essentiel, la géographie intérieure, seul lieu sûr lorsqu'on ne veut plus savoir les jours.

Dès le premier instant, Catherine a aimé Éléazar, son corps, le plaisir qu'il lui apportait. Mais il est absent. Les gens aimés trouvent toujours d'excellents prétextes pour s'absenter. Ce départ, je savais déjà. Le lendemain, en rentrant chez moi, je trouvai la maison vide. Stefan fuyait. Il découchait. Sans honte, j'avançai vers le lit et me roulai par terre, gémissante, assenant de violents coups de poing sur le matelas.

Ensuite, pour exorciser le mal, seule dans le bungalow désert où toutes les horloges s'étaient arrêtées, je me mis à écrire. De plus en plus vite. De plus en plus sauvagement, désespérément. Avais-je déjà parlé d'Éléazar ? Devant la lumière bleue de la vitre panoramique qui me séparait à peine du dehors, tout était si présent et si dense, tout imprégnait si totalement le corps, devenu plaie ouverte, que les mots échouaient à dégager un sens qui pût me sauver.

Pendant quinze jours je tournai en rond, incapable d'oublier, de me fixer, de penser, de manger. Le dossier Trestler traînait sur la moquette poussiéreuse. Je n'y touchais plus. Absente, délirant doucement, je regardais la brume se former sur le ruisseau immobile découpé par la fenêtre.

À la fin, la maison était secouée d'un cri.

— Monsieur n'est pas rentré ?

— Non madame, c'est encore la nuit noire. Il faut patienter.

Patienter. Attendre. Il est trop tard pour m'y mettre. Je n'en ai jamais été capable. Adélaïde se dirige vers la commode d'où elle tire une cassette. Le couvercle cède. Je tourne la tête comme elle m'ordonnait de le faire, enfant, lorsqu'elle s'apprêtait à déposer un bonbon au miel sur ma langue.

Une pièce de cinq shillings glisse entre mes doigts. La paume frémit au contact du métal. Je serre le poing. Mes yeux s'ouvrent.

— Cinq shillings, dit Eva, après une quinte de toux qui l'a fait pâlir. C'est tout ce qu'il a laissé à ses deux filles. Catherine ne le lui a jamais pardonné.

III

Les mots mentent. Parler ne sert à rien.

Tandis qu'Adélaïde bat les oreillers et secoue les draps dehors, je m'approche du lit à quenouilles dont je gravis les trois marches. Mon cœur bat. Je palpe les bords du sommier et touche le crin dur couvert du matelas de plumes. Au centre, j'aperçois un creux énorme où je souhaiterais deux cavités séparées par un renflement bien marqué. Mais il n'y en a qu'un, toujours le même, au bord duquel je renifle une odeur âcre qui m'attire et me répugne.

Je ne sais lequel de mes parents a glissé le premier dans cet enfoncement et y a entraîné l'autre. Je ne saurai pas non plus pourquoi des filles sont sorties du premier lit, et des garçons du second. Adélaïde évite mes questions. Silencieuse, elle tape le matelas, en rabat les boursouflures, replace les draps et les couvertures, puis tire la lourde catalogne et l'épais couvre-pieds. Ses gestes sont sûrs. Je m'écarte. Nous pensons la même chose.

Dans la soirée, la femme de père portera une bassinoire fumante à la chambre, et ses jupes dégageront une odeur de roussi. « Éloignez-vous », dira-t-elle comme pour conjurer un désastre. Le lendemain, je retrouverai le trou inquiétant et imaginerai le pire. Père et mère soudés l'un à l'autre. Père et mère coulés dans un sommeil de plomb. Sommeil des justes. Force des tout-puissants.

Adélaïde lisse nonchalamment les fronces des courtines. «De la serge de Caen», insiste-t-elle, comme si cette explication pouvait me satisfaire. Je déteste la serge de Caen. Je déteste ce lit, ses rideaux, son mystère. Je le fuis, courant d'une chambre à l'autre, ne trouvant nulle part ce que je cherche. Alentour, les bruits sont plats, inutiles et dangereux. Pour me rassurer, j'invente des voix et des visages à qui parler.

Le temps passe malgré tout. Et la mémoire. Certaines nuits s'ouvrent à moi comme un ventre dans lequel je m'engouffre. Yeux fermés, je glisse dans le néant, et le mal ne m'atteint plus. Plus tard, une fois devenue femme, il y aura des moments où le corps se souviendra. Il y aura un instant entre la jouissance et le réveil, où je toucherai l'homme endormi à mes côtés pour rétablir la continuité de l'amour.

Ai-je rêvé? Des vagues pressées battent le flanc de la maison. J'entends des rumeurs qui paraissent venir de l'île Cavendish, située non loin de l'île Trestler, où campent les Indiens. Père s'est vanté de leur avoir acheté leur stock de fourrures à bas prix.

Hier, peu après les avoir vus aborder là-bas, il leur a organisé une fête dans la cour. Tandis qu'ils dressaient leurs tentes et déchargeaient leurs ballots de fourrures, Adélaïde et Marie-Anne Curtius s'affairaient à la cuisine, cuisant le lard, les haricots et le maïs qu'elles déposaient dans de larges plats. Dès leur arrivée, Hector leur servait de copieuses rations d'eau-de-vie. Ils commençaient aussitôt à danser, à chanter, et je savais que le négociant de fourrures suivait le déroulement des réjouissances, attendant de les voir ramollis par l'ivresse pour leur proposer les jeux de hasard coutumiers.

La nuit était complètement tombée. Ma sœur et moi étions confinées à la chambre, mais je sentais, à l'épaisseur du silence qui s'installait, qu'ils s'apprêtaient à jeter les jetons sur le sol. Chaque pari était suivi d'exclamations, de déplacements, le temps de laisser les Hurons prendre le couteau, la marmite, le miroir, ou la pièce de verroterie cédée. Ensuite des palabres s'ouvraient. La voix d'Hector couvrait celle des vendeurs acharnés à défendre, auprès du coureur de bois qui servait d'interprète, la marchandise dont il avait apporté des échantillons. Ces soyeuses peaux de castor, de vison, de loutre, de renard et de rat musqué qui seraient le lendemain marquées, exposées dans la voûte et vendues jusqu'à vingt-cinq livres pièce.

Dans l'obscurité, j'écoutais une double musique. Celle de la cour, lancée dans un brouhaha qui couvrait par moments l'éclatement sonore du rythme. Et cette autre, plus douce et lointaine, dont la lenteur enveloppait le corps et se répandait dans l'attente. Le bruit du tam-tam couvrait le chichiguan, crécelle fabriquée à même la carapace d'une tortue évidée, polie, fixée à un bâton, dont je connaissais le mécanisme depuis que j'en avais trouvé une, abîmée, dans la cour. On suspendait périodiquement le battement de l'instrument, et filtraient alors le chant de la flûte et la modulation des voix, ces cris de femmes laissées seules sur l'île tandis qu'ici les hommes dansaient, pariaient, appuyaient le traiteur qui fixait les prix rabattus par mon père.

Ce cérémonial de la traite effrayait et fascinait les gens du village. Les activités qui se déroulaient entre l'île Cavendish et notre maison restaient pour eux un mystère. Ils inventaient des histoires. Ils propageaient des rumeurs qui me troublaient parfois. On racontait qu'un esprit indien avait élu domicile dans notre cave depuis une certaine attaque anglaise dont on échouait à préciser la date. Blessé, il aurait été transporté à l'intérieur, pansé, soigné, et aurait promis, sur son lit de mort, assistance et protection aux propriétaires. Tourmentée par ces dires, je ne savais ce qui s'était réellement passé sous notre toit et ailleurs. Je ne connaissais de l'histoire indienne que son côté cannibale, côté cruel et grotesque que nos livres et journaux étalaient avec excès.

Pendant toute la durée du troc, Marie-Anne Curtius se tenait à l'intérieur, laissant les hommes conduire les déli- bérations, faire les mises, offrir les barriques d'eau-de-vie qui enfiévraient l'esprit des vendeurs. Bientôt, le rythme de la fête déclinait. Des pas heurtaient le gravier, suivis de mouvements confus. Un claquement de mains, et le battement des tam-tams cessait. Quelque chose se terminait. Une menace planait dans l'air.

Dans le silence, un chant de flûte traverse mon sommeil, prolongeant un sifflement de flèche. Je sais que les Indiens approchent. Leurs canots glissent sur les eaux noires du lac. Bientôt, ils accosteront et se précipiteront vers les entrepôts. Décidés à se faire justice, ils s'approvisionneront de haches, de grelots, de chaudières, d'objets rares et convoités qui apaiseront leur rancœur.

Une lueur balaie l'obscurité. Ils arrivent.

— Tu entends ? Les Indiens !

— Dors, c'est la vague. Tu te fais des idées pour rien.

Ma sœur se retourne, geint doucement. Elle s'est rendormie. Je n'ai personne à qui crier ma peur. Adélaïde est loin. Les garçons ronflent dans la chambre voisine. Les parents reposent dans le lit à quenouilles. Inutile de les appeler ou même de descendre. La victorieuse ouvrirait les courtines et se recoucherait après avoir soufflé quelques mots à l'oreille de père. Il sévirait. « Catherine, retourne te coucher. Les loups-garous, les revenants, les attaques des Indiens, tout ça c'est des histoires à dormir debout. »

J'appelle encore Madeleine qui ne bouge pas. La lueur blanche se déplace. Un bruit sourd remplit la chambre. Une sorte de halètement confus se répand autour du lit. Conduits par des monstres, des canots d'écorce déchirent la brume du lac et s'élancent dans les airs. Je suis sûre qu'une chasse-galerie s'organise. Sûre que le carnage s'accentuera, que les vitres voleront en éclats.

D'après Hector, les loups-garous, hommes transformés en bête, gardent l'attrait des femmes et des enfants. Il les confond avec les esprits qu'il entend gémir à la cave lorsqu'il y décharge les tonneaux de vin venus d'Europe. Dans une galerie longeant le côté sud de la maison, il a découvert un caveau où se tiennent ces êtres étranges chargés de veiller à son confort et à notre salut. Ma sœur s'en moque. Elle le croit fou. Mais elle frémit lorsqu'il évoque les feux follets, âmes chercheuses qui rôdent aux abords des cimetières pour apaiser la colère de Dieu. Marguerite Noël est peut-être l'une d'elles. Si je pouvais me rendre au cimetière de Vaudreuil, je saurais la vérité.

L'horloge sonne minuit. Des ombres bougent. À la fenêtre, un visage me fixe de ses yeux blancs. Effrayée, je relève le drap au-dessus de ma tête et m'enfonce dans le silence du corps. Genoux collés au ventre, je touche le temps d'avant. Je ne suis pas née. Dieu n'a pas encore séparé l'eau de la terre, l'ombre et le soleil, la mère et l'enfant. Mais il agit, et cela est. Un courant d'air balaie la chambre. Je suis trempée de sueur. Je frémis d'une frayeur que je ne soupçonnais pas.

Le premier novembre, père exige une promesse. Nous irons à l'église, et il nous fera visiter le caveau Trestler si nous promettons de rester calmes, ma sœur et moi. Nous y sommes. Le curé prend les devants, une bougie à la main. Il nous entraîne dans la crypte où nous contournons, dos courbé, une galerie humide et basse. Il s'est arrêté. Il hésite. Il se signe.

«C'est ici», chuchote-t-il, comme s'il craignait d'éveiller les morts. Nous piétinons un carré de terre friable. Le sacré est noir, l'au-delà invisible. Soudain, des mots s'illuminent dans le reflet d'une inscription éclairée par la flamme de la bougie. Je déchiffre une première phrase. *Marguerite Noël, épouse de J.J. Trestler, décédée le 25 octobre 1793. Requiescat in pacem.* Et puis une seconde, moins nette. *Marguerite-Marie et Josephte, filles de J.J. Trestler, décédées les 26 février et 5 mars 1794. Requiescant in pacem.*

Deux fois pacem, et c'est tout. Ni voix, ni corps, ni visage. Ma mère est une phrase. Mes sœurs, une répétition. Pour apaiser ma faim, des mots gravés sur la pierre. Je devrai inventer moi-même les bras, le regard et le souffle absents.

Madeleine me regarde. Le temps se fige au bord de nos yeux. Nous sanglotons. Cela fait du bruit. L'épouse de père nous pousse vers la sortie.

— Vous n'auriez pas dû les amener ici.

Cette femme tue Marguerite Noël pour la centième fois. Je retire brusquement ma main de la sienne. J'ai l'âge de la haine. Mille coups durcissent mon poignet.

Dehors, le soleil blesse. Hurler ferait du bien, mais ce jeu est mortel. Je le réserve pour la nuit.

— Madame se sent plus mal?

Je cherche mon souffle. Cette nuit est interminable. Adélaïde s'approche, inquiète. Elle place sa chandelle devant mes yeux.

— Vous avez crié si fort.

— Encore ces cauchemars. Ça ne finit pas.

— Il faut dormir encore, Madame.

Adélaïde se penche et retourne les oreillers. Le tissu frais glisse derrière mon dos, déplaçant la brûlure vers les reins. Elle couvre le lit d'un regard de vieille bête fidèle, puis elle s'éloigne, ménageant son corps usé. Allongée dans la berceuse, elle remue les lèvres, interrompant de temps à autre son oraison pour jeter une bûche dans la cheminée. Le lac s'est calmé. Je n'entends plus les vagues. Cette femme me protège. Elle l'a toujours fait. Je pourrai me souvenir. Cela raccourcira ma nuit.

C'est l'été. Ma sœur et moi pénétrons dans la chambre. Nous tirons une chaise sous la fenêtre et ouvrons les volets. J'allonge un bras dans l'air parfumé de clou de girofle. Des points de lumière tremblent sous mes cils. Je ne vois pas la cour, mais j'imagine, en bas, l'herbe tiédie, les fleurs refermées, les chats endormis.

Je regarde Madeleine et son visage heureux. Je partage son sourire, la complicité des mains étalées sur ses genoux, sa bouche silencieuse. Rien à souhaiter. En ce moment, les yeux suffisent. Le monde s'ouvre, lumineux, souverain. Nous pourrions le toucher, nous incruster dans sa lenteur, dans sa beauté, et ne plus vouloir revenir aux choses étroites et sombres de cette pièce. Ma sœur comprend la tentation, l'énormité d'un tel désir. Elle dit : « C'est inimaginable ».

J'ai déjà tout imaginé. L'impossible présence, l'impossible fête, la grande brûlure du corps et de l'esprit. Ici, se brise notre connivence. Je vais au plus fort du besoin, dans le vif de la dévoration. Ma sœur reste en surface. Elle n'emprunte que les chemins doux, pouvant feindre l'absence et la surdité pour être tranquille. C'est sa manière. On n'y peut rien. Nous ne nous ressemblons que dans cette capacité d'ajuster nos rêves à la couleur du jour.

Le soleil se rétrécit. Le fond de la baie tourne au vert, puis au gris. Une minute de plus, et les arbres glissent dans l'eau du lac. Le ciel et la terre ne font plus qu'une seule tache noire sous le regard. Le monde se resserre. C'est fini. Nous fermons la fenêtre.

Je retourne à la chambre dangereuse. Les chauves-souris sont revenues. Elles volent en rasant les poutres. « Dors, dit ma sœur, elles ne nous veulent aucun mal. » Mais je vois les tournoiements sinistres. Mais j'entends bouger les ombres. Cette fois encore, je devrai affronter seule ma terreur.

Les parents n'y sont pour rien ni pour personne. Ils dorment, aveugles, souverains. Un jour, ils apprennent que les chauves-souris se multiplient, que le grenier en est infesté. Il faudra les déloger, Marie-Anne Curtius en a aperçu une ce matin. Alors père a cette idée. À la nuit tombante, il part vers la forêt avec Hector et en rapporte un hibou qu'il dépose, pieds liés, sur la table de la cuisine. Mes frères accourent. Dos rond, panachures rabattues, l'animal se renfrogne. J'observe son front couvert d'aigrettes, ses joues cerclées de brun. Nous attendons la suite.

Quelques gloussements, un sifflement chuintant suivi d'un hou-hou sinistre, et il prend son élan. La chasse

commence. Père gardera le hibou. Les nuits me deviendront
encore plus odieuses. Au petit matin, mes frères comptent
les chauves-souris abattues et les portent dans une fosse
creusée au jardin. Nous voyons défiler les bêtes maudites
sous le regard imperturbable de père qui ne pense pas, un
seul instant, à nous en masquer la vue.

Pour échapper à ce climat, j'apprends à me tenir au-delà
du mal. Je feins l'indifférence, le détachement. Ils se plai-
gnent : « Elle n'a pas de cœur ». À douze ans, l'évasion est ma
planche de salut. J'avance en âge, une épine en travers de la
langue. Mais j'ai appris l'art de me ménager des refuges.

Après le déjeuner, je quitte la maison par la porte de
service avant qu'ils ne m'astreignent à d'ennuyeuses occupations. Je cours en bordure du chenal. Je m'enfonce dans les
herbes mouillées et pénètre dans le sous-bois où je retrouve
un bien-être familier. Un vent léger me caresse les bras et les
épaules. Autour de moi, le silence est trop immense pour
être absorbé d'un seul coup. La tête me tourne. Je m'immobilise, scrutant l'amas de tiges, de feuilles et de mouches qui
s'agitent devant mes yeux.

Je m'accorde le temps de saisir la rondeur des choses,
l'épaisseur de l'instant, puis je reprends ma course et, lorsque
j'ai épuisé mes forces, je m'étends à plat ventre, jambes
écartées, une oreille collée au sol. J'entends aussitôt battre le
pouls du monde. Un battement égal et continu qui englobe
l'Amérique, continent découvert par hasard au huitième jour
de la semaine sur la route de l'encens, des soieries et des
épices. Je sais. Je n'ai rien vu, mais j'ai beaucoup récité par
cœur. Cette terre, la seule que je connaisse, je l'élargis
chaque jour au-dedans de mon corps. Ces lieux clos, j'en
déplace les bornes au-delà de leurs dires. « Une fille bien ne
parle pas de danse quand c'est défendu par l'évêque. Ma
pauvre enfant, tu ne sais rien faire de tes dix doigts,
comment crois-tu trouver mari, fainéante comme tu es ! »

Un mari, je n'en cherche pas encore. En ce moment, autre
chose m'accapare. Reins plats, tête renversée, je prends un
bain végétal, offerte au soleil qui me ravage la peau. La
chaleur ramollit mon ventre et mes cuisses. J'éprouve des

sensations fortes. Des joies puissantes. Une coulée d'instinct remplit les creux du corps. Je me retiens de bouger. J'apprends à désirer par simple contact. J'apprends à aimer dans la suspension du geste.

La maison Trestler est loin. Ici, je peux en reconstituer les cloisons, les portes et les couloirs sans m'y blesser. Me voilà devenue raisonnable, capable d'admettre que joie et douleur puissent occuper un même point de chair. Mes narines aspirent l'arôme épicé des touffes d'anis que je mordille. Mes doigts pressent les tiges de pousses juteuses d'où s'écoule une eau verte. La vie est si énorme qu'elle me rejoint de tous côtés. Plus tard, lorsque je me lève, le regard brouillé, imprégnée de sèves et de parfums d'humus, le bonheur me paraît aisé.

Marie-Anne Curtius me voit venir, décoiffée, les bras chargés de bouquets. Elle fronce les sourcils. Tant de désordre l'indispose.

— Mais où es-tu encore allée courir ? Va vite te peigner avant que ton père arrive.

Je file à la cuisine où je trouve Adélaïde, l'odeur de pain, de ragoût, de soupe bouillante. Aussi Madeleine et son regard triste qui me reproche d'être disparue sans elle. Complice oublieuse, fille égoïste, je suis tout cela. Mais console-toi, ma sœur, demain nous nous raconterons nos rêves. Ton promis sera blond et tendre, il aura des mains fines et des gestes lents. Le mien sera brun, plutôt vif, et cela m'est égal qu'il porte ou non la moustache et se taille ou non les favoris.

Au fil des jours, nous corrigeons les traits, rajoutons un détail, précisons un souhait. Nous avançons parfois des noms, mais nous nous rendons rarement jusqu'au mariage, préférant nous attarder aux présentations, aux rencontres, ces galanteries et attentions qui nourrissent nos entretiens sans en presser le dénouement.

Mais le temps s'accélère. Nos corps mûrissent. Chaque mois, un sang abondant et épais coule entre mes cuisses. Celui de ma sœur est rare, transparent. Nous comparons. Elle s'efface, se désintéressant de sa poitrine, hésitant au bord de l'adolescence. Mère l'a prévenue. « Toutes les femmes doivent passer par là. » Ce *là* lui paraît redoutable. Elle en imagine les atrocités lorsqu'elle entend les femmes échanger des confidences sur leurs couches, leurs relevailles, leurs activités nocturnes.

Sur la page, le flou de la mémoire. Au-delà, un paysage où le regard invente mille issues possibles. La vieille maison grise se superpose de plus en plus souvent à la maison Trestler. À la fin, je ne sais plus qui parle, qui a parlé. Je ne sais plus qui raconte ses rêves et ses peurs. Qui succombe à l'attrait du plaisir et à l'horreur du sang. Qui, de Catherine ou moi, tire la fiction du réel, ou extrait le réel de l'imaginaire.

Des mois passent. L'étage des chambres se rétrécit. Un jour, il y a la voix du père, et cet étonnement, proche de la stupéfaction, sur le visage de l'aînée.

— Les tissus d'Irlande sont arrivés. Hector, vous aviserez les autorités du port qu'il nous faut un dédouanement rapide.

— Bien, monsieur.

Marie-Anne Curtius soupire. Une corvée l'attend. J.J. Trestler a décidé d'habiller ses filles en prévision du thé qu'ils prendront, à l'occasion du dix-septième anniversaire de Madeleine, chez le seigneur de Lotbinière et sa dame. N'ayant encore reçu aucune demande en mariage acceptable des bourgeois attendus, il croit pouvoir bénéficier de l'influence de son débiteur pour caser son aînée. L'essentiel de l'affaire est réglé. Il a fixé le montant de la dot qu'il ajustera, le moment venu, aux titres et mérites du prétendant.

Le trousseau est déjà terminé. Une garde-robe complète, du linge de corps et de maison initialé, brodé, ajouré. Il ne reste plus qu'à délurer cette adolescente timide, suffisamment jolie, dit-on, mais inconsciente de ses charmes et de l'effet qu'ils peuvent produire sur le cœur d'un homme. Marie-Anne Curtius, qui m'a toujours prêché la modestie et la retenue, s'y prend différemment avec Madeleine, l'incitant à parler haut, à lever la tête et à regarder les gens en face. Il lui reste une semaine pour accomplir le miracle souhaité, rendre cette fille présentable, développer chez elle l'aisance du langage et du maintien qui donnerait à ses maladresses l'apparence de la vertu. Grand-mère Curtius, qui habite la maison depuis son veuvage, l'assiste dans cette besogne.

— Répète. Je suis heureuse, monsieur, de faire votre connaissance. Mon père m'a souvent parlé de vous.

Madeleine bafouille. On l'entend mal.

— Répète encore.

— Je suis heureuse, monsieur...

— Plus fort, et ouvre un peu plus la bouche.

Mère s'occupe du maintien, le point fort de sa personne.

— Avance. Non, tu n'as pas la manière. Sors les reins et rentre le ventre.

Madeleine fait demi-tour, le buste étroit, les reins plats. Je l'aime ainsi, mais ces femmes sont persuadées qu'aucun garçon ne voudra d'elle.

— Le port de tête, voyons, surveille le port de tête. Et bombe la poitrine, sinon on te prendra pour une communiante.

Elle me regarde, chavirée. Quand nous rêvions de prétendants, nous ne prévoyions pas ces répétitions ridicules, ces apprêts, cette mise en marché. Nous souhaitions être aimées pour nous-mêmes, hors la richesse et les fausses manières. Nous espérions que cela se déroulerait sans affectation ni artifice. Mais voilà qu'ils ont décidé de transformer Madeleine en femme du monde. Une femme élégante, raffinée, capable d'allumer le désir des hommes et de les inciter à engager leur fortune et leur destin sur d'enviables attraits.

De moi, on attend peu. J'emploierai ma discrétion à faire ressortir la beauté de ma sœur, affichant ainsi ma position de cadette par rapport à la fille à marier. Cheveux noués sur la tête comme on les porte, paraît-il, au bal du gouverneur, nous paradons devant la couturière qui achève d'ajuster nos corsages. On a choisi pour Madeleine une robe en soie verte, assortie d'une cape de même ton, qui ravivera l'éclat de ses yeux et de ses cheveux. Pour moi, un ocre terne, soleil imbibé d'eau dans lequel je me noie, couverte d'un manteau de serge marron. On réveille le teint pâle de ma sœur. On accentue le brunissement de ma peau, la noirceur de ma tignasse.

— Tournez. C'est ça. Plus lentement.

Je pivote. Madeleine se retourne. Nos regards se croisent. Nous sommes raides, désaccordées. Mère triomphe. Elle croit son œuvre achevée, mais grand-mère lui souffle à l'oreille : « C'est sa mère toute crachée. Avec une poitrine aussi plate, une croupe aussi mince, personne ne la croira capable de faire des enfants. Et l'autre, solide et carrée comme son père, elle paraît presque trop forte. Cette couleur jure ! » Marie-Anne Curtius hausse les épaules. Elle pousse ses deux filles au mariage. Elle se lave les mains du reste.

Plus l'échéance approche, plus ma sœur se sent impuissante à combler leurs vœux. Elle craint de contrarier grand-mère, d'irriter Marie-Anne Curtius, de décevoir père. Sa pâleur s'accentue. Elle est convaincue qu'elle échouera à se faire remarquer. Je la persuade du contraire, soulignant l'ovale de son visage, la perfection de ses yeux, de ses mains, de ses gestes. Elle sous-estime ses charmes. On lui a toujours donné mère comme modèle de féminité, sa carrure de femme forte, son avidité besogneuse.

La veille, elle est fiévreuse. Elle a les traits plombés. Elle se lamente, osant confesser qu'elle refusera d'aller à ce thé. Je fais miroiter sa robe. Je passe à son cou la chaîne en or achetée par père chez un grand bijoutier de Montréal. Je lui dis qu'elle étincelle, que tous les hommes présents chez le seigneur de Lotbinière s'agenouilleront à ses pieds pour lui proposer le mariage. Elle répond : « Tu es bête, ça se passera autrement. »

Dans le salon du seigneur de Vaudreuil, les lustres tuent le soleil de cinq heures. Assise près de la fenêtre, je regarde le jardin. Un massif de rosiers longe la propriété. Plus près, une plate-bande de crysanthèmes et de zinnias s'égrène sur la pelouse fanée. Nous sommes à la fin d'octobre. Le jardinier repique des plants de géranium dans des pots de grès qu'il transporte sous la véranda pour les protéger du gel. Les mots fondent dans la bouche au lieu d'être prononcés. Je suis rivée à mon fauteuil, niaise, immobile. Il reste encore trop de lumière dans cette pièce que la tombée du jour obscurcit.

Ne pouvant m'évader plus longtemps à l'extérieur sans blesser les convenances, je rabats les yeux sur la table et le piano. Marie-Anne Curtius, qui déteste mes bouquets, complimente Mme de Lotbinière pour ses arrangements floraux. Ici, les fleurs n'ont plus d'odeur. Plus de vitalité. Elles sont des mots qui servent à meubler la conversation.

L'hôtesse, élégante, parfumée, porte une robe de soie marron au col montant et aux manches bouffantes. J'examine ses traits fins, son front haut, ses lèvres bien tracées. Mon regard insiste. S'agit-il d'une beauté naturelle, ou de l'art d'utiliser les crèmes et les fards achetés à grand prix chez un parfumeur de la capitale ? Mme de Lotbinière va deux ou trois fois l'an à Québec où elle se vante de fréquenter une élite plus raffinée qu'à Montréal. Cette femme, qui a la réputation d'être hautaine et de préférer les gens de professions libérales aux commerçants, s'acquitte admirablement de ses devoirs d'hôtesse. Elle cause affaires avec père qui l'entretient de la hausse récente du prix des fourrures. Il se souvient sans doute qu'elle arborait l'an dernier un manteau de loutre dont les peaux avaient été achetées chez lui.

Le seigneur de Lotbinière paraît plus effacé. Il parle lentement, comme si chaque phrase lui demandait un effort.

— Vous êtes au courant de la déclaration des Tories parue dans le *Montréal Gazette?* demande-t-il enfin.

Père se raidit.

— Les Tories perdent leur temps à acheter les seigneurs qui voudraient se faire élire de leur côté. C'est toujours le parti canadien qui mène.

— Vous savez que le juge de Bonne a tenté de me faire approcher en vue des prochaines élections?

— Vous, siéger comme Tory?

— Je puis vous assurer qu'ils ont été mal reçus. Ils veulent se gagner les seigneurs pour mieux dominer le Bas-Canada, mais ils ont déjà le gouverneur, les fonctionnaires, les marchands anglais. Cela suffit.

— Les seigneurs perdent la tête, dit père comme s'il ne s'adressait pas à l'un d'eux.

— Ils l'ont depuis longtemps perdue, rétorque M. de Lotbinière en inclinant la sienne. Chacun sait qu'à l'Assemblée, ce sont maintenant nos avocats, nos médecins, nos marchands et même des gens du commun qui siègent et font du bruit.

Père ne relève pas l'allusion. Certains jours, il prédit la chute des seigneurs dont il envie le prestige. Il croit que l'avenir du peuple canadien repose sur l'armée, qu'il estime insuffisante, et sur les marchands dont il déplore l'esprit de boutiquier et le peu de représentants à la Chambre. Il craint, pour sa part, que le prochain gouvernement ne favorise des orateurs qui se targuent de connaître le grec et le latin sans rien comprendre aux affaires. À les entendre, je crois comprendre que l'argent occupe au parlement la place du sexe dans les ménages. Plus il s'y ménage un rôle, et plus il doit rester caché.

— Monsieur de Lotbinière, vous pensez vraiment qu'il y a de l'avenir, en politique, pour ceux de ma génération?

Accaparée par la conversation, fascinée par Mme de Lotbinière et intimidée par le luxe de sa toilette, de sa maison, de ses meubles, j'ai à peine remarqué les trois jeunes gens qui tentent de s'introduire dans le débat. Père réprime un mouvement d'impatience. Des gens de professions libérales, il en souhaite pour fils ou pour gendre, mais il ne cédera pas sa place à ces jeunes blancs-becs qui savent à peine différencier une peau de lapin d'une peau de castor. L'ancien colporteur se souvient d'avoir arpenté les rues de Vaudreuil en portant des ballots de tissus, de fil, de lacets et de passementerie sous le bras. Il reproche à cette génération d'accepter l'aisance comme allant de soi. Mépriser l'élite intellectuelle dont il paie les services le console de ne pas en être.

Lorsque M. de Valois, M. de Galt et M. de Chiasson nous ont été présentés, ils se sont inclinés longuement devant ma sœur, placée à droite de l'hôtesse, qui était en droit d'attendre leurs honneurs. Or, elle n'a jamais paru aussi morne et effacée. Elle se tient le dos détaché du fauteuil, comme on le lui a enseigné, ses mains mollement étalées sur les accoudoirs. Je la sais dévorée par une somnolence inquiète. Elle répond à peine aux questions posées, paraissant trouver la présence de ces jeunes gens insupportable. Je déteste pour ma part leurs cheveux laqués, leurs doigts fins, leurs gestes étriqués. De toute leur vie, ils n'ont probablement jamais palpé l'écorce d'un bouleau, la peau d'un animal, le grain d'un bois. Se tenant constamment à la surface d'eux-mêmes, ils saisissent dans les propos du seigneur et de sa dame de quoi nourrir leur ambition. Le reste leur indiffère.

M. de Valois respire la banalité. Il surveille constamment son maintien, dégageant le pli de son pantalon chaque fois qu'il croise la jambe. M. de Galt, le plus intéressant des trois et sans doute le moins fat, a la voix grave et assurée des hommes de la trentaine. Ce célibat prolongé trahit, il me semble, un besoin d'indépendance et de tranquillité peu compatible avec le mariage. Je ne voudrais pas d'un homme qui m'imposât silence dans ma maison et m'obligeât, en raison d'une trop grande différence d'âge, à lui obéir comme une enfant. M. de Chiasson, enfin, paraît avoir gardé souvenir de sa formation d'officier. La sévérité de sa tenue et la brusquerie de ses manières révèlent un tempérament peu enclin aux délicatesses et aux frivolités. S'autorisant d'intentions à demi avouées, il va au plus pressé.

— Ainsi donc, vous voilà en âge d'être mariée, dit-il en dévisageant Madeleine.

Elle rougit, ne s'attendant pas à être apostrophée de la sorte. Elle porte une main pudique à l'échancrure de son corsage. L'éventualité d'un mariage, dont le choix et les modalités pourraient être fixés ici même, dans ce salon, avec un parfait étranger, la terrifie. Elle se fige. Père intervient. Il est le premier intéressé.

— Elle a dix-sept ans aujourd'hui, monsieur. À cet âge, les filles moins sérieuses ne rougissent plus quand on leur parle mariage ou enfants.

Père brûle les étapes. Il conduit l'affaire à la façon d'un négociant qui veut retenir son client. «Je vois», dit M. de Chiasson qui déshabille ma sœur d'un œil sévère. Père se ravise. Après tout, il se peut que cet officier de carrière soit plus sensible aux plaisirs du lit qu'au désir de paternité.

— Il faut se méfier des eaux dormantes, dit-il. Depuis que nos filles savent lire, elles n'ouvrent pas que le missel.

Cette visite m'apprend beaucoup. Père, dur en affaires, froid et réservé avec la famille, devient léger en visite. L'hôtesse, occupée à servir le thé sur le lourd plateau d'argent couvrant la table demi-lune longeant son fauteuil, a levé la tête.

— Vraiment. Et quels livres lisez-vous ?

Ma sœur baisse les yeux. Marie-Anne Curtius aurait mieux fait de renoncer à ce chignon qui laisse à découvert le visage de sa belle-fille. Cette coiffure dévoile une pudeur et une timidité qui pourraient être un atout si des épaules fermes et une gorge charnue garantissaient la robustesse de la constitution et la solidité du tempérament augurant de la stabilité conjugale. Engoncée dans sa robe de serge grise, mère paraît se demander où elle a trouvé la patience d'élever une enfant aussi peu réjouissante.

— Madame, comprenez...

Madeleine avouera-t-elle que la lecture est interdite à la maison Trestler, que les seuls livres permis sont les manuels de grammaire, d'histoire, et les livres de prières. Père me jette un regard embarrassé, craignant de me voir dénoncer sa rigueur, car sa position est, sur ce point, conforme à celle de l'évêque. Pourquoi faut-il que des principes d'éducation, auxquels il n'entend pas déroger, se trouvent subitement remis en question par une femme influente ?

— Et vous. La lecture vous plaît aussi ?

— L'histoire de ce pays m'intéresse. J'aime en connaître les faits et péripéties.

Père respire d'aise. Moins docile que Madeleine, mais plus habile et déterminée, il se pourrait que je lui apporte finalement plus de consolation et sache mettre à contribution l'indépendance d'esprit qu'il me reproche. Les trois jeunes gens me dévisagent, étonnés qu'une fille de négociant, inapte de par son sexe à s'adonner au commerce ou à la vie militaire, puisse s'intéresser à l'histoire. Ils réduisent probablement celle-ci à ses batailles et traités de paix, et n'accordent sans doute d'intérêt à la femme instruite que dans la mesure où elle sert leurs ambitions. M. de Galt se plaint que son siège est menacé au parlement à cause des récriminations de la milice locale qui s'estime insatisfaite du peu de crédit qu'on lui accorde en haut lieu et exige un meilleur traitement, tout au moins une reconnaissance plus nette.

Père en profite pour rappeler des souvenirs de sa vie de garnison. Il a toujours le verbe rude et l'argument massif, mais il se montre jovial et plein d'esprit. Si j'avais ce père tous les jours, cela me serait facile de l'aimer. Après notre départ, l'épouse du seigneur de Vaudreuil dira : « Il est moins lourd qu'il ne le paraît. » De mère, à qui elle n'a pas adressé la parole depuis notre arrivée, il ne sera pas fait mention. Celle-ci ne s'en formalise nullement. Ici comme là-bas, elle soutient son homme d'une présence discrète dont elle connaît le ressort. Ce désir de triompher dans sa chair. D'éloigner au plus tôt ces filles par un mariage convenable, et de se partager seule, avec ses fils, le cœur et la fortune de J.J. Trestler.

— Nous souhaiterions voir madame au piano, dit soudain M. de Valois qui cherche à s'attirer les bonnes grâces de l'hôtesse.

— Mais demandez plutôt à ces jeunes filles. À leur âge, elles ont certainement plus de temps que moi à consacrer à la musique.

Madeleine et moi ébauchons un vague signe de tête pouvant tenir lieu de remerciement poli. Père doit convenir que notre éducation nous a bien mal préparées à briller en société. L'épouse du seigneur de Vaudreuil me regarde avec insistance. Madame, à la maison Trestler les touches du piano, comme l'or des coffres et l'argent, restent sous clef. Nos réserves sont intactes. Nos vertus et nos talents sont cachés. Depuis toujours, nos désirs et nos besoins nous sont dictés par les clans Curtius et Trestler. Ne nous demandez donc pas d'exprimer un élan du cœur ou une disposition d'esprit qui échappe à l'usage domestique. Les seuls chants que je connaisse, à part ceux de l'office dominical, sont les lieds que grand-mère chante à Pâques en martelant vigoureusement le clavier du piano-forte extorqué d'un débiteur en faillite.

Et cependant père dit aimer la musique. Et cependant, à Noël, il répète de vieux refrains allemands. Madame, la seule musique que je connais est le sifflement du vent dans les arbres, le chant des oiseaux, le grésillement des insectes, le pianotement de la pluie sur le toit. Je ne vous parlerai pas des cris du hibou ni du vol des chauves-souris.

— Vraiment ? insiste-t-elle.

— Vraiment.

M. de Valois tire le tabouret et ouvre une partition comme s'il était un habitué de ce salon. Mme de Lotbinière s'assoit, ferme un instant les yeux, et place ses doigts sur le clavier. Après ces quelques secondes de silence, une musique s'élève, liquide, presque végétale dans ses modulations, qui glisse vers des variations d'intensité. Je vois des touches moirées, des astres changeants sous les pierres effritées. La mélodie se répand en coulées soyeuses qui réveillent en moi des souvenirs de bonheur. Je pense à la fontaine du rocher bleu, au boisé bordant le chenal, à son odeur de sève, à ses créations mystérieuses, organiques. Je pense à mes vagabondages le long du lac, ces courses folles qui s'espacent depuis l'automne.

La musique se déplace, allant du glauque à la lumière. Je ne saurais dire jusqu'où je rêve la vie. Jusqu'où je rêve ces accords, ce cahier, ces emportements, cette folie dévoilée. Il me manque vingt ans pour connaître les émois de cette femme qui ne consulte pas les pages de la partition qu'on lui tourne. Paupières baissées, elle regarde au-dedans d'elle, rendant avec tout son corps le mouvement de la musique. Il n'y a plus d'été finissant, plus de bourgeois en visite, plus de filles à marier et de prétendants à séduire. Il y a une mélodie qui tire ses sons de mes veines.

Les mains frappent les touches, et le monde s'ouvre dans un beau désordre, morts et vivants confondus. Des neiges déferlent sur l'ivoire des paumes, ruissellement magique qui ravive la résonance des cordes sur les tempes. L'émoi se multiplie. Des milliers de vies grouillent dans le corps de l'interprète dont le torse et les reins devancent les accords. Des milliers de femmes me traversent et me racontent leurs naissances, leurs deuils, leurs enfants, leurs courses sous le soleil, leurs montées de lait et de sang. Les soirs tristes aussi, dans le noir des chambres, à côté d'hommes repus, qui ont déjà été de bons partis.

Cette femme improvise-t-elle ou répète-t-elle ces accents de mémoire en pensant aux êtres et aux choses qui l'ont connue, émue, habitée? Est-elle fidèle au seigneur de Lotbinière, ou le trompe-t-elle avec un homme de ses relations, ou même avec l'un de ces jeunes ambitieux qui fréquentent sa maison? Une telle passion déborde les limites de ce salon. Je me demande comment un être aussi ardent peut se satisfaire d'un train de vie où l'artifice semble régner.

Son jeu se tempère. Elle modère maintenant le rythme, enfonçant profondément les doigts sur les touches. Je la suis dans l'univers secret où elle avance, le corps fiévreux, le visage transfiguré. Le seigneur de Lotbinière la regarde distraitement comme si elle accomplissait une formalité sans importance. Peut-être le trompe-t-elle seulement avec cet instrument avec lequel elle s'accouple, se contentant de marteler l'ivoire sec, frémissant, de la bête à musique.

Elle se redresse. M. de Valois ferme la partition inutilisée tandis que les deux autres invités se lèvent et s'inclinent. Père s'approche et lui baise la main. Elle sourit, puis retourne à son fauteuil, parfaitement calme, parfaitement détachée de l'émotion qui la bouleversait, ou paraissait la bouleverser, quelques secondes plus tôt. Ma mémoire tranche. Je dois faire la part du luxe, oublier le faste des porcelaines, la taille du piano à queue, l'apparat des tableaux, des étains, des velours. Je dois faire la part des choses. Apprendre à distinguer le naturel du simulacre.

Sur le visage de Madeleine, l'effarement. Elle s'efforce de faire bonne figure, mais je la vois ramassée sous ses paupières, piégée dans le travesti de l'illusion maintenue. Il eut mieux valu lui permettre d'avoir ses dix-sept ans en paix, seule, derrière nos murs. Ces jeunes gens sont ennuyeux, et aucun d'eux n'a l'intention de la prendre pour épouse. Ils connaissent trop les usages pour se satisfaire d'une fille qui rougit pour un rien.

— Vous devriez leur faire donner des leçons de piano, insiste Mme Lotbinière qui n'est pas dupe. Je pourrais vous recommander un maître de musique qui fait des merveilles.

— Je vous en suis d'avance reconnaissant, répond père qui n'en fera sans doute rien.

L'épouse du seigneur de Vaudreuil se verse une dernière tasse de thé. L'événement est consommé. Nous devons prendre congé. Pour moi, l'imprévisible a eu lieu. Pour ma sœur, la rencontre espérée ne s'est pas produite. Les jeunes gens s'effacent derrière leurs hôtes. Je regarde le jardin une dernière fois. Il est noir, dévoré par la forêt. La nuit tombe plus tôt ici qu'à la maison Trestler.

Sur le seuil, Mme de Lotbinière me retient.

— Quel âge avez-vous ?

— Bientôt seize ans, madame.

Elle pose sur moi un regard étrange, n'ajoutant rien. Dans la berline, père estime que cette marque d'attention aurait dû aller à Madeleine. Marie-Anne Curtius lui rappelle que l'anniversaire de sa fille aînée, connu de tous, avait été le prétexte de ce déplacement. « Cette femme est trop frivole », tranche-t-il. Mère se tait, heureuse de revenir à sa maison, à ses meubles, à son univers simple et solide.

Père se renfrogne dans un silence bourru, évitant de nous regarder, ma sœur et moi. Au cours de cette réception, il nous a gratifiées de plus de civilités et de mots aimables que pendant une année entière à la maison Trestler. La voiture contourne la baie et remonte le chemin Trestler. La vie normale reprend son cours. Adélaïde ouvre la porte avec précipitation et nous accueille en faisant grand tapage. Derrière elle, se trouve grand-mère.

— Et alors ?

— Elles se sont bien tenues, répond simplement sa fille.

Les jours suivants, la maison me paraît triste. Mais père fait des efforts. Aux repas, il nous adresse quelques observations, une façon d'encourager les progrès que nous sommes censées faire dans le raffermissement du maintien et l'aisance des manières. Sans aller jusqu'à souhaiter nous voir copier Mme de Lotbinière, il mise sur plus d'assurance, peut-être même sur quelque apparence d'insouciance et de frivolité, si cela était désormais requis par l'usage.

Sans doute se persuade-t-il que cette nouvelle génération d'hommes ne se contente pas de la règle Kinder, Kirche, Küche qui résumait, dans le clan Curtius, les attributs de l'épouse idéale. Il doit également se dire que ces Canadiens français, de mœurs libres en dépit de leurs dévotions qui n'ont d'égal, croit-il, que leurs beuveries et sauteries, manifestent dans les questions amoureuses des exigences bien particulières. Pour une fille légère, il leur arrive de compromettre leur fortune ou de risquer leur situation. C'est du moins ce qu'il laisse parfois entendre, à mots couverts, dans des conversations ambiguës.

Pendant quelque temps, nos frères sont oubliés. Marie-Anne Curtius relâche son emprise. Grand-mère se montre plus tolérante. Cette accalmie est bonne. Nous vivons plus librement, ayant même le devoir de nous découvrir des talents. Le maître de musique vient deux fois la semaine nous donner des leçons de piano. Il dit que Madeleine a des aptitudes et connaît l'art des nuances, mais il se plaint de mon manque de patience. Je voudrais tout de suite la musique entière, parfaite, comme celle que j'ai entendue dans le salon des Lotbinière. Les gammes et les exercices m'exaspèrent. Je leur préfère les excursions en forêt, même si je dois maintenant les espacer pour laisser croire que je me range. Pour laisser dire que je consens à devenir une jeune fille convenable. Une fille mariable, aussitôt l'avenir de sa sœur assuré.

Même si Madeleine et moi ne devions jamais maîtriser ces sérénades auxquelles mère préfère les lugubres. *De profundis* et *Kyrie Eleison* des offices religieux, nous profitons de ces leçons. Après le déjeuner, nous quittons la salle à manger et pénétrons dans la grand-salle dont nous ouvrons les volets afin d'en chasser les odeurs rances. Silencieuses, nous contemplons le lac qui borde la pièce sur deux côtés. Certains jours, il est couvert de brouillard. Je quitte alors la fenêtre pour le piano, laissant mes doigts toucher les notes au hasard, me contentant d'éparpiller un bruit de fond couvert par les exercices réguliers de ma sœur. Dans ces moments, je me plais à imaginer que je suis courtisée, qu'un homme me fait des déclarations et va jusqu'à demander ma main. Yeux fermés, je m'abandonne à la mélodie comme le faisait Mme de Lotbinière le jour de sa réception. Mais les cinq notes que je connais supportent une bien courte passion. Et rien en moi ne s'apparente au charme éclatant, raffiné, de cette femme. Très tôt, je renonce.

En décembre, Madeleine peut jouer des airs de Noël en partition abrégée. Elle a perdu un peu de sa retenue et de sa timidité. J'ai reçu mon premier bijou, une chaîne en or offerte par père. Puisqu'il a deux filles à marier, autant les revêtir toutes deux des marques d'opulence susceptibles d'attirer des prétendants bien nantis.

Trois mois passent. À la mi-carême, ni M. de Valois, ni M. de Galt, ni M. de Chiasson ne se sont manifestés, et aucun d'eux n'a exprimé le désir d'être reçu sous notre toit. Père reconnaît avoir eu tort de miser sur M. et Mme de Lotbi-

nière. «En affaires, on ne peut se fier aux gens du monde»,
a-t-il l'habitude de répéter à Hector qui partage cet avis.

Un matin, nous trouvons le piano-forte sous clef. Le
maître de musique a été congédié. Père trouvera lui-même
ses gendres. Mme de Lotbinière m'honore encore pendant
quelques semaines d'un sourire complice. Mais bientôt, à la
façon dont elle nous salue sous le portique de l'église en
englobant d'un seul regard le clan Trestler, je comprends que
je n'existe plus pour elle.

Des volets claquent dans la chambre du rez-de-chaussée. Une odeur de café monte de la cuisine. Mon regard glisse sur le mur afin de rompre avec des images que la lumière du matin dilue et blanchit. Il neige encore. Le vent siffle toujours à la fenêtre, mais il a dû tourner au sud. Je n'entends plus les grincements du crochet de fer dans l'attache du châssis. Le silence de cette chambre humide a goût de solitude. Je pèle une orange afin de m'attarder dans la tiédeur des draps.

Un rêve, traversé par des voix, des cris, l'adagio d'une musique douce et le bruit d'une machine à écrire, m'a éveillée. Par terre, j'aperçois mon bloc-notes rempli aux trois quarts d'une écriture enchevêtrée, quasi illisible. J'ai trop lu, ces derniers temps, de narrations qui roulent comme sur des rails. Mais comment raconter une romance sans romancer. Catherine Trestler a vécu, aimé, et je dois me porter garante de cet amour et de cette vie que je connais encore bien peu.

Je relis les questions à poser à Eva. Hier, elle m'a dit : « C'est comme ça que je travaille. Je me couche toujours avec un crayon à portée de la main pour noter les choses importantes à faire le lendemain. » Malgré tout, je crains de ne pouvoir reprendre le fil de l'histoire où je l'ai laissé. Les rêves font leur besogne. Ils dévoilent des incidents, des visages, des passions pour lesquelles il faut trouver un commencement et une fin. Et, dans cet agencement de l'imprévisible, c'est toujours le commencement qui manque.

Tailler un crayon aiderait peut-être à rompre avec cette éthargie du réveil. Poser un geste briserait l'opacité

comateuse qui, au-dedans comme au-dehors, décompose les
formes et les ramène au néant. Belle contradiction. Je
cherche la fin d'un souvenir dans une chambre qui me plaque
du passé plein les bras. Et cependant, ma méfiance à l'égard
de la mémoire me retient de trancher. Je connais ces inutiles
connivences qu'une sensation inquiète sait imposer à la
réminiscence. Il est difficile de parcourir le temps dans les
deux sens sans se laisser abuser par l'obligation d'en finir
avec le hasard.

Puisqu'il faut bouger, j'enfile mes pantoufles de polyamide :
« Gracieuseté de la compagnie Alitalia, Rome, Ancône, Florence,
Sienne en février ». Là-bas, j'ai tout su de Raphaël, de Catherine
de Sienne, de Michel-Ange offert aux journalistes avec
caméra en bandoulière. — « All of you do speak English ? » — Mais ici, derrière les rideaux tirés sur une lumière
rare, il y a ce paysage lunaire qui biffe la réalité. Il y a cette
blancheur de limbes qui empêche la venue des signes et le
repérage des lieux. Le lac s'est effacé. Aucune rumeur ne
monte de Dorion. Je ne vois rien du domaine Trestler masqué
par l'avancée de la fenêtre mesurant plus d'un demi-mètre
d'épaisseur. Je touche du bois sans éprouver d'autre certitude
que la conscience de ma myopie pour tout ce que me touche
de près.

Ainsi, dans cette chambre, le plancher, qui m'avait d'abord
paru marron, est parfaitement vert. Le gros secrétaire de
postier sur lequel Benjamin a déjà travaillé remplit la même
fonction que ce fauteuil Empire couvert de vêtements, ces
lits jumeaux dont un seul est ouvert, cette table et sa
douzaine d'épingles oubliées au fond du tiroir. Tous ces
meubles et ces objets posent la même question. Pourquoi
joue-t-on à rêver le réel en prétendant l'écrire ? Pourquoi
s'acharne-t-on à vouloir le reconstituer et le justifier ?

Pourquoi ai-je moi-même souhaité percer le mystère de
Catherine Trestler, celui de son père, d'Eva, de Benjamin, de
Monsieur B ? Le mystère n'existe que d'être imaginé. Un
roman de trois cents pages m'apprendra peut-être que nous
sommes les visages d'une seule et même personne. Un être
sans âge qui endosse, dans sa traversée de l'espace et du
temps, un ensemble de vies et de morts lui apportant la

plénitude d'existence qu'une seule vie et une seule mort ne sauraient satisfaire.

L'ombre de Catherine qui rôde dans cette pièce est plus que l'ombre de Catherine. Et cette cheminée de pierre renvoie à d'autres feux, d'autres pierres, d'autres drames, d'autres maisons. Cette nuit, j'entendais tousser Eva à travers mon sommeil, et j'avais la certitude que Benjamin n'était pas rentré, que Catherine avait déjà souffert d'une maladie respiratoire dans des circonstances analogues, que ma santé s'en trouvait affectée. Je tâte ma gorge. Des ganglions roulent sous mes doigts. À mon retour, Stefan dira que je commence la dix-neuvième grippe de la saison.

— Vous avez bien dormi ?

Eva est habillée, coiffée. Elle a déjà déjeuné, mais elle verse le café dans deux bols et apporte le pain chaud, les œufs, le miel. Son teint est brouillé. Des cernes creusent ses yeux.

Le téléphone sonne sans arrêt au bureau, à la cuisine, dans le hall. On veut fixer la date d'une exposition, d'un concert, d'une séance de travail. On souhaite obtenir des renseignements sur la maison, la visiter, confirmer un rendez-vous, ou l'on a simplement composé le numéro par erreur. Eva se lève, répond : « Ici la maison Trestler ». Ou bien elle reste assise, continuant de causer comme si la sonnerie s'était arrêtée.

— Vous ne sauriez croire combien de pas je fais dans une journée seulement pour le téléphone.

Les rides naissantes d'Eva, sa réserve, sa discrétion — ni fard, ni bagues, ni breloques —, m'en apprennent autant sur Catherine Trestler et la vie de cette maison que les papiers notariés du père.

Son corps tranquille, ravagé par la bronchite et les insomnies, dénonce l'imposture du spectaculaire. Elle sait que la banalité est le premier refuge de l'essentiel, et c'est le partage de cette évidence qui me la rend proche. Le bureau de poste, le courrier, la cuisine, la table, le lit. Je connais cette géographie intime des femmes. Cet envers de l'histoire officielle où s'affichent des dates, des guerres, des trafics de territoire, une prétention à régir le monde, l'impuissance à en prévoir le déclin ou la chute.

Dans un autre ordre d'idées, Monsieur B a la réputation d'être un fin gourmet. Il lui arrive de faire lui-même la cuisine. À Dorion, il pourra s'en donner à cœur joie, s'il trouve le temps de s'adonner à son passe-temps. L'immense cuisine a su garder son cachet rustique tout en abritant les appareils électroménagers les plus modernes.

À l'ère des communications, la presse a tous les pouvoirs. Même celui d'obliger les chefs d'État à se coudre un bouton ou à se cuire un œuf lors d'un séjour à l'étranger.

— Ferme ou coulant ?

— Coulant.

Eva éclate de rire. Elle fut pourtant vexée d'apprendre que le dîner d'accueil offert dans sa maison au dignitaire français, un dîner intime avait-on déclaré, serait préparé dans les cuisines du Ritz et servi par les élèves de l'École nationale d'Hôtellerie. Les maîtres de maison quitteraient leur domicile qu'ils réintégreraient le lendemain, à neuf heures, pour servir le café au lait à monsieur, le thé mi-feuilles mi-sachet à madame, bacon and eggs, croissants, muffins, gâteaux et confitures du pays. Un petit déjeûner moitié français, moitié anglais. L'art du compromis poussé jusqu'à l'assiette. Un progrès vis-à-vis le clan Goncourt qui avait, quelques années plus tôt, imposé au Ritz de Montréal le protocole d'outre-mer, le chef cuisinier de chez Drouan et un académicien myope, cinq fois divorcé cinq fois remarié, cible des railleries de jeunes auteurs ignorés par la métropole.

Eva se souvenait avoir vu madame, parée, parfumée, prédire devant la toile d'un peintre sexagénaire de réputation internationale : « Il a de l'avenir ce jeune homme. » Elle l'avait vue traverser le salon et demander que le repas lui soit servi sur la terrasse comme dans les stations de ski. Elle avait noté son extrême gentillesse. Voix menue, pas mesurés, le charme étudié des grandes bourgeoises affamées d'étiquette. Une discrétion concertée mise au service du politicien bedonnant qui, lui, mangeait à l'intérieur sans arrogance ni affectation.

L'œil velouté, les gestes ronds, il avait, du Taureau, la pointe de cheveux caractéristique sur le front. Car le journal avait aussi révélé sa date de naissance. En d'autres circonstances, Eva aurait pu aimer cet homme affable et sensuel qui tartinait copieusement de miel ses muffins. Elle le regardait, détaillait sa petite bouche, son double menton, ses mains potelées, se sentant surtout attirée par le regard vif et les francs éclats de rire qui découvraient de belles dents. Contrairement à leur Premier ministre à eux, agité, nerveux, prototype de ces enfants malingres et surdoués qui n'ont jamais eu leur avenir derrière eux, il respirait le calme et l'opulence. Un gavage d'optimisme et de foie gras, osait-elle penser.

Le communiqué de presse avait spécifié : *Un dignitaire simple. Un homme affable, aux goûts éclectiques, qui préfère la vie de famille et les réunions entre amis aux brillantes réceptions mondaines.* Alors pourquoi cette distance entre eux, et non la proximité parentale exacerbée par les promesses et les aveux publics ? Un jour cet homme mourrait, comme Benjamin, comme elle. Tous les trois, ils vieilliraient. Tous les trois, ils connaîtraient le désert du cœur. Ces mots dont on se gargarisait pour immortaliser les corps, la foi, les gestes, n'avaient jamais embrassé personne. Or, à cet instant précis, Eva avait besoin d'être embrassée par un homme qui partageât ce désir.

Confondue par l'impudeur de son audace, elle baisse les yeux. Lorsqu'elle ramène vers lui son regard, elle ne voit plus manger le Premier ministre de France, elle aperçoit la mort attablée. Cette vision la fait frémir, mais, brûlée par sa folle exigence, elle s'approche de la table.

Ai-je vu Monsieur B se verser une tasse de café, ou a-t-elle elle-même posé ce geste ? Je ne sais trop. Plus tard, elle m'apparut, immobile, fixant le jardin où s'accumulait une neige légère. Je pensais qu'elle aurait aimé dire « le froid va bientôt céder », ou « encore un mois et ce sera la fin de l'hiver », mais je n'entendis rien. Le repas s'achevait. Elle n'ouvrit plus la bouche.

Des volets battent.

Une voix claironne : « C'est incroyable ce que ça a dû coûter pour garder la lune toute la nuit au-dessus de la maison Trestler ! » J'entends des rires monter de la rue de la Couronne. Et ces rumeurs de départ. Eva n'a pu voir la pleine lune sur son toit puisqu'elle a dormi ailleurs. Des lits jumeaux dans une chambre d'amis, distancés de deux mains comme ceux des dignitaires. Mimétisme de l'histoire. Elle se souviendra de ces détails.

Dans l'album, une dernière photo. Devant l'armoire à pointes de diamants, dans le hall, un homme endosse son paletot et coiffe un bonnet d'astrakan tandis que sa dame enfile ses longs gants fourrés. Large sourire, gestes bien-veillants. Le maître de maison fait bonne figure. On secoue la tête. Oh rien, mais non rien, ce fut un plaisir. Inoubliable, croyez-nous. Pourtant, dit-elle, mais alors ce sera encore plus froid dans la capitale ?

Et bla, et blabla. Il n'y a pas de raison, vraiment, revenez quand ça vous plaira, notre porte vous reste ouverte. —Oui ? Trop aimable. — Mais si allez, les voyages forment la jeunesse, on y gagne toujours quelque chose. Et bla. Et blabla. Comme avec la parenté des États qui s'éternisait, aux grandes vacances, avec sa boîte de chocolats. Cadeau d'ou-verture. L'oncle Jos, millionnaire, avait fait fortune dans l'assurance-vie et me rabâchait les charmes de la poupée parlante, grandeur nature, qu'il m'offrirait un jour. Je ne la vis jamais. Il mourut d'une cirrhose, seul, sans testament, et personne n'eut à se remémorer ses bienfaits.

Mon père, qui cherchait hors de sa ferme un monde aussi vaste que dans les journaux, l'avait précédé deux ans plus tôt. Une fois couverts les frais de succession, treize orphelins se partagèrent les restes par rang d'âge. Au neuvième tour, la roulette me décrocha cent quatre-vingt-neuf dollars. De quoi acheter un vieux piano table, long comme un corbillard, où j'écorchai allégrement Beethoven et Mozart avant que l'instrument aille aboutir à l'Auberge du Portage, vendu par ma mère au double du prix coûtant après mon départ pour la capitale. C'était l'année du Blue Tango. On aimait le son de casserole à l'accord.

Eva en avait fait son deuil. Vis-à-vis de la France, nous resterions la branche bâtarde d'Amérique. Des provinciaux pourvus de grands espaces, de grandes forêts, qui différenciaient à peine la Cuvée des Patriotes d'une fine champagne. Des parvenus nantis de ressources naturelles, équipés de grosses voitures, de vêtements perma press et de technologie américaine.

Une neige fine couvre les carreaux de la porte-fenêtre de la cuisine. La lumière oblique du matin déplace le jardin vers l'est. Derrière la table, le grès de Potsdam étincelle, ravivant les reflets rouges des tuiles du parquet. Eva achève son café. Le silence est bon. J'aime cette lenteur des gestes dans la journée commençante.

— Vous êtes déçue ?

— En un sens. On souhaitait des échanges, une vraie rencontre, mais le protocole l'a emporté.

— Vous recommenceriez l'expérience ?

— Sûrement pas.

Elle ajoutait : « Mais il faut admettre que cette visite a donné à la maison une notoriété qu'elle n'avait pas. » Exactement comme pour le cri du général. Et la leçon de catéchisme, autrefois, dans la chambre des garçons chauffée par la cheminée de briques roses. Au commencement la terre était vide, et puis Dieu créa par sa parole la lumière, et le jour et la nuit, et les poissons et les oiseaux. Au septième jour, il créa l'homme, et le monde prit corps, et l'histoire commença. « Et la neige ? » — « La neige aussi ! » tranchait ma sœur aînée en jurant sur le grand livre illustré où les orteils de Judas trouaient la nappe du banquet de la dernière Cène.

Perdu dans l'infiniment grand et l'infiniment petit des temps insaisissables, le huitième jour d'Amérique ne figurait pas au calendrier des rituels inter-gouvernementaux. Sur cette terre abandonnée, l'insolite était l'ultime compensation. En deux jours, le dignitaire français avait appris de lui-même, sinon de son garde du corps, que le Québec revendiquait un statut particulier tant à la Chambre des communes qu'à table ou dans la chambre à coucher.

— Du vin de bleuets comme apéritif, imaginez.

— Vous exagérez.

— Comme sirop pour la toux, on ne fait pas mieux.

— Vous avez dû mal comprendre. On parle ici la langue avec un fort accent.

— Et alors, vous croyez que je ne sais plus goûter ?

Monsieur B réprimait un mouvement d'impatience. On lui parlait apéro, savane et bleuets quand, de l'extrême forêt boréale jusqu'au fleuve, s'étalait un univers glacé balisé de poteaux de téléphone et de pylônes de haute tension. Il en était sûr. Leur salut viendrait par l'électricité, pétrole blanc dont regorgeait l'Arctique. Habiter près du pôle Nord avait ses bons côtés. La baie James en était un.

Maintenant, il enlevait sa veste, dégrafait la boucle de sa ceinture et s'écroulait sur le lit dont il ne prenait pas la peine de tâter le matelas. Heureux de se délester de son carcan d'homme public, il regardait sa montre et soupirait d'aise. À Paris, c'était l'heure du petit déjeuner. Croissant, baguette et café au lait, ensuite le travail, les paperasses, le bureau, les conférences de presse. Il refusait de penser à celle du lendemain, aux arguments qu'il avancerait pour éviter de se compromettre ou de heurter leurs sentiments.

Ils mettaient, dans ce désir d'être nommés par la France, l'avidité des sourds-muets à voir bouger les lèvres des statues. Le lignage maternel sauvegardé depuis la conquête anglaise satisfaisait le cœur sans délivrer de passeport pour les Nations Unies. Cela indiquait l'origine. Cela formait un bel îlot matriciel où croupir le reste de ses jours. Mais l'histoire de l'Occident était patriarcale, et Monsieur B était condamné à trahir la fonction paternelle. Il jouait au touriste, au père prodigue, ou même au préfet de discipline, mais il refusait de légitimer l'alliance proposée. Il les interpellait pour mieux les renvoyer à l'anonymat des parentés lointaines avec lesquelles on ressuscite la fête sans partager les privilèges successoraux.

Ailleurs, les rapports avec ses hôtes auraient été neutres, dégagés de toute affectivité. Ici, on l'accablait d'amour. Mais, grâce au décalage horaire qui donnait à l'Amérique six heures de retard sur l'Europe, il pouvait enfin commencer sa nuit. Enfin sombrer dans le nirvâna des politiciens, prendre congé de leur adoration quand le Quai d'Orsay s'éveillait, se reposer des ovations, des clameurs, des querelles, oublier les susceptibilités et les malentendus avivés par son passage. Sur l'Outaouais, la presse anglophone aboyait comme chaque fois qu'un chef d'État français débarquait à Montréal. À Paris, on attendait l'impair qui permettrait de crier au scandale ou à l'incurie. Dans la Belle Province, on s'arrachait ses discours, prêtant une signification historique au moindre lapsus, commentant la plus infime parole.

Le calme de cette chambre paysanne agissait. Bientôt il n'entendait plus siffler le vent derrière les volets. Monsieur B somnolait lorsque la chasse d'eau, tirée derrière la cloison longeant le lit, le fit sursauter. Sa femme achevait sa toilette. Il geignit, maudissant Orlane, Dior, Lancôme et tous ces fabricants d'illusion qui empruntaient à ses nuits de quoi tromper les caméras des journalistes. Il s'était relevé. Ses pieds heurtaient un meuble. Un vertige le fit se recourber. En se redressant, il aperçut, dans la psyché lui faisant face, un homme obèse qui enfilait son pyjama.

À la maison Trestler, comme sur la place publique, il avait conscience de marcher sur des œufs. Ne sachant à quoi tenait ce malaise, il se reprochait d'avoir négligé son régime et parcouru hâtivement l'histoire du Québec avant d'entreprendre ce voyage qui commençait à lui peser. « Vous avez vu ce hachoir à tabac d'un style très particulier ? » avait presque imploré son hôte dans l'après-midi. Il avait soupesé l'instrument, prenant garde d'y risquer un doigt. Quoi dire ? L'absence de style tourmentait l'Amérique autant que sa recherche d'identité.

Eva me fait traverser un étroit boudoir dont les tons de
bleu virent au mauve dans la demi-obscurité. J'y vois une
table servant d'écritoire, une chaise, des livres, un fauteuil
Récamier. «Mon coin de lecture», dit-elle, en passant rapidement. Elle ouvre une porte. Nous sommes dans la chambre
des maîtres.

Cette pièce spacieuse semble chevaucher le corps du
bâtiment et une pièce de l'aile construite après coup du côté
est. Une planche du parquet, plus étroite et enfoncée que les
autres, laisse croire qu'une cloison avait pu séparer cette
pièce aux deux tiers. Eva en déduit que nous nous trouvons
dans l'ancienne chambre des parents où trônait le lit à
quenouilles mentionné dans le premier inventaire.

Je regarde les rideaux blancs, leurs embrasses pendant
aux fenêtres, le large meuble formé des lits jumeaux réunis,
et ma pensée se fige, impuissante à reconstituer l'image des
Trestler ou celle de leur fille Catherine. Je devrai recourir à
une vieille astuce. Gagner du temps. Me laisser distraire par
le lustre à huit chandelles, le crépi des murs, la proximité du
jardin. Ou encore, compter les brins de neige ou oublier que
de la naissance à la mort l'essentiel se déroule dans un lit.
Me souvenir même, le cas échéant, de la dernière nuit
d'amour. En cas de légitime défense, tous les jeux sont
permis.

L'austérité de cette pièce me rejoint.

Sur la route de Gaspé, au fond d'une chambre mansardée,
je répète en silence les rituels de survivance. Le petit Jésus
est mort le Vendredi saint et ressuscité le jour de Pâques,
Christophe Colomb a découvert l'Amérique en 1492,
Champlain a fondé Québec en 1608, mon père est né à
Lowell, ma mère à Saint-Pascal, j'habite le deuxième rang de
Saint-Alexandre de Kamouraska, terre minable d'où je veux

m'enfuir pour émigrer en ville dans des lits chauffés, des robes claires, et des après-midi libres. Je veux prendre ma place au soleil. Je veux être l'enfant des livres.

— Naturellement, il a fallu distancer les lits de six pouces tel que demandé. Voyez les volets qu'on a dû placer pour leur sécurité.

Une affaire d'État. Dix centimètres de pin aux fenêtres. Un flottement de quinze centimètres entre le corps de Monsieur et le corps de Madame. J'essaie d'imaginer ce qu'ont éprouvé Eva et Benjamin, le lendemain soir, lorsqu'ils se sont glissés sous l'édredon après avoir replacé côte à côte les deux matelas du lit familial. Des retrouvailles incestueuses ? La volupté de cousinages clandestins, ou une fatigue accablante qui se cherche encore un nom ?

Eva n'y était pas allée de main morte. Trois semaines de travail pour biffer leurs traces, effacer leurs odeurs, masquer leurs habitudes. Elle avait nettoyé la chambre, rangé les bibelots, parfumé les tiroirs de lavande, déplié les draps de percale, vidé les penderies et les placards de leurs objets personnels. Rien ne devait transpirer de leur vie intime. Rien ne devait enlever à l'événement qui viendrait s'y dérouler son caractère historique et solennel.

Ensuite, ils s'étaient sentis en trop dans leur propre maison. En trop dans leurs gestes et leurs mots. Sur ce continent, le fait français ne peut séjourner qu'en visite. *It is a matter of fact.* Grâce au ciel, le travail à la pige ne m'a jamais obligée à couvrir en anglais la rubrique des chiens écrasés. J'ai toujours tartiné mon pain de culturel unilingue. Les arts, les lettres, un soupçon de sociologie. Rien que du propre.

— Deux générations plut tôt, dit Eva, le père de Benjamin a reçu le premier ministre d'Angleterre et il est resté dans ses meubles, et il leur a fait les honneurs de sa maison.

La diplomatie anglaise s'accommode du face à face. La mère patrie exige qu'on la borde, qu'on lui chauffe les draps, qu'on lui ferme les rideaux. Elle a la pudeur de ses intérêts. Mais la France ou l'Angleterre, Eva, c'est finalement pareil. Que l'une ou l'autre s'installe chez toi, chausse tes mules, utilise tes tabourets ou mette ses pieds dans tes plats, ne change rien à l'histoire. Les deux se disputent des restes. Nos restes. On ne choisit pas ses fins de siècle.

Eva s'approche de la porte-fenêtre et gratte avec son ongle la vitre placée à la hauteur de ses yeux. La blancheur du jardin fait une tache claire sur mon bloc-notes. Il neige toujours, et il neigera encore ce soir si l'on en croit la météo. J'ai le sentiment qu'il neige depuis le commencement des temps.

Une femme tousse. Elle suit, au bout de son regard, le mouvement des formes qui retournent au néant.

— On ne peut compter sur personne.

— Non, sur personne.

J'écris il était une fois, et mon sang fonce vers le futur. S'arrêter en cours de route porte malchance. J'évite de déposer le stylo.

IV

Du côté est, la sonnerie du téléphone retentit. Du côté ouest, on frappe à la porte du bureau. Eva court d'une pièce à l'autre. Voix égale. Calme parfait. Je l'entends parler de riz et de canard à l'orange.

— C'était Oxfam. Ils demandaient le menu de demain pour choisir le bon vin.

— Les missionnaires du Tiers-Monde ont la bouche fine.

— Que voulez-vous, la vie moderne est remplie de contradictions.

Elle est repartie au téléphone, me laissant une liasse de documents. Celui qui m'intéresse, le contrat d'embauche du futur époux de Catherine Trestler, n'y figure pas. Je devrai me contenter de cet autre, probablement similaire, signé avec le Sieur J.-B. M. quelques années plus tôt.

Eva est revenue.

— Encore Oxfam. Ils s'informaient de l'entrée et du dessert. Ils apporteront trois vins.

Éléazar Hayst, jeune écrivain de Vaudreuil, prend place sur la chaise indiquée par le négociant Trestler. Il regarde le notaire Gabrion ajuster son monocle, tremper sa longue plume d'oie dans l'encrier et articuler d'une voix chevrotante les conditions imposées.

S'est volontairement engagé et s'engage par les présentes au Sieur J.J. Trestler demeurant au même lieu, à commencer à travailler le cinq du présent mois et à continuer sans interruption jusqu'à pareil jour de l'an prochain au service du dit Trestler, en qualité de commis et teneur des livres de comptes. Il devra travailler fidèlement pour son bourgeois, faire son profit, éviter son dommage et l'en avertir si tout autre venait à sa connaissance.

Éléazar Hayst accepte d'avance les clauses du contrat, trop heureux de trouver un travail stable quand les jeunes de son âge courent les fermes et les chantiers pour y vendre leurs services. Du lever au coucher du soleil, son temps appartiendra au bourgeois dont il soutient le regard dans ce bureau où filtrent à peine quelques points de lumière. La voix se déroule, monocorde, comme un ordre répété.

Le dit commis se rendra tous les jours à la maison du dit Sieur Trestler et y restera pendant toute la journée depuis huit heures du matin jusqu'à cinq heures du soir en hiver. Au printemps jusqu'en automne, depuis sept heures du matin jusqu'à sept heures du soir, pendant lequel temps le dit Sieur Trestler sera tenu, ainsi qu'il promet et s'oblige, de lui fournir son dîner pour chaque jour à sa table ordinaire et de lui payer ses gages et salaires.

On lui concède un repas à la table de famille, honneur qu'il sera seul à partager avec Hector, le plus ancien des employés. Le lendemain, lorsque le nouveau teneur de livres, vingt-deux ans, pénètre dans la salle à manger Trestler, quelque chose se modifie dans l'atmosphère. Un air léger, mêlé de gêne, circule entre les visages. Catherine respire mieux.

Auparavant, elle a jeté un coup d'œil au miroir, et une fille quelconque, aux épaules saillantes et aux yeux inquiets, l'a dévisagée. Alélaïde a annoncé : « Madame est servie ». Elle s'est précipitée, et il était là. Il y est encore. Elle détaille à la dérobée sa chevelure sombre, ses mains fines, son cou délié. Cet homme aux traits mobiles et au visage irrégulier, elle croit le connaître depuis toujours. Et pourtant, elle ne l'a jamais rencontré.

Elle-même se sent observée, dénudée de l'intérieur. Elle rompt le pain, et il pose le même geste. Elle avale une gorgée de thé, et il porte la tasse à ses lèvres. Entre eux déjà, une connivence étrange s'établit. Voilà quelqu'un avec qui elle pourra se taire pendant ces longs repas. Mais elle prend garde de ne rien laisser transparaître du trouble qui la remplit. S'ils savaient, ils empêcheraient la chose de s'accomplir.

Aujourd'hui, le négociant Trestler est rentré de Montréal de fort mauvaise humeur. Il est passé directement à la salle à manger, négligeant d'adresser la parole à ses fils avant le bénédicité. Il s'est signé, puis s'est assis en jetant *Le Canadien* devant son couvert.

— Vous connaissez la nouvelle ?

Hector sait qu'elle est mauvaise puisqu'on se donne la peine de la lui apprendre. Mais si elle vient du journal, elle ne le concerne pas directement. Il croit prudent de rester sur ses gardes.

— Je n'ai rien entendu dire, monsieur.

— Le gouverneur a dépassé les bornes.

— Ce n'est pas la première fois.

— Figurez-vous que la clique du Château concède depuis longtemps des terres neuves à des Anglais qui les revendent ensuite à des Américains frais débarqués.

Hector lève des yeux béats. Il sait que la clique du Château désigne le gouverneur et ses amis, des Anglais pour la plupart, de qui on ne peut attendre rien de bon. Marie-Anne Curtius a commencé à distribuer le ragoût de pattes de porc, souhaitant accélérer le déroulement d'un repas qui s'éternisera, elle le pressent.

— Vous pouvez me dire combien on compte maintenant de ces Américains ?

Hector répugne à passer ce genre d'examens. Il ne sait ni lire ni écrire. Il hésite, puis lance finalement :

— Peut-être une centaine.

— Une centaine ! Ils sont maintenant plus de cinq mille. On les encourage à s'installer, à faire des enfants, et on les pousse à l'Assemblée pour contrecarrer les Canadiens.

— Est-ce qu'il y aura la guerre ? demande Joseph-Amable, surexcité.

— La traîtrise est pire que la guerre, répond J.J. Trestler en frappant la table du plat de sa main. Les Tories vont maintenant chercher des Américains pour peupler le Haut-Canada. C'est le comble.

— C'est honteux, monsieur, convient Hector.

La politique n'intéresse pas Hector. Il se souvient que son bourgeois a traversé l'océan à la fin du siècle dernier pour venir se battre contre les Américains. Quant au reste, il sait que *Le Canadien*, récemment fondé par les francophones, s'oppose au *Quebec Mercury* et au *Montreal Gazette* publiés par les Anglais. Au-delà de ces faits fréquemment soulignés par son maître, il n'est sûr de rien. Il souhaite seulement ne jamais avoir à souffrir de la guerre ou de la famine. La rareté des ressources, la rigueur du climat et la querelle permanente qui met aux prises le Bas et le Haut-Canada suffisent à gâcher sa vie.

Marie-Anne Curtius resserre son châle. Cette mauvaise nouvelle affecte sa tranquillité. Elle craint que son époux ne reste acariâtre le reste de la journée. «Vide plutôt ton assiette», lance-t-elle à son fils aîné, comme si le fait d'assécher d'une bouchée de pain le filet de sauce abandonné sous la fourchette, suffisait à éloigner les Américains et toute discussion s'y rapportant.

— Raconte, insiste Joseph-Amable.

L'enfant pourrait raconter lui-même le lever matinal, la glace fendue au couteau dans le broc des officiers, la toilette escamotée, les vêtements sales. Il pourrait parler de la traîtrise de l'humidité, des épidémies de dysenterie qui ravageaient les troupes, de la faim qui tenaillait l'estomac les jours où l'approvisionnement manquait. Mais il se tait, attendant que lui soit narrée par le père l'épopée militaire allongée, chaque fois, de nouveaux épisodes.

— Voilà, dit J.J. Trestler, en se raclant la gorge.

Pour commencer, il y eut la guerre entre la France et l'Angleterre qui se disputaient l'Amérique du Nord où elles possédaient des colonies. Après une lutte armée qui dura sept ans, la France perdit la Nouvelle-France, pays dix fois moins riche et vingt fois moins peuplé que la Nouvelle-Angleterre. C'était en 1760. Le soleil se fendit en deux et se mit à briller plus fort du côté des treizes colonies anglaises d'Amérique. Les Américains eurent dès lors envie de se séparer de l'Angleterre et de trouver des territoires et même des alliés chez leurs voisins du Nord.

— Plus vite, dit Michel-Joseph.

À l'automne de 1775, le général Montgomery chargé d'occuper le Canada s'impatientait. L'invasion de la vallée du Richelieu devant conduire au siège de Montréal traînait en longueur. Fort Chambly s'était rendu, mais Fort Saint-Jean résistait. Lorsque enfin ce dernier poste de défense s'écroula au début de novembre, il soupira d'aise. La saison avançait. Il craignait que le froid n'affecte le moral de ses soldats, des mercenaires à qui cette 14e colonie anglaise où, curieusement, l'on parlait français, n'inspirait ni confiance ni ardeur.

Une fois qu'il eut atteint Laprairie, il laissa reposer ses hommes et dépêcha une lettre aux autorités de Montréal pour leur proposer une reddition immédiate. Comme aucune réponse ne lui venait, il entreprit de traverser le Saint-Laurent afin d'apercevoir la ville. De l'embarcation où il avait pris place, il discernait quelques toits fumants ramassés au pied d'une montagne escarpée. Un si faible établissement ne saurait résister longtemps. Il pouvait immédiatement installer ses quartiers généraux à Pointe Saint-Charles et organiser son plan d'attaque. Quelques heures plus tard, il chargeait d'une mission son premier officier.

— Partez tout de suite examiner les lieux avec une cinquantaine d'hommes. Je ne crois pas que vous rencontriez beaucoup de résistance.

Il achevait de donner cet ordre lorsqu'on lui amena quatre notables de Montréal, habillés de façon grossière, qui le saluaient avec ostentation. Ce débraillé alluma une lueur méprisante dans son regard. C'est ainsi qu'il les avait imaginés, indisciplinés, fourbes, obséquieux.

— Alors, vous avez reçu ma lettre et vous venez m'apprendre que le gouverneur a décidé de se rendre.

— Non, mon général. Le gouverneur en a décidé autrement.

— All right. Et qu'a-t-il décidé ?

Ils n'auraient pu l'avouer sans honte. La veille, à cinq heures de l'après-midi, ils avaient vu Carleton, attifé d'une tuque de laine, d'un capot et d'une ceinture fléchée, monter sur le Gaspé avec son équipage et fuir vers Québec. Des femmes pleuraient. Eux regardaient déguerpir un chef britannique déguisé en habitant canadien, et ils le détestaient.

— Vous refusez de répondre ?

Embarrassés, les quatre hommes se consultaient du regard. Ils ne pouvaient lui apprendre que le gouverneur avait détruit le reste des embarcations, renvoyé les miliciens, fait enclouer les canons de la citadelle, et filé avec les munitions. Ils ne pouvaient non plus révéler que les Montréalais avaient dû l'empêcher de mettre le feu aux casernes et de faire flamber la ville.

— Well, well. Je comprends. Le gouverneur Carleton a eu peur du général Montgomery. Il a quitté la ville, et vous voilà embarrassés.

— Mon général, nous souhaitons vous proposer...

Son éclat de rire ajoutait à leur déconvenue.

— Me proposer ? Je ne suis pas une fillette, my dears. J'ai préparé l'acte de capitulation. Il ne manque plus que votre signature.

Il tendait le papier, sûr de lui, comme on tend une épée. Aucun d'eux ne levait la main pour poser le geste attendu. Bien au contraire, on protestait.

— Cette signature n'aurait aucune valeur. Le peuple refusera de se rendre s'il n'est pas consulté. Mon général, nous demandons à former un comité, composé à part égale de Canadiens et de Britanniques, qui préparerait en toute équité les clauses de la capitulation.

— Eh bien, je vous donne quatre heures pour former ce comité et me rapporter ses volontés. Quatre heures. Par une minute de plus.

À l'heure convenue, on lui remettait le projet élaboré par le comité formé de six Canadiens et de six Anglais, des majors de milice, des marchands de fourrure, des notaires, qui exigeaient le maintien absolu de la liberté des deux peuples rivaux subitement unis face à l'ennemi. Montgomery décida de ménager leur susceptibilité. Plutôt que de refuser cette requête, il chargea son conseiller de s'adjoindre quelques hommes pour aller les aider à fixer les termes de la reddition, seule mesure envisagée.

— Allez pacifier ce peuple à deux têtes qui pense plus lentement que lorsqu'on en a only one.

Après s'être acquitté de ces formalités, il donna ordre à ses soldats, dont beaucoup avaient endossé l'uniforme écarlate des fantassins britanniques faits prisonniers à Saint-Jean et à Chambly, d'entrer dans Montréal par la porte des Récollets et de prendre possession des casernes abandonnées. Pendant ce temps, lui-même s'installerait au château Ramezay encore chaud des traces du gouverneur. Aussitôt sur place, il demanda qu'on lui remplît un baquet d'eau chaude. Il se lava, se rasa et prit un bon souper, regrettant que les puritains de son pays n'aient su développer leur cuisine à l'égal de leur commerce.

À minuit, les douze délégués locaux vinrent gâcher sa digestion. Ils accusaient son conseiller de vouloir leur imposer des conditions irrecevables. Le général Montgomery connaissait les vertus du rhum. Il leur en servit de copieuses rasades et rédigea lui-même la déclaration d'impuissance du peuple assiégé. *La ville de Montréal n'ayant ni munitions, ni artillerie, ni troupes, ni provisions, et n'étant pas au pouvoir des citoyens de remplir aucun article de traité, ne saurait prétendre à la moindre capitulation.*

Le lendemain, 13 novembre, Montréal devenait ville américaine. À neuf heures précises, Montgomery recevait les clefs des magasins publics et faisait relever la garde. De sa fenêtre, il regardait les Canadiens rentrer chez eux, mine basse, baïonnette au canon, et cela le consolait des risques de malaria qui avaient obligé son prédécesseur à quitter son poste de commandant général de l'armée d'invasion. Le soir même, un certain Valentin Jautard demandait à le voir pour lui remettre une lettre signée par une quarantaine d'habitants des faubourgs avoisinants, qui l'acclamaient comme leur libérateur et exprimaient leur désir de s'unir aux frères des treize colonies rebelles.

Ce triomphe le laissait insatisfait. Il avait escompté soumettre le pays entier en quelques semaines. Or, près de trois mois s'étaient écoulés depuis son départ de Crown Point, et la ville de Québec résistait toujours. L'hiver commençait. Il devait, pour aboutir rapidement à ses fins, renforcer son armée, affaiblie par les déserteurs, en s'adjoignant une aile canadienne complice. Il devait aussi s'occuper d'habiller chaudement ses troupes, d'augmenter leur ration de vivres et de stimuler leur entrain en leur assurant le réconfort des services religieux. Puisqu'un soldat n'acceptait de se battre qu'après avoir reçu l'absolution, il verrait ce père Floquet que ses agents lui avaient désigné comme collaborateur possible.

— Un peu de rhum, father ?

— Je ne saurais l'accepter, mon général, sans enfreindre notre règle.

— Les jésuites ne peuvent se contenter d'eau claire sans porter préjudice à la réputation de raffinement qui leur est faite.

— L'ascèse est le raffinement par excellence, mon général.

— En ce cas, je vous offre un simple verre de rouge. Cela ne saurait offenser votre règle.

Father vida le verre d'un trait, comme pour un vin de messe. Ses yeux pétillaient. Le général américain voyait les jambes du clerc s'agiter sous la longue jupe noire, et il le sentait prêt à détaler pour une bonne cause.

— Vous avez sans doute appris que le clergé montréalais refuse l'absolution à mes soldats et à tout partisan de la liberté.

— Hélas.

— La crainte de l'enfer est un bien dur tourment pour un combattant dont les jours sont comptés.

— Je sais, mon général, et croyez que cela m'afflige. On ne peut refuser de porter secours aux âmes sans trahir la mission de l'Église.

— Vos propos me donnent espoir, father. Accepteriez-vous de recevoir des Bostoniens en confession si je mettais un local à votre disposition ?

— Je ne ferais que mon devoir de serviteur de Dieu, mon général.

Six heures plus tard, l'aile gauche de la maison des jésuites devenait la propriété du père Fouquet qui y installait son confessionnal et son bureau. Après avoir chapardé, couru les filles et les tavernes, les soldats américains pourraient désormais se permettre des fredaines sans perdre l'espoir de gagner le ciel en cas de malheur. Car le froid sévissait. La malaria faisait des victimes, et ils étaient toujours mal nourris et mal vêtus. N'eût été leur solde, ils auraient fui cette terre maudite que le Congrès convoitait.

Persuadé que l'annexion de ce territoire assurerait aux Américains le contrôle du commerce des fourrures compromis par la concurrence canadienne, Montgomery promet à la population montréalaise, dont il paie généreusement l'approvisionnement et les services, de la faire représenter au Congrès. Mais la majorité des habitants dédaignent ce privilège. Rien ne leur garantit que le joug américain serait plus léger à porter que le joug anglais. Las de cette campagne de persuasion, Montgomery laisse un représentant sur place et file vers Québec où l'attend le général Arnold avec qui il doit faire le siège de la capitale. Affamer, c'est conquérir. Ils viseront le ventre de la ville, ces entrepôts regorgeant de provisions qui assurent la survie du Bas-Canada.

À l'aube du dernier jour de décembre, une tempête s'est abattue sur le pays. Les soldats américains avancent péniblement en direction de la capitale, poussés par le général Montgomery qui leur a garanti la réussite de son plan d'attaque. Une fois la basse ville maîtrisée, ils escaladeront les falaises et pénétreront dans l'enceinte de la haute ville dont les portes s'ouvriront grâce à des agents alliés qui se trouveront déjà sur place. La forteresse s'écroulera aussitôt, et le gouverneur sera forcé de se rendre. Dès lors prendra fin cette campagne. Ensuite, ils traverseront la frontière et retourneront dans leur famille où ils mangeront, boiront et dormiront tout leur saoul.

Certains mercenaires, dont le contrat se termine le lendemain, tentent d'accélérer leur marche pour en précipiter l'issue. Mais ils sont freinés par les rafales de neige qui les fouettent de plein front. Le souffle coupé, ils peuvent à peine se mouvoir dans cette terreur blanche où ciel et terre se confondent en un tourbillon qui les aveugle. Leurs pieds et leurs mains brûlent. Leur visage est couvert d'une croûte givrée. Les voilà piégés par l'hiver, prisonniers de sa violence. Ils vont périr avant de s'être battus. Pourquoi leur disait-on, à l'école, que l'enfer était de feu ? Ils ne trouveront jamais cette route, située entre le fleuve et le promontoire, qui leur permettrait d'atteindre la ville.

Au même instant, le général Arnold, placé sur le flanc opposé, cherche sa direction entre les bateaux amarrés dans le port où le vent fait rage. Encerclé par la neige qui supprime toute visibilité, harcelé par les tirs de mousquets venant des murailles, son corps d'armée réussit à prendre la première barricade, mais il échoue à atteindre la seconde. Arnold est bientôt blessé et plusieurs de ses hommes sont faits prisonniers. C'est la débâcle.

Au loin, éclate le cri d'un officier. Postés sur les plaines d'Abraham, les canonniers canadiens et britanniques ouvrent le feu sans trop savoir où sont les Américains. Montgomery a tenté de regrouper ses hommes, fantômes blanchis par la tempête, que rien ne distingue de l'ennemi. Une salve d'artillerie retentit. Une voix, qui est peut-être celle de Michel-Joseph, se fait entendre.

— Montgomery est mort ! Les Américains s'enfuient !

Rendu à ce point stratégique du récit, le vieux manuel d'histoire tiré des malles du grenier brossait un tableau saisissant de l'armée en déroute. *Pris de panique, les assaillants font demi-tour et s'enfuient à toutes jambes par la route d'où ils sont venus.*

Je m'approchais de la lucarne et regardais la route poudreuse, étonnée que l'historien n'ait pas douté de l'authenticité de cette course, aussi invraisemblable, en cas de tempête, que ce tableau d'opérette aperçu un jour, signé Trumbull, représentant la mort du général Montgomery, visage tourné vers le ciel, entouré de ses hommes portant drapeaux, mousquets et habits de parade. Suspendre ma lecture aurait anéanti l'histoire. Les choses ne concordaient que par ces effets de style qui les rendaient plausibles. Je poursuivais donc le jeu de la fiction créée de connivence avec mes yeux avides. Ainsi la guerre se laissait regarder comme une gravure d'époque ou une photographie. On s'y trouvait pour la pose, conforme à l'image que l'on souhaitait léguer à la postérité.

De temps en temps, distraite par le bruit des pages tournées, je me détachais du livre pour me représenter un personnage, ajouter une réplique, corriger un détail. Puis je me remettais à lire, happée par la magie des mots. Ramassée en boule, je déchiffrais la suite de l'événement. Le gouverneur Carleton avait lavé son honneur. Il avait suffisamment armé la capitale pour faire échec à l'armée d'invasion. Mais ma mémoire refusa toujours de le placer à l'endos du chapitre où Montcalm s'était écroulé quinze ans plus tôt.

Ensuite, je sautai des pages.

À la fin de l'hiver, lorsqu'on exhuma de la neige le corps des soldats morts au combat, rien ne les distinguait, à première vue, du jeune fiancé français trouvé gelé sur la route de Gaspé au lendemain d'une tempête de neige. Même raideur, même regard traqué, même bouche durcie. Pour toute différence, les habits, et ces signes contenus dans un rectangle minuscule. Sur les casques des soldats américains, le slogan *Liberty or Death*, encore déchiffrable. Dans la pochette intérieure de l'anorak du fiancé, la photo de passeport d'une jeune femme blonde, au regard bleu, qui touchait, intacte, le cœur immobile.

Je dépose le livre. Subitement, dans mon ventre, ou dans celui de Catherine, une douleur aiguë s'éveille, sans nom, sans âge, aussi proche de l'enfantement que de la mort. Ces hommes qui vont mourir aujourd'hui, demain, plus tard, ceux qui sont disparus déjà dans le désir de violence qui ravage le monde, sont mes fils, mes frères, mes amants, mes pères.

Alerte du corps. Que faire pour empêcher que ce mouvement se perpétue ? Que faire pour suspendre cette avidité à tuer, à détruire, ce déploiement de la célébration du mal ? Quelle détermination, quelle intelligence et quelle tendresse peut-on convoquer pour exorciser la fascination de mort qui contamine nos archives, nos lois, notre mémoire ? Je cherche à reconstituer une histoire qui échapperait à leur appétit d'anéantissement. Une chronique de la vie quotidienne, peut-être, d'une extrême simplicité, qui pourrait exercer une emprise analogue sur l'instinct de survivance et la volonté de création.

Mais à mes oreilles, ce rire gras de J.J. Trestler.

— Montgomery s'était juré de prendre son dîner du Jour de l'An à Québec.

Il rit comme si le projet eut été grotesque ou insensé. Était-il sur place ou répète-t-il ce qui lui fut raconté après son arrivée au pays ? Selon la notice biographique, il débarqua dans la capitale le premier juin 1776. J'essaierai d'imaginer les mois qui précédèrent cette date.

À Mannheim, en Allemagne, l'hiver tire à sa fin. Un garçon de dix-neuf ans arpente fébrilement la place du marché. Ce matin, contrairement à son habitude, il se désintéresse des ballots de drap et des cageots de poissons répandus sur les étals. Ses cheveux blonds font une tache claire sur sa pèlerine. Large d'épaules et de forte carrure, il attire le regard des filles qui se rendent au lavoir de Mme Grundler situé derrière l'étalage des maraîchers.

L'une d'elles prononce son nom, mais il ne paraît pas l'entendre. Il attend son ami, Conrad Müller, qui lui apprendra si le baron et major général Von Reidesel consent à le prendre comme mercenaire dans le corps d'armée anglais, levé par le duc de Brunswick, qui prendra bientôt la mer en direction de l'Amérique. L'Europe est vieille, l'Allemagne l'ennuie. Sa vie commencera de l'autre côté de l'Atlantique. Il deviendra quelqu'un sur cette terre lointaine où il risquera sa vie.

— Johan-Joseph !

Il ne l'a pas vu venir. Le visage de son ami est dévoré d'un feu intérieur. Les nouvelles sont donc bonnes.

— On part quand ?

— Dans dix jours. Les vaisseaux nous attendent en Grande-Bretagne. L'embarquement se fera à Portsmouth.

— On est combien ?

— Je n'ai pas pu savoir, mais c'est un gros contingent. On parle de trois à quatre mille.

— Dragon ou grenadier ?

— Ne t'inquiète pas, on aura de quoi s'occuper. Ça comprend aussi un bataillon de fusilliers et un régiment d'infanterie.

Johan-Joseph pousse un cri de joie et étreint son ami. Ils répéteront l'aventure des grands explorateurs. Ils prendront la mer et atteindront le Nouveau Monde. Tard dans la nuit, deux garçons à demi ivres vident les gobelets de bière en criant *Prost* ! dans une taverne enfumée de la Forêt Noire. Ils imaginent la traversée, l'abordage, les batailles glorieuses qu'ils livreront, et ils se sentent des héros.

Enfin, ils sont en mer. Certains jours, ils ont la nausée. Deux longs mois de navigation houleuse éveillent en eux des rêves, des souvenirs aigus. Mais, peu à peu, la nostalgie fait place à un sentiment d'égarement et de rupture. La griserie du dépaysement les plonge dans une sorte d'exaltation qui les incite à souhaiter aller toujours plus loin, au-delà des deux segments d'écume, découpés par la proue du navire, qui paraissent conduire au bout du monde. Et cependant, la vie est souvent difficile. Ils connaissent cette frayeur des tempêtes, cette explosion de la masse marine qui leur fait craindre le pire lorsque l'océan se déchaîne. Et puis, un soir, aux confins de toute surface discernable, il y a cette entrée dans une mer calme. Aussitôt, ils se mettent à épier la surface de l'eau. Quelque chose se prépare, ils en sont sûrs. Ils font le guet, attentifs au surgissement d'une ligne sombre indicatrice de rivage, mais leur espoir est déçu.

Au lendemain de cette nuit sans sommeil où ils ont pressenti la modification du paysage, ils longent finalement une côte couverte de végétation. L'espace qui se révèle à eux est si vaste que le temps paraît s'être arrêté. Ils ne voient aucun Indien, rien de ce qu'ils avaient imaginé, mais le

monde sauvage et secret qui s'offre à leur vue les remplit
d'appréhension. Ils redoutent soudain l'avenir que ce continent, désormais visible, leur réserve. Johan-Joseph se
souvient que, lors d'une traversée semblable, Colomb a failli
être tué par son équipage. Il se souvient également que ce
pays s'appelle Canada.

— Ça veut dire quoi ?

— Village, bourgade. C'est de l'indien.

L'abordage se fait le premier juin au pied d'un promontoire
cuirassé de soleil, alors qu'ils ont perdu la notion des jours,
des heures, des points cardinaux. Le débarquement s'effectue
lentement. Vaguement inquiets, étonnés d'entendre résonner
la terre ferme sous leurs pieds, ils entrent dans Québec,
déçus de découvrir une ville assoupie là où ils croyaient
trouver la guerre. Ils n'aperçoivent aucun bataillon dans les
rues, aucun poste de défense en action. Sur les remparts, les
canons sont muets. La nuit suivante, leur sommeil sera à
peine troublé par le tir intermittent des mousquets.

À l'aube, ils recevront la nouvelle : « Le siège de Québec
est levé depuis trois semaines. Le major général Thomas,
commandant en chef de l'armée américaine au Canada, est
mort cette nuit de petite vérole. » Le commandant leur
apprend aussi qu'une flotte anglaise les a précédés de peu,
mettant fin aux combats. Ils sont arrivés trop tard. Les
hostilités sont terminées. Ils ne verront jamais de champ de
bataille. Le fusil neuf qu'ils portent à l'épaule ne leur sera
d'aucune utilité.

Au bout de la table, J.J. Trestler pouffe de rire. Il étale sa
serviette sur sa poitrine avant de se servir une deuxième
ration de ragoût.

— Le major général Thomas n'a jamais mangé le bon
repas qui lui avait été préparé à son quartier général.

Son rire se répercute dans la salle à manger silencieuse.
Marie-Anne Curtius s'y montre insensible. Le passé de son

époux l'ennuie, comme tout ce qui lui est étranger, et l'histoire du pays la préoccupe moins que la gestion de sa table et la tenue de sa maison. En entendant narrer ces péripéties militaires, elle a tremblé pour ses fils dont elle souhaite qu'ils lui fassent honneur à la ville plutôt qu'à la guerre.

Entre les pages moitié manuscrites et moitié dactylographiées remises par Eva, il arrive qu'un fragment de mémoire se réveille. Ce soir d'été, par exemple, où mon frère aîné fut appelé à Québec par la conscription qui expédiait les garçons de vingt ans vers l'Europe en guerre. Les enfants, nous étions tous assis par rang d'âge autour de la longue table de cuisine, frappés par la gravité de l'événement, bouleversés par l'air soucieux des parents.

Mon frère partit prendre le train de nuit, seul, endimanché, et un silence accablant se répandit dans la maison. Une tension sourde couvrait la cour secouée par les hurlements du chien. Le lendemain, je m'éveillai tôt. Je nous savais menacés par la guerre, une autre guerre s'ajoutant à celles, déjà nombreuses, dont j'avais lu ou entendu prononcer le nom : la guerre de Trente ans, la guerre de Sept ans, des Cent jours, les guerres napoléoniennes, Waterloo, la campagne de Russie, la guerre des Bœrs, la guerre de Sécession d'Espagne, celle de 14-18, et d'autres encore. À répéter cette liste, je finissais par croire que la guerre était le sort normal de l'humanité. Un désastre permanent qui sévissait de pays en pays et de continent en continent, entrecoupé de périodes d'accalmie, ces trêves obtenues par les prières des femmes, des vieillards et des enfants.

Nous mettions tout en œuvre pour conjurer le mal. Nous faisions brûler des lampions, nous récitions des neuvaines, des rosaires, des invocations, promettant mille sacrifices et bonnes actions pour le salut du jeune soldat. Nos vœux furent exaucés. Deux jours plus tard, mon frère revint sain et sauf. À l'examen médical, on lui avait découvert des pieds plats. Nous suspendîmes aussitôt nos prières, la guerre occupant par la suite dans nos intercessions la même place que la grêle, le choléra, la peste ou les nuées de sauterelles dont nous demandions à être protégés. Ce fléau était redevenu l'un des périls probables énumérés dans la formule pieuse fixée à la cheminée de la cuisine.

— Lors du siège de Montréal en 1775, les Américains n'ont pas poussé jusqu'à Vaudreuil ?

— Pas vraiment. Mais ils ont essuyé une défaite aux Cèdres, pas très loin.

— Pourquoi les Cèdres ?

— C'était un des avant-postes du Haut Saint-Laurent protégeant la route de l'Ouest dans le commerce des fourrures. Des centaines d'Indiens de la région de Caughnawaga se sont joints aux Canadiens français et aux Anglais. Alors les Américains ont pris peur et se sont repliés sur Lachine.

— Ç'a été la fin ?

— Pas tout de suite. La légende veut que des Américains aient été scalpés par les Peaux-Rouges et que le Congrès, craignant que se soit formée une coalition d'Indiens, de Canadiens et d'Anglais, ait risqué les derniers écus du Trésor pour raffermir cette campagne.

— Ensuite ?

— Pas grand-chose. Une attaque de Trois-Rivières qui a tourné en déconfiture comme celle de Québec. Il semble que des troupes allemandes aient été envoyées là-bas. Trestler en était peut-être.

Après la fonte des neiges, je me rends à Trois-Rivières où je cherche Trestler dans une ville de 63 000 habitants qui ne se souvient pas avoir vu défiler de soldats allemands ou américains dans ses rues. On me récite des généalogies de notables, on aligne des noms d'évêques, des dates fériées, on décrit l'incendie du début du siècle, mais on a oublié cette bataille qui aurait pu avor été livrée à des Bostoniens au cours d'un été torride, cent ans plus tôt. On se méfie avant tout des Anglais. La parenté des États a gardé un visage sympathique. Elle trimbale encore ses souliers blancs et ses boîtes de chocolats dans des voitures huit cylindres, brûlantes, chronées, qui éveillent la soif d'exotisme et le désir de posséder. Les dollars du Sud affichent toujours *In God we trust*. Le mal ne peut venir de ce côté.

La même ambiguïté prévaut à Montréal où l'on ne sait pas non plus qui, de l'Anglais ou de l'Américain, constitue la menace réelle. L'un est dans nos murs, l'autre est à nos portes. Mais les deux renâclent «I don't speak French» en mâchant leur «chewing gum» au nez des jeunes secrétaires qui rêvent d'épouser un millionnaire de la rue Saint-Jacques, à deux pas du parquet de la bourse.

— La cuisine française est imbattable, dit J.J. Trestler en réprimant un rot.

Joseph-Amable connaît la gourmandise de son père. Il craint de le voir suspendre son récit.

— Ensuite ?

— C'est assez pour aujourd'hui. Je te raconterai la suite une autre fois.

Malgré tout, il ne peut résister à la tentation de poursuivre. Après avoir attaqué son dessert, une tarte à la farlouche qu'auraient appréciée les collaborateurs emprisonnés par le gouverneur Carleton, Trestler blâme la France d'avoir favorisé la naissance des États-Unis d'Amérique en fournissant des munitions aux rebelles. Il lui reproche également d'avoir fait alliance avec ceux-ci pour trahir la Nouvelle-France. Il crache sur La Fayette qui proposa à Washington une nouvelle occupation de la vallée du Saint-Laurent. Mais par-dessus tout, il maudit le traité de Versailles qui le rendit à la vie civile et fit perdre au Canada les postes de traite de la région des Grands Lacs.

— Erreur capitale, dit-il en mesurant d'un geste l'ampleur de ses pertes, le Canada avait là les meilleurs postes de traite au monde.

Hector le console. Puisque ces postes étaient les meilleurs du monde, les Américains s'en seraient emparés tôt ou tard.

Les fils Trestler se mouchent. Ils pressentent la chute du récit.

— Et voilà, conclut à regret l'ancien mercenaire.

Le père prononce *foilà* à la façon allemande. Épuisé comme un soldat qui rentre de campagne, il déroule d'un geste las la copie de son acte de démobilisation. Son fils aîné en fait la lecture. *Liste de tous ceux qui ont été congédiés du Corps de chasseurs de Hesse Hanau depuis l'année 1777 jusqu'à présent, Québec le quatrième jour d'août 1783 : Chrétien Fisher, Frederick Dorffer, Guillaume Mullen, Conrad Reichenback, Conrad Müller...*

Des mouches volent au plafond tandis que les soldats démobilisés défilent, lavés, rasés, l'uniforme impeccable. Ils ont oublié la fumée des canons. Ils ont désappris la mort. Ils respirent l'odeur des cèdres et des lilas. Ce bonheur d'été les transfigure. Quelque part, une fille amoureuse les attend, épanouie dans la chaleur du jour, recroquevillée dans l'ombre d'un portique ou la moiteur d'une chambre.

Michel-Joseph raffermit sa voix. Aussitôt son nom prononcé, J.J. Trestler interrompt l'énumération. Il s'empare du document et le replace dans la cassette de métal conservée dans le coffre-fort de la salle à manger. Mais un silence lourd s'est installé. Et ce vacarme d'images. J'entends des claquements de bottes sur les pavés, la détonation des fusillades, le tintement des gobelets de fer sur la table des casernes. Je m'approche de la radio dont j'amplifie le volume. On annonce 2 000 morts à Beyrouth et 500 à Damas au cours d'une seule semaine.

Le père soupire. Il sait à quoi pensent ses fils. La mort au combat le fascinait aussi par sa violence héroïque. Pourtant, il souhaiterait se survivre en eux. Mais il repousse à peine cette faiblesse, tant elle lui paraît sans gravité. Il ne sait pas que son sang passera à l'Amérique par ses filles.

À la même table, Éléazar Hayst boit son thé, le regard absent. Il a prêté une oreille distraite au récit. Ses ambitions paraissent étrangères à la guerre. Sa réserve, la fierté de son maintien indique qu'il a vendu ses services mais non son âme au bourgeois qui vient de les entretenir du passé.

Il regarde Catherine, et elle rougit. Leurs mains se croisent presque au-dessus de la théière. Leur corps s'émeut du désir qu'ils ne peuvent exprimer sans modifier des gestes, des comportements, oser une imprudence qui pourrait les compromettre. Elle se détourne, happée par la somnolence de la grande maison, et porte lentement ses yeux vers la fenêtre où des feuilles balaient la vitre d'une ombre douce.

Une goutte tombe de la carafe de vin et forme une tache rouge sur la nappe de chanvre. Dans la chambre à courtines, à moins que ce ne soit dans ces lieux obscurs du souvenir où plus rien n'a de nom, une femme s'est allongée sur le lit, lasse, le front chaud. Elle a posé ses mains de chaque côté d'elle, laissant se déployer le ventre lourd où s'accomplissent les métamorphoses harassantes. Elle est heureuse. Elle ne cherche à prononcer aucun mot. Elle refuse de comprendre la loi absurde qui pousse les hommes à s'entretuer pendant que les femmes accouchent dans des draps blancs.

Au même instant, Catherine s'accroche de plus en plus au paysage découpé par la fenêtre. Elle voudrait user d'un langage net, précis, qui dirait le fond de sa pensée. Son père vient de faire craquer une allumette. Il fume trop. Un chancre lui brûle la gorge malgré la propriété de Rigaud échangée, l'an dernier, contre la recette de guérison gardée secrète. Elle est décidée. Elle osera parler.

— Je voudrais savoir...

Il pose sur elle un regard incrédule. Aux repas, les filles n'ouvrent la bouche que pour se nourrir.

— Savoir ? Qu'est-ce que tu voudrais savoir ? Tout ce que je viens de raconter ne t'a pas suffi ?

Elle pense : traverser ce regard une fois pour toutes. S'y perdre et rejoindre l'homme derrière le masque de réprobation qui glace les mots. Elle presse un mouchoir contre sa bouche. Comment pourrait-elle expliquer le saccage dont elle est le théâtre chaque fois qu'il raconte le passé. Elle voit son corps, et d'autres corps semblables criblés de balles sous les mouches, dans la canicule, dans la puanteur du sang séché. Elle voudrait lui dire qu'elle vomit l'odeur de chair à canon. Mais la honte lui ravage le front. Elle bafouille.

— Excusez-moi. J'ai oublié ce que je voulais dire.

L'aïeule lui jette un regard inquiet. Pourquoi cette enfant s'immisce-t-elle dans la conversation ? Discuter de guerre et de politique appartient aux hommes. Aux femmes, il suffit de régner à la cuisine. « N'oublie jamais, ma petite fille, qu'un mari se gagne par le ventre et se garde par la vertu. » Catherine se fait une autre opinion des hommes. Elle oubliera. Elle a appris à mesurer la distance entre son corps et leurs mots. Elle échappera à la fatalité du sexe, cet engourdissement besogneux qui lie les femmes, leurs mains, leurs gestes, à la voracité des bouches.

Le bruit des fourchettes et des soucoupes s'amortit. Le repas est terminé. Adélaïde replace le pain, le lait et le sirop d'érable dans l'armoire. Une odeur rance se répand dans la salle à manger. Jeu de clefs. Ici, les murs regorgent d'antres où s'accumulent des réserves aussi indispensables que le pain. Ici, rien ne se perd. Ces bouts de chandelles et de savon entassés dans des pots, ces rognures de tissu rapportées des entrepôts, ces miettes apprêtées en hachis, en soupes et en ragoûts. Aucun geste en trop. Aucun reste sur l'assiette. Une fortune se construit sou par sou. Il s'en faut de peu que cette parcimonie ne revête les marques grossières de l'avarice.

Monsieur et Madame Trestler, retournez à vos occupations, il y a dans cette pièce un homme qui met votre fille en appétit de bonheur. Mes vœux sont entendus. Père se lève, passe le seuil et se dirige vers les écuries. Mère entraîne les garçons dans la grand-salle pour la leçon de catéchisme. Madeleine et Adélaïde disparaissent à la cuisine. Me voilà seule, agitée par une incontrôlable impatience, hantée par une image. Son visage plus lisse, plus fier que les autres, occupé à fouiller les replis de mes paupières, appliqué à détailler mes traits. De l'audace sous une apparente tranquillité, mais pas un mot, pas un geste déplacé. Rien qui puisse éveiller leur méfiance ou leurs soupçons.

La porte de la salle des comptes a tourné sur ses gonds. Derrière la cloison, quelqu'un a tiré une chaise, ouvert un cahier, trempé une plume d'oie dans l'encrier. Je voudrais voir les mots tracés. Je voudrais toucher la main qui noircit le grain lisse du papier. Il me faut rencontrer cet homme. Il me faut lui parler, l'entendre, l'approcher.

Mes doigts frôlent la porte du bureau qui paraît s'ouvrir d'elle-même. J'avance vers lui, lucide, insensée. Il me voit venir, et aucun muscle de son visage ne bouge. Silence. Son regard vrille. Je respire à peine. Je regarde les papiers éparpillés sur la table. Je fixe l'encrier de verre, la plume d'oie, les colonnes de chiffres. J'examine les doigts étalés sur le papier buvard. Pendant combien de temps allons-nous ainsi retenir notre souffle. Jusqu'à quand resterons-nous traqués par nos bouches immobiles, pourtant si proches, si avides de dire je vous connais depuis toujours.

— Je vous en prie, asseyez-vous, dit-il enfin.

Il tire une chaise. Il a parlé le premier. Incapable d'articuler une syllabe, je m'éloigne de lui et m'approche de la fenêtre où je tourne en rond dans une tache de lumière. J'élargis mes pas. Je distille ma gêne consciencieusement, feignant d'ignorer pourquoi je suis venue, sachant que je pourrais repartir sans avoir prononcé une seule parole.

Allons-nous nous contenter d'échanger des propos de convention et ne rien livrer d'essentiel quand un aveu brûle nos lèvres. Le silence se prolonge. Et cette horreur, soudain, que j'aperçois au mur, cette tête de chevreuil qui me fixe de ses yeux vitreux. Pauvre bête dont le sang m'atteint. Dans cette maison, où que l'on aille, la vie est partout traquée, empaillée, muselée.

— Je sais à quoi vous pensez.

— À quoi ?

— Vous vous dites qu'on a eu tort d'abattre ce chevreuil.

Il est si près de moi que je pourrais le toucher. Oserai-je atteindre les tempes couvertes de cheveux, ou son front. S'il devine mes pensées, qu'attend-il pour me révéler les siennes. Maladroite, je ne peux que formuler une protestation.

— Je déteste la mort.

— Je sais.

— Je déteste les murs, les barrières, les clefs, les clôtures.

— Je sais aussi que vous détestez cette maison.

— Adélaïde vous a parlé ?

— Elle ne m'a pas adressé la parole depuis mon arrivée.

— Mère alors, ou mes frères ?

— Vous oubliez que j'ai signé le contrat avec monsieur votre père.

— Et vous entendez ne penser, ne bouger et n'agir que pour monsieur mon père ?

— J'entends respecter mes engagements. Auriez-vous l'intention de vous y opposer ?

Il me dévisage d'un air moqueur. Plus âgé que moi, connaissant mieux la vie, il me prend sans doute pour une enfant.

— Je ne suis pas celle que vous croyez.

— Êtes-vous sûre de bien savoir vous-même qui vous êtes ?

— Je crois le savoir assez pour refuser d'être celle qu'ils veulent que je devienne.

— Je vous ai observée pendant que monsieur votre père racontait ses souvenirs de guerre. Vous n'y prêtiez pas une bien grande attention.

— Je vous ai observé aussi. Vous en étiez à cent lieues.

Il rit. Les mots viennent plus facilement. Nous commençons à nous livrer.

— C'est vrai. Je ne crois pas qu'il soit nécessaire d'être soldat pour devenir un homme.

— Vous méprisez les militaires ?

— Les vrais hommes savent se tenir debout sans fusil. Il faut avant tout combattre la pauvreté et l'ignorance. Le peuple saura ensuite où se trouve son bien.

— Il me semble que vous n'êtes pas tout à fait du peuple.

— Je crois en être moins éloigné que vous.

— Le commerce de mon père ne m'est rien. Je n'ai aucune prétention à la fortune.

— Et sur quoi donc portent vos prétentions ?

La pudeur me retient de risquer un aveu.

— Vous n'avez pas répondu à ma question.

— Je veux vivre.

— Vivre comment ?

— Comme il me plaît.

La hardiesse de ma réponse ne semble pas le choquer. Mais il fronce les sourcils comme pour chasser un mauvais souvenir.

— Il vous faudra beaucoup de courage. Ce qui nous tient à cœur va souvent à l'encontre des désirs d'autrui.

— Et vous, je puis savoir ce qui vous tient à cœur ?

— Je vous le dirai plus tard si vous y attachez encore de l'importance. Mais je crois que nous avons assez bavardé pour aujourd'hui.

— Vous craignez de vous compromettre ?

— Je vous en prie, partez. Je dois terminer cette révision de comptes pour le retour de monsieur votre père.

— Ne me parlez pas de monsieur mon père. Cet homme ne vit que pour son commerce et le profit qu'il en tire.

Il hausse les épaules, laissant entendre qu'il n'y peut rien ou qu'il trouve ma sévérité excessive. Sait-il qu'un homme blesse ma mémoire depuis le début. Depuis la chambre à l'odeur d'eau et de sang dont je ne vous ai encore jamais entretenu. Mais je dois oublier ces désastres. Le temps est venu d'aimer cet homme qui regarde dehors, son dos masquant le soleil. Je souhaiterais qu'il se retourne et m'appelle par mon prénom.

— Plus tard, vous comprendrez. Mais à présent, soyez raisonnable. Laissez-moi seul et ne revenez plus ici.

— Je vous fais peur ?

— Vous prenez des libertés trop grandes. Vous pourriez en souffrir si quelqu'un l'apprenait.

— Et si cela arrivait, en souffririez-vous ?

— Mademoiselle.

— Ne vous embarrassez pas de formules. Je m'appelle Catherine.

— Mademoiselle Catherine.

— Soyez tranquille. Je vous laisse. Vous pourrez travailler en paix.

Longtemps je me représentai le front que je n'avais osé toucher. Longtemps je me rappelai les narines frémissantes, la bouche qui avait articulé ces paroles de sagesse et de prudence : « Mademoiselle Catherine, plus tard vous comprendrez. » Et le reste, « ce qui vous tient à cœur », « vous prenez des libertés trop grandes ». Ces mots formaient une mélodie puissante, une certitude qui annulait leurs prédictions : « Personne ne voudra de toi, ma pauvre fille, têtue comme une mule et dépenaillée comme une fille d'habitant. »

Mademoiselle Catherine, c'est moi. Un corps ardent qui a la forme de l'été. Chaque matin, je plonge dans le jour, impatiente, remplie d'audaces et de désirs. Des brûlures et des appétits insatiables me dévorent. Le bonheur me transforme. Forcée par ce mûrissement, je m'arrondis de l'intérieur. Le temps passé seule s'écoule trop lentement. Pour me retrouver avec Éléazar, je voudrais précipiter les battements du pouls, les heures au cadran de l'horloge. Mais il faut continuer de vivre au ralenti.

La patience est un jeu ingrat. Il y a ces avant-midi lents où j'entends résonner son pas dans la salle des comptes sans pouvoir franchir sa porte. Il y a ces midis ternes autour de la table familiale quand je voudrais toucher ses mains séparées des miennes par l'espace de trois couverts. Et, dans ces silences, la voix de père passant au-dessus de nos têtes comme une rumeur lointaine, le calme plat des femmes, mère et grand-mère gouvernant leur couvée du fond de leur avidité tatillonne. Dans ce concert de gestes inutiles, mesurés, nous jetons des notes discordantes, de grands accords muets qui finiront par éclater à leurs oreilles et les scandaliser.

Car nous ne pourrons plus nous contenter de passer nos jours et nos nuits à nous rêver l'un l'autre, à nous imaginer.

Parfois, avant de me mettre au lit, je me regarde dans le miroir et je touche le front qu'il vient d'embrasser, comme pour saisir les marques d'une évidence qui me distinguerait à leurs yeux. Cette flamme, peut-être, qui dévorait madame de Lotbinière le jour où elle joua du piano. Mais ils ne voient rien. Ils n'entendent rien hors ces propos traitant des choses pratiques, activités précises menées de l'avant par leur ambition mercantile. Acheter, vendre, donner des ordres, s'imaginer commander le monde en imposant son train de vie.

Un matin, pourtant, Catherine s'interroge. Un bonheur si subit, elle ne croyait pas que cela fût possible. Quelques semaines plus tôt, elle croupissait dans l'ennui. Le front collé à la fenêtre, elle fermait les yeux et reniflait le vide à travers la vitre. Or voilà qu'à présent tout s'anime. Tout se transforme et s'éclaircit. Un cri, venu de l'extérieur, grimpe vers l'aigu. Elle l'entend sans broncher.

— Catherine ! Mais Seigneur Dieu, où est-elle encore passée ?

Cette voix ne l'atteint pas. Du moins pas encore. Autrefois, elle feignait de céder à leur volonté. Ces gestes ambigus, ces regards esquivés. Ils n'avaient d'attention que pour ses frères, d'intérêt que pour leurs prouesses et leurs progrès. Alors elle récitait des salutations, des remerciements, des excuses. Elle leur refilait les formules apprises. Elle se couvrait de leurs phrases, et ils croyaient s'entendre. Ils ne voyaient pas ce regard critique qu'elle portait sur eux.

Le cri continue. Il s'amplifie. Cela la ramène en arrière, vers la solitude de l'enfant qui attendait que quelqu'un vienne à elle. C'était un après-midi, elle s'en souvient. Elle était allongée sur le lit. Elle regardait la pluie couvrir les carreaux de la fenêtre. Elle devait avoir trois ou quatre ans, peut-être moins.

Dans la lumière fade, elle comptait les toiles d'araignées suspendues au plafond, suivait les rainures du bois sur les murs, repérait les taches de doigts sur l'encadrement des portes. Elle oubliait d'avoir faim ou sommeil. Une question la tracassait. Pourquoi ne lui avait-on jamais dit d'où venaient les enfants ? Souvent, elle s'était interrogée à propos des odeurs exhalées par le lit des parents. Elle aurait voulu comprendre ce mystère qui touchait le centre du corps, mais ils la tenaient à l'écart de cette part intime de leur vie.

Cet après-midi-là, elle avait fui au dehors. Il pleuvait de plus en plus fort. Trempée, les cheveux dégoulinants, elle avait crié et appelé dans le silence qui se refermait sur elle. Il fallait que la vérité éclate. Les gens d'en face étaient absents, occupés. Ils ignoraient ce qui se tramait dans sa tête. Elle n'était même pas sûre qu'ils entendaient la pluie tomber.

— Catherine !

La voix monte. Ils perdent leur temps. Elle n'y est pour personne. Elle s'accorde le droit d'exister pour elle seule. Cet instant lui appartient comme son bien propre, une plénitude à laquelle elle ne saurait déjà renoncer.

Hier, elle a regardé les initiales brodées sur chaque pièce du trousseau qui la confirme dans son statut de fille à marier. À troquer contre un bon parti : 3 chemises de nuit —3 jupes de basin et de serge — 1 douzaine de mouchoirs —1 écharpe de taffetas — 3 paires de bas de fil — 1 peignoir à dentelles — 1 robe de chambre — 5 tabliers taillés droit fil —4 paires de draps et taies d'oreiller — 2 tours de lit —1 courtepointe d'indienne piquée contre point — 1 courte-pointe de satin doublée de toile d'Allemagne — 3 catalognes à chaîne de fil de lin — une demi-douzaine de serviettes — 3 nappes de toiles de chanvre — 1 douzaine de serviettes de grosse toile — 2 rideaux de fil — 2 tapis d'étoffe du pays — 3 rechanges de linge de corps.

Le tout soigneusement numéroté, consigné dans l'inventaire, conservé dans un coffre de cèdre, un de ces meubles immenses comme en possèdent toutes les grandes familles. Ces étoffes et ces tissus sont marqués du sceau de la patience. Lorsqu'elle enfilera l'une de ces chemises, elle portera sur ses épaules cinq générations Curtius et deux générations Trestler dont on lui imposera la vertu, la rigueur, la gravité. Elle sait, pour l'avoir entendu dire à mots couverts, quel poids de renoncement et de soumission de femme s'affaisse le soir entre les draps, avant d'aboutir au confessionnal. Le surplis du vicaire craque de blancheur. Dentelles de dame sur un corps d'homme. Vous réciterez trois Pater, dix Ave, promettez-moi de ne plus pécher.

Catherine palpe la rugosité des toiles et pense au teneur de livres. Plus tard, il posera ses mains sur elle. Il la touchera, et son cœur battra plus vite. Il l'aimera. Ils feront couple. Déjà, en eux, s'intensifie ce réveil du corps, cette exigence du désir. Elle ne pensait pas que cela pût être aussi fort. Aussi exigeant, après l'aveu.

Derrière la voix qui se modifie, les sons roulent au bord du lit comme un long gémissement. Car le cri a changé. Il est devenu sourd, étouffé, obligeant à remonter haut dans les souvenirs. Une plainte se déroule, lancinante, interrompue par des gestes pressés. On devine plutôt que l'on n'entend. Et suit l'attente insupportable, un sursis qui meurtrit la mémoire et incite à croupir dans l'effroi.

Ensuite des chuchotements, des remuements de bassines, l'étalement de linges avant qu'elle n'ait le temps de se réfugier à l'autre extrémité de la pièce. Témoin de cette précipitation inquiète, elle s'est figée dans sa peur. Assise par terre, dos au mur, les genoux repliés sous le menton, elle attend la fin des opérations.

Le cœur lui fait mal. Elle devrait fuir, mais son corps s'y refuse. La porte de la chambre s'entrouvre pendant quelques secondes. Sur le lit à colonnes, une femme gémit. L'enfant voit le désordre de la pièce, les draps tachés de sang. Il fait froid. L'horreur tue. Elle ne peut saisir ce qu'on lui dissimule d'irrémédiable.

Demain, elle verra dans la neige, près du mur de la laiterie, une spirale rouge, et elle saura que tout s'est joué là, dans cette perte, dans cette échappée liquide qui a drainé le corps béant. Mais aujourd'hui, recroquevillée sur elle-même, elle attend, guettant les pas, suivant les mouvements nerveux qui s'ébauchent de l'autre côté du mur. Elle ne peut rien empêcher, rien précipiter. Elle voudrait approcher la femme souffrante, toucher ses lèvres, sentir sa respiration.

Finalement, une agitation plus forte se dessine derrière la cloison. Ses mains sont mouillées. Elle a du vinaigre plein la bouche. Elle n'a rien vu, mais elle sait. Plus tard, sa sœur dira avoir retenu des mots.

— C'est une fille, monsieur.

J.J. Trestler a déjà quatre filles ! Marie-Marguerite, Marie-Josephte, Madeleine, Catherine. Quatre, cela suffit. Cet embryon, qui ne possède ni nom ni visage, n'est pas de lui. Marguerite Noël, fille de Marguerite Dassilva dite la Portugaise, ne sait pas faire de garçons. C'était sa dernière chance. Il voulait un héritier.

Il dit : « C'est la fatalité. » Il pense : « C'est inutile », et détourne la tête du paquet ficelé qu'on lui présente. Il ne s'approchera pas de la femme en douleur. Elle restera seule, sur le haut lit, à baigner dans ses odeurs d'accouchée. Répudiant l'épouse qui contrecarre ses desseins, il se reproche d'avoir préféré le sang étranger à du sang allemand. Son sang. Sa fierté perdue. Voilà son erreur.

L'enfant croit avoir vu le père s'appuyer à la table de la cuisine, la tête renversée en arrière, la bouche aspirant le goulot d'une bouteille tirée de l'armoire de la grand-salle. Elle a saisi seulement ce geste. Pas un mot. Pas un cri. Il mettait sa colère en réserve.

Plus tard, elle le regarde par-delà sa mort souhaitée, et il ne comprend pas pourquoi elle le fixe avec tant d'acharnement. Il ne s'explique pas cette expression de refus qui l'oblige à sévir. Dans la famille, Catherine est la seule à soutenir son regard. Il voudra briser cette force inacceptable chez une fille. À chaque affrontement, il l'écrase de sa colère, mais elle bat à peine des cils.

Dans la tête de l'enfant, des souvenirs persistent. Ou peut-être les invente-t-elle après coup et confond-elle sa naissance avec cette autre qui aurait suivi. Elle croit pourtant avoir entendu les paroles de la tante qui jouait le rôle de sage-femme, avoir même noté ses intonations, et ces maniements d'ustensiles, de ciseaux, ces remuements hâtifs suivis de frôlements de tissus.

La porte s'ouvrait. On lui faisait signe d'entrer. Elle hésitait, ne sachant si elle devait avancer ou reculer. Elle avait peur de ce qu'elle apprendrait. La femme allongée sur le lit respirait à peine. Elle était blanche comme la première page des livres. Elle avait échoué à donner un fils. Elle venait de signer son arrêt de mort.

À un moment, cette femme, j'en suis sûre, a levé sur moi un regard insistant. Mais étais-je bien là ? Je confonds les décennies et les siècles. Le temps, que je ne saurai jamais, s'épaissit sous la langue malgré la précision des gestes et des voix. Au-dehors, un pas traverse le soleil de cinq heures, et un rire mince éclate dans la cuisine. La voix est fragile, un peu enrouée. Eva souffre encore de la bronchite. « Il ne faudrait pas en conclure que ça s'est passé de cette façon », hasarde-t-elle.

Bien sûr que non. Je confonds peut-être le fœtus Trestler avec cet enfant mort-né, un garçon celui-là, paré de dentelles, allongé sur une table victorienne placée contre le lit de ma mère en larmes. Les oncles, les tantes, les cousines défilaient en égrenant de bonnes paroles. Ils agitaient les mains. Ils alignaient des phrases sous la lampe au globe enfumé. Si jeune, qui aurait pu prévoir, et vous l'aimiez déjà, mais la famille est déjà assez nombreuse comme ça.

— Deux jours plus tard, on la portait en terre.

— Tais-toi. Je ne veux plus rien entendre.

J'ai mal. Un mot de plus, et je ne réponds de rien. Madeleine regrette d'avoir parlé.

— Tu ne dois pas en vouloir à père.

— Pourquoi prends-tu sa défense ?

— Parce que c'est ainsi qu'il faut agir.

On a souvent dit c'est impossible, elle était trop jeune pour se souvenir. J'ai choisi l'oubli, mais cette femme m'habite toujours. Maintenant que me voilà amoureuse, je lui rendrai son dû.

— Pour Éléazar, tu es au courant ?

— J'ai tout deviné.

— Alors garde le secret.

Eva a lu par-dessus mon épaule. Elle sourit.

— Catherine avait un an et demi quand sa mère est morte ?

— À peu près ça, oui.

— Alors cette femme est morte en couches. Ça correspond à l'espacement des autres naissances.

— Vous avez beaucoup d'imagination. Mais c'est possible, après tout. Il faudrait trouver un document qui éclaircirait tout ça.

Comme romancière, ces détails de la chronique m'apparaissent secondaires. Il faut avant tout rendre la fiction cohérente, faire en sorte que l'histoire inventée se superpose à l'histoire vécue. Chroniqueurs et historiens ne procèdent pas autrement, et on les croit sur parole.

V

La maison Trestler n'a ni chien ni chat. Les restes du canard à l'orange tombent dans le sac à ordures Glad en faisant entendre un bruit sec. Il y a quelques jours, j'ai lu dans le *New York Times* que les poubelles d'Amérique du Nord suffiraient à nourrir le Tiers-Monde.

Deux adolescentes sont venues prêter main-forte à Eva. Elles me tiennent compagnie pendant que celle-ci s'absente pour assister à une conférence avec Benjamin. J'aurais dû rencontrer ces filles plus tôt. Roxane, volontaire, passionnée, est tout le portrait de Catherine. Lise, tendre, brumeuse, ressemble plutôt à Madeleine. Elles connaissent peu la saga Trestler que je résume à grands traits.

— Il est arrivé ici en 1776, l'année de l'occupation américaine. Ç'a été la première défaite américaine. Bien avant Cuba, l'Iran, le Vietnam.

— L'histoire d'ici, on connaît pas, ça n'a jamais été enseigné à l'école. Maintenant on apprend plutôt à communiquer. On donne notre opinion sur la drogue, les drop out, l'écologie, les syndicats.

Cette génération est née dans la gestalt. Vivre ici, maintenant, quelque part autour du nombril indiqué par les jeunes psychologues qui vendent de l'affect comme d'autres écoulent de la pâte dentifrice, du hachisch ou des Life Savers. Mais

Roxane est restée intègre. Elle dit : « Moi je vis pour l'art, c'est ce qui crée un lien entre les peuples, entre les époques, le reste, c'est des grains de sable dans le désert. »

Ces grains de sable, je les avais déjà soupesés, et ils m'avaient coulé entre les doigts. À Biskra, Toggourt et Sedrata, le soleil ne se couchait jamais. Des dunes diamantées remplissaient l'espace. De temps à autre, nous descendions cueillir des roses de sable afin de nous reposer de la route qui paraissait ne mener nulle part. Aveuglés, nous palpions ces coquillages formés dans le ventre de la terre, et les pétales éraflaient les paumes. Alors le sang se réveillait. Le grand désert ronflait. Nous en reniflions la sécheresse à travers les mirages qui nous attiraient vers des mers sans eau. Gutenberg nous soufflait les mots. Gide, Stendhal, Delacroix avaient peint ces lueurs fauves échappées du voile des dormeuses alanguies dans les harems.

Il n'y avait aucune femme en vue, mais des hommes et des enfants surgissaient par grappes dès que Stefan stoppait sa DS blanche. Les passagères s'accroupissaient, bref étalement de croupes qui hanterait la nuit des Touaregs. Et cette brillance platinée des doigts qui, même immobiles, faisaient tinter les dinars au fond des poches. Devions-nous faire l'aumône, ou nous contenter de distribuer des bonbons aux enfants qui réclamaient quelques bouteilles de Saïda. Leurs yeux dévoraient le visage, mais ils ne desserraient pas les lèvres. Nous repartions.

Ils ne savaient pas lire. Ils ne pouvaient déchiffrer l'étiquette bilingue, moitié arabe moitié française, indiquant la provenance de cette eau embouteillée dans la capitale. Les usines d'eau minérale, de conserves, de biscottes ne poussaient pas dans leurs oasis. Un jour, je tendis des bâtonnets Grissol à deux garçonnets qui venaient d'immobiliser leur caravane de dromadaires pour nous permettre de prendre des photos. Ils les comparèrent avec les bâtons de bananier tenus à la main et poussèrent un grand cri qui relança le troupeau en direction inverse. Leurs yeux mendiaient l'exotisme, mais leurs mains refusaient nos richesses. Nous ne traversions pas l'histoire au même moment.

Lise soupire.

— Dommage, j'aurais bien aimé connaître Nicolas. Quand il est passé à Montréal, on ne lui a présenté que des enfants de ministre.

— Nicolas ?

— Le fils des B. Le soir où ses parents étaient ici, le gouvernement lui a offert un souper dans un restaurant indien du Vieux Montréal. Des brochettes de bison chez Geronimo. Ils ont fêté toute la nuit.

J'avais oublié. Eva m'avait pourtant dit c'est le seul de la famille qui m'a vraiment touchée, un bel adolescent rentré aux petites heures du matin alors que ses parents se faisaient du mauvais sang et craignaient d'être en retard à l'église. Des représentants de la France en visite dans une paroisse de six mille habitants ne pouvaient, au risque de se disqualifier, refuser les hommages de nos prélats alignés diacre sous-diacre, six officiants psalmodiant l'office dans la nef écrasée par des arcades de fleurs. Tout un spectacle. Vous voyez ça d'ici.

Je regardais la photo dans l'album resté sur la table. Ce beau garçon habillé de drap fin me rappelait les cousins riches qui débarquaient chez nous à la canicule pour se prélasser sur les charrettes de foin, belles manières, peau de lait, voix de touriste m'as-tu-vu qui résonnèrent à nos oreilles jusqu'au jour où l'on se mit à grandir, à brouiller les identités et à se payer, comme eux, des voyages à Miami en Boeing 747.

Étais-je injuste avec le fils de Monsieur B ? Les enfants de cette génération étaient nés dans la ouate et avaient été nourris des bons enseignements du Docteur Spock. Celui-ci paraissait avoir gardé son innocence. Je ne pouvais lui tenir rigueur de n'avoir pas su discerner la vieille, sous les lampadaires de la rue Saint-Paul, la graine de bâtard semée ici par les gouverneurs, intendants et soldats du régime français. Le touriste est précisément celui qui ne veut rien savoir.

Roxane exécute un prélude de Bach sur le piano à queue. Elle veut faire carrière dans la musique. Elle attaque ensuite une fugue, introduisant une première voix suivie d'une deuxième, puis d'une troisième et d'une quatrième qui se fondent en une seule coulée. Bientôt, l'écart entre l'alto, la basse et le soprano ne s'entend plus. Je glisse dans cette durée sans faille, sans drame, qui m'autorise à vivre une histoire acceptée avec lenteur. Un jour, j'en suis sûre, la patience de l'art aura raison de la bêtise humaine.

— Moi, ce qui me fait rêver, c'est pas Nicolas, la France ou la tour Eiffel.

— C'est quoi ?

— Si je partais pour l'Europe, j'irais tout de suite en Allemagne voir le pays de Gœthe et de Wagner.

Heureusement, Stefan ne l'entend pas. Les Allemands lui tombent sur le cœur, même au cinéma. À dix-sept ans, il émigrait à Hamilton, Canada, demandant « parlez-vous français ? » à des gens qui ne pouvaient répondre ni oui ni non. Auparavant, il avait traîné sous tutelle nazie le bacille de Koch dans les Ardennes françaises, et rampé sous les obus de la mafia yankee visant San José et la villa du cousin Teodoro, social démocrate président d'une république de bananes à peine plus grande que l'île de Montréal.

L'Amérique est le continent de l'adolescence. Mon père avait aussi dix-sept ans lorsqu'il quitta Lowell pour la vallée du Saint-Laurent. Et quand Johan-Joseph Trestler, à peine plus âgé, débarqua à Québec, deux cents ans plus tôt, portant fusil mais ignorant peut-être l'existence de Gœthe ou de Wagner, il ne comprenait pas pourquoi, dans une colonie anglaise, tout le monde parlait français. Ces trois adolescents avaient fait souche en ce pays au hasard des guerres et des immigrations, et je m'étais attachée à eux, mais les canons continuaient de tonner. La mort programmée contaminait les archives et pourrissait l'imaginaire. Ce qu'on appelait pompeusement l'histoire, la culture, n'en était souvent que la caricature. Les nazis avaient nourri les fours crématoires en se délectant des préludes et fugues de Bach.

À dix heures, Lise et Roxane me quittent pour retourner à leurs obligations. Elles doivent préparer des examens, revoir des textes, passer des coups de fil à des amies. Avant de me laisser, elles s'inquiètent.

— Vous n'aurez pas peur de rester seule ?

— De quoi voulez-vous que j'aie peur ?

— Oh rien, mais cette grande maison, et toutes les histoires qui circulent.

Je crâne. Je dis mais les histoires n'ont jamais mangé personne, et j'en écris moi-même, alors vous pensez bien. Cette réponse les satisfait. Vingt ans de plus me donnent une sérieuse avance. Elles ne savent pas que l'on écrit pour se protéger du réel.

Lise s'approche.

— Vous aimez les histoires, alors écoutez, je vais vous en raconter une. Vous voyez la maison au toit rouge derrière le jardin ?

Je colle mon front à la fenêtre. Derrière la vitre, tout est d'un noir d'encre. Après quelques secondes, dans cette absence de formes et de contours, une lumière jaune commence à vaciller au bout de ma rétine.

— Là où est la lumière ?

— Exactement. Cette maison est habitée par un homme seul qui ne sort jamais. On prétend qu'il a un vrai Rembrandt dans son salon et qu'il le regarde chaque soir pendant des heures.

— Ça m'étonnerait. Les vrais Rembrandt ne courent pas les rues.

Après coup, cette protestation me paraît suspecte. Pourquoi serait-il absurde de trouver un vrai Rembrandt là plutôt qu'au Louvre ? Et pourquoi la présence d'un tel tableau dans une maison solitaire devrait-elle étonner davantage qu'un bas-relief d'Assurbanipal au British Museum, des tessons de bouteille de Coca-Cola à Chichen Itza, ou des réfrigérateurs à Fort Chimo ? La civilisation n'est-elle pas toujours un accident dont l'origine et l'essor demeurent inexplicables ?

La porte se referme. Je fais glisser le verrou de sécurité. Me voilà seule dans la maison Trestler avec pour tout voisin un homme qui veille Rembrandt. Je regarde au-dehors. La baie se resserre comme un étau autour du domaine. La noirceur rampe, finissant par m'atteindre. J'aurais dû éclairer le hall et le salon avant leur départ. J'aurais dû garder à vue ces gerbes de fleurs qui me rattachaient à la clarté du jour et auraient empêché, peut-être, les esprits de s'éveiller et d'enfoncer leurs grandes bouches d'ombre dans des cauchemars encore jamais faits.

Un ancien diplomate qui avait déjà visité la maison m'a dit un soir où nous dînions à la hâte dans un restaurant de l'est de Montréal : « Dans cette maison, il y a eu un drame, un assassinat, et je suis sûr que la malle de fer de la grand-salle n'y est pas indifférente. » Il me voyait, les yeux exorbités, et continuait : « L'endroit où ça s'est passé ? La porte arrière conduisant à la cave. » Il insistait : « Mais voyons, pensez-y. Trestler, c'est le commerce, la fourrure, l'argent. Il est impulsif, bon vivant, il aime la bonne chère et les femmes, alors un geste est vite posé. »

Assise face à lui, je scrutais la photographie du reportage que j'avais tenu à lui montrer, mais cette porte n'y figurait pas. Rien de ce que je redoutais n'en transpirait. La panique a une autre forme. La sentant grouiller dans mon regard, il s'est finalement esquivé dans un éclat de rire : « Excusez-moi de vous avoir troublée. Si j'écrivais ce roman, ça serait très arsenic et dentelle. »

Le sol paraît bouger derrière la porte-fenêtre de la cuisine. Je me trouve au-dessus du caveau maudit qui fascinait Hector. La mémoire bascule du côté sombre de l'imaginaire, retrouvant cette terreur qui me glaçait, enfant, mains moites, jambes paralysées, malgré le désir de fuite. Y a-t-il un mot, des gestes pour arrêter l'effroi ? Je m'accroche aux objets cernés par la lampe. D'abord cette table basse et ces chaises de pin. Puis ces armoires en bois blond, cette surface de travail recouverte de terre cuite, les livres de recettes dont aucun ne me dit personne ne te veut de mal, ferme le dossier Trestler, les morts ont aussi besoin de repos.

La peur est un orchestre qui ne s'entend que la nuit. Je me précipite dans le hall et m'engouffre dans l'escalier Tudor. Elle m'a vue venir, le regard sombre, les traits plombés. Portait-elle cette robe sinistre lorsque je l'aperçus pour la première fois ? Collée à la rampe, je m'éloigne du mur où elle a suspendu la tête d'Holopherne qu'elle vient d'égorger. Du sang, toujours du sang. Judith du Prado, n'aurais-tu pu utiliser tes bras à meilleur escient ? N'aurais-tu pu t'y prendre autrement pour libérer les tiens ? Je sais, oui, toutes nous te portons dans nos ventres même lorsque nous accouchons. Et cependant nous repoussons la force d'anéantissement. Mais la peur, comme la mort, nous met en état de légitime défense. Au lendemain de ces frayeurs, j'ai toujours été tentée par d'innombrables meurtres. Il ne fallait d'ailleurs pas s'en priver. Ils nous en racontaient à pleine bouche.

L'année de la conscription, dans les journaux, sur la place publique, ils parlaient de la guerre comme d'une chose naturelle. Ils peignaient des fresques héroïques, et les fiancées se bousculaient sur le quai des gares pour embrasser les volontaires qui partaient tandis que les marraines de guerre commençaient à tricoter des gants et des chaussettes pour les valeureux soldats. Sur les estrades, on dressait des arcs de triomphe à grand renfort de gestes. Mais jamais je n'entendais parler des femmes violées, des enfants tués, des militaires massacrés dans ce carnage qui ravageait les Vieux Pays.

Ils n'exhibaient que du propre. La sueur, les cris, le sang, les excréments des blessés n'entachaient jamais non plus les manuels antiques qui furent, avec les récits de la comtesse de Ségur, mes premiers romans. Dans ces livres à reliure d'or, on racontait aux enfants sages comment le camp ennemi avait été passé au fil de l'épée. Ni ciseaux ni couteaux, mais du fil. Un point par-ci, un point par-là, et l'anecdote progressait comme une innocente et glorieuse broderie.

En réalité, je croyais peu à ce déploiement de cuirasses, de cuissardes, de casques à mentonnière, de cottes fabriquées comme nos foulards d'hiver, un rang à l'endroit, un rang à l'envers, et continuez tout droit. Mais ce théâtre d'ombres était d'abord un théâtre de mots, d'où son pouvoir de fascination. Morts et vivants concordaient par ces effets de style qui nous les présentaient également dignes d'estime et d'admiration.

Plus tard, dans le noir des chambres, je palpais les draps parfumés d'herbe, qui avaient blanchi dans la cour au grand soleil, et j'essayais d'imaginer ces femmes qui préparaient le repos des guerriers. On ne nous livrait rien de leur vie. Employaient-elles tout leur talent à lessiver le linge, à cuire les repas, à tisser la catalogne, ou prenaient-elles le temps de lire, de parfumer leurs cheveux et de contempler leur corps dans ces miroirs au tain passé comme il s'en trouvait un sur l'étroite cheminée de la chambre des garçons, seule pièce de la maison convenablement chauffée, à part la cuisine, où je prenais le bain du vendredi quand ils étaient dehors.

Ce soir, dans la chambre à courtines de la maison Trestler, il n'y a plus de temps mais la profondeur du silence. Assise sur le lit, je dérive, vide de toute pensée qui pourrait me retenir de glisser dans ces espaces où je crains d'aller. J'ai peur d'une peur dont la cause me reste cachée. Je crains ce qui ne se dévoile pas, ne se nomme pas. Une fois tournée vers le mur, je redoute l'engloutissement du visage dans le noir. Pour comprendre ce qui m'arrive, il faudrait pouvoir avancer des dates, citer des faits. Mais dans cet enfer d'ombres où s'entassent les âges successifs d'une frayeur trop ancienne pour être nommée, il n'y a pas d'issue mais des étapes à parcourir.

J'enfonce mon regard dans le papier peint des murs, scrutant l'enchevêtrement des rosaces superposées aux lignes verticales formant un léger relief, comme si tout mon équilibre et ma sécurité tenait à la qualité et à la densité de l'observation. J'adhère à ce papier comme aux pages d'un livre, feignant de croire ce que l'on me donne à lire, des guirlandes, des arabesques, des feuillages dont la calme ordonnance dilue ma terreur dans l'hypnose de la répétition. J'ai gagné. Mes craintes s'atténuent. Le cœur recommence à battre plus lentement. J'entends de nouveau les ronflements du système de chauffage. L'illusion aide à s'épargner un plus grand mal.

« Vous savez que c'est ici qu'a dormi Nicolas », avait tenu à souligner Eva. Elle aurait dû se taire. Quant je couche à l'hôtel, je préfère ne pas savoir qui m'a précédée. Les gens de passage souillent les draps sans laisser de traces qui puissent suggérer l'accueil. Aussitôt seule, je m'étais approchée des lits jumeaux pour en vérifier la fraîcheur. Les oreillers étaient impeccables, mais un matelas paraissait creusé au centre. C'était là qu'il avait dû dormir. Je choisis l'autre. Je ne voulais pas de ses restes.

Ensuite j'avais ouvert le cahier noir à tranche rouge qui reposait sur le bureau de postier. Une suite de phrases élogieuses, tracées dans des calligraphies banales pour la plupart, adressaient aux hôtes des louanges et des remerciements. Je cherchais la date honorifique. Rien du bel adolescent, pas même ses initiales. La générosité n'était pas leur fort.

Bientôt, un chat ronflait dans mon sommeil. Des bruits confus montaient de la grand-salle. Je me retournais, cherchant à esquiver la bourrasque qui déplaçait la maison plus au nord. De temps en temps, j'entrouvrais les yeux et j'interrogeais les pierres. Un feu avait déjà brûlé dans cet âtre, dépouillé de son pare-étincelles, qui paraissait n'avoir pas servi depuis longtemps. Que s'était-il passé dans cette chambre qui pût avoir un rapport avec ce qui avait été ressenti dans cette autre chambre, différente et cependant semblable, au bas de laquelle défilaient les caravanes en provenance des États ?

Mon père venait de mourir, emporté par le cancer. Trop d'idées troubles avaient traversé sa tête. Trop d'objets marqués *made in USA* lui étaient passés entre les mains. Ma mère avait brûlé ses vêtements et déposé dans une urne la poignée de cendres que ses cinquante ans laissaient sur terre. Puis elle avait vendu la propriété, douze vaches maigres et douze arpents de terre cédés pour une bouchée de pain.

Nous émigrions en ville. Les garçons entraient au collège. Une deuxième maison, blanche, accrochée à une pente abrupte, surplombait le Saint-Laurent où glissaient des dauphins et des paquebots. Cette habitation ne contenait ni cave ni grenier. Je quittais de belles extases, un long cauchemar. Entre mes heures de travail, j'écrivais des poèmes et je dévorais des livres. La passion des mots me brûlait plus que jamais la langue et les doigts.

C'était l'été de mes seize ans. Sur la véranda, un garçon qui venait d'étudier Sartre, *L'Être et le néant*, m'expliquait l'existentialisme français. Je l'écoutais béatement. Le zen n'avait pas encore contaminé l'Occident, mais les filles avaient des seins, des lèvres, des cuisses qui donnaient des idées. Soudain, entre deux phrases compliquées, il s'approcha et saisit ma langue avec la sienne. Il avait mauvaise haleine. Je rougis et reculai d'un pas. Je venais de comprendre que les mots pouvaient être le plus court chemin pour arriver au sexe.

Son corps n'avait pas participé à l'assaut. Le mien fit demi-tour et disparut derrière la porte à moustiquaire. Deux minutes plus tard, je m'écroulais sur mon lit, dégoûtée des garçons, du néant, de la philosophie.

Déjà, je m'aventurais dans un temps risqué.

Personne n'avait encore pu raconter convenablement ce qui se passait au nord du 46e parallèle où l'eau tombait en neige et où la mémoire se pétrifiait dans le gel. Hier encore, la radio a annoncé quinze centimètes de neige. Une moyenne de précipitation de deux à trois cents centimètres par hiver, et cela nous fait la hauteur de la pyramide de Chéops en un demi-siècle.

Mais cette architecture mouvante se liquéfie à chaque printemps. Les grandes débâcles anéantissent les villages de roulottes et de bungalows alignés les uns contre les autres comme des épisodes de roman-feuilleton. L'Amérique est construite sur des sables mouvants. Un coup de vent, et tout s'effondre. Au lendemain de ces cataclysmes, les journaux dressent la liste des victimes, et nous sommes étonnés d'apprendre que nous sommes encore vivants. Les analphabètes ont finalement de la chance. Ils vivent leur mort à temps.

Rien ne me garantit la vraisemblance des faits pressentis, mais je suis sûre que Catherine a dormi dans cette chambre. Sûre que ses pieds ont glissé sur ce plancher gondolé où je pose les miens. Elle s'est approchée du miroir, un certain soir, et elle a dénoué ses cheveux. Brune, la taille bien prise, elle se trouvait ordinaire, plutôt laide. Mais Éléazar est entré. Il s'est approché, le regard brûlé, et elle a repris confiance.

Sans hésiter, il la soulève, la dépose sur le lit et délie les lacets de ses bottines. Il a pour elle ces gestes tendres qu'elle attend depuis toujours. Elle le laisse dégrafer son corsage. Elle consent à le voir caresser et mordiller ses seins. Une bonne chaleur remplit son ventre. Elle l'attire à elle.

— Venez.

— Catherine, je ferais n'importe quoi pour vous garder dans mes bras.

— Alors évitez de faire du bruit. Si mon père vous entendait, nous serions perdus.

À mon tour, je me dévêts, trop blanche, trop décente.
J'enfile la longue chemise de nuit nouée sous le cou, et
m'allonge entre les draps glacés. Le vent du nord faiblit. Je
ferme les yeux. Un peu de chaleur me vient. J'attends
l'homme qui me délivrera de mes seize ans.

Le souffle d'Éléazar se répand sur mes joues. Nous nous
rapprochons, osant à peine nous regarder. Un léger tremblement agite ses paupières. Je voudrais toucher ses yeux. Je
voudrais palper ses cheveux, en suivre le fol éparpillement
sur le cou et les oreilles. J'ai depuis trop longtemps rêvé de
cet instant.

Chaque nuit, mon imagination flambe autour du même
visage. Un homme me parle. Ses traits s'immobilisent. Il lisse
mes chairs, ma bouche, mon visage, et une complicité nous
lie aussitôt dans la chaleur du sang. Mais je vais trop vite.
Cela n'a pas dû se passer ainsi. Catherine n'a probablement
jamais reçu son amant dans cette chambre. Dans ce lit, ou un
autre semblable, elle s'est sans doute beaucoup ennuyée. Elle
y a rêvé de choses impossibles. Elle y a maudit son père pour
sa froideur, pour la fausse douceur et la fausse blancheur
imposées.

Au réveil, elle oublie ces pensées monstrueuses, sachant
qu'un homme l'attend. Ce garçon gagne six cents shillings
par an. Il occupe ses pensées, mais il ne sera jamais médecin,
avocat ou seigneur. Ses épaules dépassent celles de J.J. Trestler.
Ses bras forment une ceinture chaude autour de ses
reins lorsqu'ils se donnent rendez-vous derrière le chenal,
à l'entrée du sous-bois. Le reste du temps, ils échangent des
messages dans les écuries, derrière la laiterie ou le hangar à

potasse. Adélaïde est parfaite. Elle feint de ne rien voir. Elle ne pose aucune question.

Encore ce matin, le ventre de Catherine est en fête. Intact, mais gonflé comme un fruit chaud. Elle se met à courir, inquiète, ses sens contrariés. Plus tard, dans l'après-midi, elle perd vingt longues minutes à attendre Eléazar, et les instants qu'ils passent ensemble sont comptés. Il apparaît enfin, calme, le pas léger.

— Que vous est-il arrivé ? J'avais peur qu'on ne nous ait découverts.

— Impatiente Catherine, pourquoi vous tracassez-vous toujours pour rien. Vous savez bien que je vous aime.

Ses mots portent loin. Il a presque crié. Nous faisons trop de bruit, on nous entendra. À voix basse, je le supplie.

— Répétez-moi ces mots.

— Catherine, je vous aime plus que tout au monde.

Je me jette dans ses bras, et il pose ses lèvres sur mon front. Ses mains pressent mes épaules. C'est la première fois que nous sommes si près. Tant de fois j'ai désiré cet instant, nos corps s'aimant et se touchant sans prudence ni retenue. Il se détache légèrement et tend vers moi ses lèvres affamées. Je m'écarte, effrayée. On ne cède pas tout si subitement quand on est une Trestler.

Indécis, il me regarde, et ses yeux recommencent à me parcourir. Il dit : « Vous avez complètement changé ma vie. Je vous aime. Je ne peux renoncer à vous. » Je retiens chacun de ses mots. La voix lente et grave, l'hésitation, et les quelques minutes de silence qui suivent. Tout cela pourrait finir ici même, si j'y consentais. En moi, naît le besoin de provoquer l'événement, peut-être même le scandale.

— Pourquoi avez-vous tant tardé à venir ? Je craignais de ne pas vous trouver.

— Mais je suis là. Vous savez bien que pour vous je ferais l'impossible.

— Très bien, vous aurez justement l'occasion de le prouver. Éléazar, ça ne peut plus durer. Il vous faudra parler à père d'ici huit jours.

— Vous tenez vraiment à ce que ce soit si tôt ?

— Il le faut.

— Alors je lui parlerai. Je vous aime. Je vous ai aimée dès le premier jour où je vous ai vue.

Je m'installe dans ses mots comme dans une fièvre. Je vois tout son visage en mouvement, et ce désordre me plaît. À force d'être dites, les choses prennent forme. Je l'oblige à continuer ses déclarations. Il proteste.

— Avec vous, il faut être prudent. Vous prenez tout à contre-pied.

— C'est que, par la faveur du premier négociant de Vaudreuil, j'ai toujours été fort bien chaussée.

— Je n'aime pas quand vous parlez de votre père sur ce ton.

— Je parle de père sur le ton qui me convient.

— Il est un homme de valeur qui mérite estime et considération. Le fait que vous soyez sa fille ne devrait pas vous aveugler.

— S'il avait moins de fortune, le regarderiez-vous du même œil ?

Nos regards s'affrontent.

— Que voulez-vous dire ?

— Que je préférerais être née pauvre. Je serais alors sûre d'être aimée pour moi-même.

— Catherine, oseriez-vous douter de mes sentiments ? La fortune de votre père n'y est pour rien. Il faut me croire.

L'échéance est fixée. Elle le restera. Je ne me reprendrai pas. Ensemble, nous quitterons la maison Trestler, ses odeurs, son rythme, sa rigueur. Ensemble nous mettrons un terme à ce qui fut mon passé. Il a huit jours pour trouver les mots justes.

En silence, j'affûte les miens. Monsieur mon père, la plus belle union du comté se fera sous votre toit. L'épousée sera blanche comme neige. Voyez, son front est pur, son flanc vierge même si, à votre insu, elle a déjoué vos calculs avant que vous ne l'accabliez d'un refus ou ne la contraigniez à une alliance malheureuse. Bientôt, elle sera hors de vos exigences. Hors de votre colère, de vos prétentions. Car j'irai jusqu'au bout de mon désir, quelle que soit votre décision. À moins que vous ne daigniez enfin me considérer comme votre fille et estimer, à ce titre, que je possède quelque droit au bonheur.

J'invente d'autres déclarations aussi solennelles et insensées. Je me les répète, modifiant les arguments, variant les intonations, accentuant les temps forts et les chutes. Je joue mon avenir sur une phrase, mais chaque instant accroît mon angoisse. Mes nerfs s'effritent. Je sursaute au moindre bruit. L'appétit m'a quittée. Je dors à peine, passant des heures, la nuit, à respirer les bouquets de fleurs posés à mon chevet. La chambre est remplie de pollen. Dehors, les chrysalides se déchirent et les papillons naissent. Dans la cour, les chats se poursuivent. Mais à l'intérieur, le temps croupit. Cette folie m'épuise.

— Pourquoi es-tu si agitée ?

Je fuis ma sœur, craignant de trop dire. J'évite aussi Adélaïde. Ce matin, elle arrosait ses fleurs, une capeline épinglée sur les cheveux, et elle m'a souri à distance. J'ai pressé le pas. Elle m'aurait entraînée dans la cuisine où elle m'aurait servi un bol de lait après m'avoir regardée de ses yeux lents. J'aurais flanché. Ma tête aurait basculé contre la sienne sentant la terre, les germinations, et j'aurais tout avoué. Or, je dois préserver mon secret.

À l'extrémité du jardin, devant le hangar à potasse, Marie-Anne Curtius a allumé un grand feu sous le chaudron de plein air. Elle surveille la cuisson du savon de castille dont ou vient de lui donner la recette. Couverte de fumée, elle ignore ce qui se trame derrière son dos. Je suis tranquille de ce côté. Mais je vois de moins en moins Éléazar, occupé à dresser les arrêtés de compte de la saison. Chacun des prêts, soldes et arriérés accumulés renforce l'interdit que nous devrons briser. Mon avenir repose sur l'avoir des débiteurs, leurs troupeaux de bêtes à cornes, leurs chevaux de trait, leurs récoltes, leur sueur, leur misère. Mon bonheur est lié aux lingots d'or, traites et créances gonflant les coffres du maître de maison.

La fortune de père tient à sa conception du travail et de la justice. Au Parlement, il défend les marchands et appuie l'évêque qui condamne les sorties et sauteries auxquelles s'adonnent les habitants pour se distraire. Redresseur de torts, il estime qu'un peuple ne doit s'adonner qu'à des occupations profitables. Le travail et le gain sont ses deux seules orgies.

Hier, il triomphait. À la demande des marchands britanniques, l'évêque a aboli un certain nombre de fêtes religieuses. «On ne peut passer son temps dans ces charivaris», a-t-il dit à mes frères dans un but d'édification. Il a enchaîné en brossant un sombre tableau de Montréal. Ces cris montant des tavernes, ces attelages figés aux portes des débits de boisson, ces ébats des filles de joie agglutinées aux fenêtres des maisons closes.

J'ai tressailli en entendant le mot joie, me demandant par quel hasard l'on associait le péché à la joie et la vertu à la tristesse. J'imaginais des femmes maquillées passant leurs journées à séduire les hommes au fond de chambres atroces où elles se livraient avec dégoût à des pratiques qui les rendaient malades ou enceintes, et l'expression femme de peine me paraissait plus conforme à leur situation. J'ai eu envie de dire : « Père, vous ne savez pas de quoi vous parlez, ces femmes sont tristes à mourir, la fille de joie habite sous votre toit, regardez-la bien, je suis amoureuse et j'en suis fière ».

Éléazar m'a regardée, et j'ai ravalé mes paroles. Cette maladresse aurait pu nous perdre. Que m'importent, après tout, les doléances de père et son mépris du plaisir. Que m'importe son dédain de la bière, de la fête, sa préférence pour le bordeaux et le whisky servis aux repas des seigneurs et des bourgeois qui l'honorent de leur accueil. Quand j'habiterai ma propre maison, je supprimerai ces fastes. Nous mangerons comme des gens simples.

Encore deux jours, et je serai débarrassée d'un mensonge, délivrée du silence et de l'ennui. Mais le temps avance, et ma volonté faiblit. J'entends déjà les menaces, les accusations. On tentera d'intimider Éléazar, de l'humilier. On voudra le congédier, le réduire par quelque menée sournoise à son état de subalterne. On lui rappellera qu'il n'est qu'un modeste employé à la merci de son bourgeois.

Inquiète, je cherche des indices rassurants. Un rayon de soleil filtrant par les lucarnes, un souvenir heureux qui m'apaiserait pendant quelques minutes, une vibration de l'air, plus douce, qui tempérerait ma fièvre. Mais dans cette quête, aucune découverte ne se fait. Aucun signe, aucun parfum venu des chambres que j'explore ne m'apporte l'apaisement attendu. Rien ne s'émeut. Les choses se ferment, durcies, ravivant un déchirement ancien. Cette maison m'aura été hostile jusqu'au dernier moment.

J'ai pourtant une idée. Une fois redescendue au rez-de-chaussée, j'entrouve la porte interdite, cette pièce jouxtant la grand-salle, où père se retire chaque soir depuis son élection à la Chambre. Les querelles du *Canadien* et du *Quebec Mercury*, dont il nous entretient à table, s'y trouvent affichées. Certaines découpures de journaux sont jaunies, d'autres sentent l'encre d'imprimerie. La parole des Canadiens est encadrée de bleu, celle des Anglais de rouge. Dans cette polémique en deux couleurs, une phrase se détache : *It is time the province should be english : french language for talking to children and making love to girls, it is admirable.*

Dans la marge, au crayon gras, ce mot de père, *Bastard* ! Je devine, à la disposition des découpures de presse et à la vigueur des coups de crayon qui les balafrent, les moqueries, mises en garde et insultes échangées. Deux peuples restent unis par cela même qui les divise, la peur des Américains. Mais au-delà du péril yankee, les Anglais méprisent les Canadiens français qu'ils traitent de rêveurs, de paresseux, de Don Quichotte, et ceux-ci répondent à la bassesse par la bravade et l'ironie.

Derrière ce débat politique, un mystère. Le côté caché de père, sa fuite dans le travail et les grands principes. Sa violence, parfois, précédant la seconde de tendresse qu'il m'accorde à la dérobée, craignant de s'être trop livré. Et, lorsqu'il craint d'avoir dépassé les bornes, sa bouche amère, sa voix lasse, quelques gestes esquissés dans le vide. Voilà tout ce qu'il me reste de ces années de cohabitation même si, avant Éléazar, il fut mon seul guide, ma seule passion.

L'idée que je me fais de Dieu, du monde, de la guerre, m'a été inspirée par ses attitudes et ses déclarations. Dans cette pièce imprégnée d'une forte odeur de tabac, je sens ses exigences, ses ambitions, son refus d'accepter que les marchands qui siègent avec lui au Parlement soient considérés par le gouverneur comme de vulgaires boutiquiers. Lorsqu'il reproche à la nouvelle administration de n'estimer que les médecins, apothicaires, avocats et notaires formant l'élite montante, il dit avec mépris, comme on dirait d'une mère pour ses enfants : « Elle les fait manger dans sa main. »

Belle caricature de la politique et de l'histoire où la part des femmes est tenue pour nulle. Ils ne savent pas que l'amour leur manque. Ils ne savent pas que moi, et beaucoup d'autres femmes, brûlons d'un feu qui pourrait couvrir plusieurs chapitres de leurs livres. Père n'a d'estime que pour le grandiose et le spectaculaire. Regardez cette maison qu'il croit indestructible. Eh bien, je vous prédis que son règne achève. Ses pierres éclatent, ses murs se lézardent, son toit dérive. Demain, dans ma chambre, je déjouerai le partage du pouvoir et du sang.

Je n'ai plus rien à faire dans cette pièce. L'histoire qu'on y raconte ne me concerne pas. Je dois rejoindre Éléazar et le convaincre de faire vite. Je cours vers le bureau des comptes. Toute prudence m'a quittée.

— Éléazar, traversons la frontière et allons nous épouser là-bas.

— Mais vous êtes folle. Nous nous placerions dans l'illégalité, et votre père nous aurait tout de suite rejoints.

— Pensez moins à lui et davantage à nous. On dit que beaucoup de couples le font pour éviter de payer la dispense.

— Catherine, réfléchissez un peu. Dans notre cas, ce n'est pas une question de dispense.

— Dans notre cas, il s'agit de forcer son consentement. Vous connaissez sa générosité avec l'Église. Il peut amener l'évêque à fermer les yeux s'il le désire.

— Je ne vois rien, dans notre situation, qui concerne l'évêque.

— Rien qui concerne l'évêque, mais tout qui blesse l'orgueil de père et lèse ses intérêts. Vous savez fort bien que vous n'êtes pas le gendre attendu.

Éléazar recule d'un pas. Ses yeux flambent. Dans cet éloignement, face à lui, je suis redevenue une demoiselle Trestler. Il hausse la voix.

— Je n'ai pas oublié ma position. Je sais fort bien que je n'ai ni titre ni fortune à vous offrir.

— Je vous en prie, Éléazar, ne le prenez pas sur ce ton. Je vous aime, le reste est sans importance.

— Je saurai vous prouver que la vaillance et la fierté sont un atout que notre société a tendance à négliger. Si vous m'épousez, Catherine, je vous jure que vous n'aurez jamais à rougir de notre situation.

— Mais pourquoi parlez-vous de rang et de situation ?

— Parce qu'un mariage désassorti pourrait vous apporter du remords et des regrets.

— Je ne regretterai rien, je vous assure. Tenez, si vous doutez de ma parole, prenez-moi ici maintenant.

Je me suis rapprochée de lui. Son souffle est sur mes cheveux, brûlant, mais il ne pose aucun geste. Je ne rougirai pas. Il me regarde, les yeux avides. J'insiste.

— Prenez-moi.

— Catherine, baissez la voix. Imaginez le scandale si on nous entendait.

— Vous avez peur de vous compromettre ?

— J'ai peur des ennuis que vous vous attireriez si je compromettais votre honneur.

— Mon honneur ? Vous appelez un honneur être enfermée ici sous la garde d'une étrangère à qui mon existence a toujours pesé.

— Catherine, vous m'effrayez. Je ne sais plus si c'est par amour ou par révolte que vous souhaitez quitter cette maison.

— Rassurez-vous, ma révolte compte moins que mon amour. Mais vous-même, Éléazar, répétez-moi que vous m'aimez.

— Je vous aime, Catherine. Je vous aime comme personne n'a encore jamais aimé.

— Alors si vous m'aimez, vous ferez ce que je vous demande. Ce soir, père rentrera tard de Montréal. Je m'arrangerai pour que Madeleine quitte la chambre. Quand vous verrez la pointe d'un mouchoir blanc sous ma porte, cela signifiera que vous pourrez entrer.

Il me dévisage, incrédule, mesurant l'extravagance de ma proposition. Le silence grandit. Mes mains sont trempées. Je redoute son refus autant que mon audace. Mais il est trop tard pour renoncer à cette folie qui grouille, superbe, du ventre à la bouche.

— Catherine, vous courez de bien grands risques pour un homme qui ne vous égale en rien.

— Ne discutons plus. Ce serait peine perdue, père resterait sourd à nos arguments.

— J'aurais tant souhaité vous offrir un avenir à la hauteur de votre rang.

Je lui montre du doigt les deux branches d'érable qui s'entrecroisent derrière la vitre. Le bonheur est possible. Il suffit d'y croire, de le retenir. Éléazar sourit. Il se penche et m'embrasse.

— Folle Catherine. Votre violence m'attire autant que votre douceur. Aidez-moi à croire que nous ne rêvons pas.

Ce n'était pas un rêve. Aussitôt la noirceur tombée, Éléazar a entendu le pas de Madeleine à l'étage et il s'est aussitôt glissé dans le couloir où il a vu la pointe du mouchoir sous la porte. Il a ouvert doucement et s'est avancé vers le lit. Je l'attendais, vêtue d'une chemise de nuit blanche, comme les épousées. Mon cœur battait. Je ne connaissais rien aux réalités de l'amour, mais j'étais prête, offerte au désir, au scandale qui suivrait.

Un rai de lumière échappée de la lucarne tombait sur mes épaules. Il enfonça sa tête dans le sillage de cette lueur en prononçant mon nom. Il me pressa contre lui, me garda ainsi longtemps sans bouger, puis défit lentement mes tresses. J'enlevai la chemise. Il glissa sa main derrière mon dos et encercla mes reins. Il préparait l'étreinte, éveillant mon corps à des sensations que nos baisers furtifs avaient mûries sans jamais les satisfaire.

Attentif, il entreprenait la lente exploration que je n'osais risquer sur son propre corps. Il me renversait, me caressait, atteignait l'ouverture qui incitait à aller plus loin. Bientôt, nous respirions au même rythme. Une ceinture de feu incendiait mon ventre. Il me reconnaissait, me traversait. Il élargissait l'anneau de chair enfoui dans la douceur des tissus qui nous liaient l'un à l'autre, confondus dans cette douleur qui touchait le bas-ventre.

J'étais fière de la déchirure qui ourlait mon sexe. Je sentais dans l'amour le goût d'achèvement et de reprise. Nous abolissions les frontières du corps. Je fermais les yeux. Était-ce l'extase ou l'effort de tendresse dans la maladresse de l'échange ? Je n'aurais su dire. Lorsque je me soulevai, des gouttes de sang tachaient le drap. J'étais devenue femme.

Éléazar essuyait la semence collée à mes cuisses, et l'odeur liquide qui imprégnait le lit renforçait notre pacte. Trempée de sueur, je relevais mes cheveux. Il les rabattait sur l'oreiller, les lissait puis les déroulait sur son visage. À peine détaché de moi, il me ramenait à lui, m'étreignant comme s'il craignait de me perdre, comme s'il m'avait perdue, déjà, et tentait de me saisir avant que je ne lui échappe.

Une clameur sourde montait du lac. Peut-être avions-nous dépassé l'heure. Le temps se précipitait. Éléazar était à nouveau sur moi. Il me nommait et me rassemblait sans fin. Collée à lui, je buvais son odeur, souffle suspendu, gestes arrêtés. Je recevais ses caresses, les rendant à peine. J'ignorais encore la jouissance du don.

— Catherine, dites-moi que je ne rêve pas. Dites-moi que je ne vous perdrai jamais.

J'articulais son nom, rejetant le nom Trestler hors de ma bouche. Désormais, je m'appellerais Catherine Hayst. J'étais sûre de m'appeler Catherine Hayst. Les syllabes collaient à ma langue, roulaient sous le palais, et Éléazar suivait l'appel. Nous obéissions à l'impulsion du corps. Nous glissions dans un vertige éclatant, bras et cheveux mêlés, longue chute entrecoupée de mouvements blanchis par l'émiettement de la lune sur le lit. L'heure galopait. Une dernière vague mouillait mon sexe. Éléazar s'effondrait.

Je ne sais pendant combien de temps nous nous sommes ainsi appelés, perdus, retrouvés. Ni combien de fois j'ai senti la douleur et le plaisir me traverser avec une égale violence. Nous avions laissé notre signature sur le drap. Ils la remarqueraient.

Voilà les cris. Cela résonne. Cela frappe. L'heure est venue de faire les comptes.

— Vous avez osé faire une chose pareille sous mon toit. Déshonorer ma fille comme si j'étais un paysan ou un vulgaire coureur de bois.

— Je demande à monsieur de bien considérer que je veux épouser sa fille et lui donner mon nom.

— Un nom ! Quel nom ? Un petit commis qui gagne six cents livres par an ose lever les yeux sur ma fille et prétendre vouloir l'épouser. Vous avez complètement perdu la tête. Avez-vous oublié que vous vous adressez au plus riche négociant de Vaudreuil, citoyen et député à la Chambre ?

— Je n'ai rien oublié du tout. Je prie seulement monsieur de croire que j'aime sa fille et qu'elle me le rend bien.

— Un va-nu-pieds que je fais manger à ma table veut épouser une des meilleures dots du comté ? Pour comble, il me parle d'amour comme s'il s'agissait d'une fille de joie. Dans cette maison, on n'a jamais fait passer l'amour avant le devoir et la raison.

Oui, je sais. Travailler, peiner, accumuler des biens. Feindre et ruser pour imposer aux autres l'excellence de sa condition. Je connais ce refrain. On me le répète depuis toujours.

— Vous dites vrai, père. L'amour et la joie ont toujours tenu peu de place dans cette maison.

— Tais-toi, fille ingrate. Elle peut prétendre aux meilleurs partis et qu'est-ce qu'elle demande ? Épouser le commis de son père ! Je ne te le permettrai pas. Jamais tu n'épouseras ce garçon, tu entends ?

— Dans ce cas, père, je crains bien que nous devions nous passer de votre consentement.

— Vous passer de mon consentement ? Tu oublies que tu es mineure et que je peux en appeler de la loi pour empêcher ce mariage.

— Comme bon vous semble. Mais Éléazar m'a déjà connue. Vous risquez un scandale plus grand. Votre honneur souffrira bien davantage si vous devez donner le nom Trestler à un bâtard.

Il sursaute. Le rouge lui monte au front. Ses mains se crispent. Il pâlit. Je voudrais fuir.

— Tu as prononcé le mot bâtard, et je ne t'ai pas encore frappée. Je t'enfermerai dans un couvent pour le reste de tes jours.

— Ce serait peine perdue. Je m'en échapperais. J'aime Éléazar. Je le retrouverai quoi qu'il arrive.

— Éléazar Hayst n'est plus à mon service à compter de cette minute.

Les yeux injectés de sang, père ouvre le coffre-fort de la salle et en tire un papier qu'il déchire et piétine avec rage. Le travail d'Éléazar, ses appointements, les conditions de son servage sont annulées avec ce contrat d'embauche. Il croit nous avoir réduits, mais son commis lève fièrement la tête.

— Je ferai remarquer à monsieur que je suis jeune, rempli de courage et que je trouverai ailleurs un travail pouvant satisfaire ma compétence et mes ambitions.

— Voilà bien de quoi il s'agit. Avec plus de compétence et moins d'ambition, vous n'auriez jamais eu l'arrogance de séduire ma fille. Je vous ferai poursuivre en justice pour détournement de mineure.

— Inutile, père, je me suis donnée à Éléazar de mon plein gré. Et c'est en toute liberté que j'unirai ma vie à la sienne.

— Je te déshériterai.

— C'est déjà fait. Vous m'avez refusé votre amour et vous avez pris soin, aidé en cela par votre épouse, de me cacher celui de ma véritable mère, Marguerite Noël.

— Fille sans cœur. Je n'ai pas cessé de me préoccuper de ton avenir, de celui de ta sœur et de tes frères.

— Vous avez mis tant de soin à préparer cet avenir que vous avez oublié le présent. C'est maintenant que je veux vivre, père, et uniquement pour moi. Dans cette affaire, je me soucie aussi peu de votre honneur, et de votre orgueil, que vous vous êtes préoccupé de mon bonheur.

Suffocant, il s'appuie à la table, cherchant sa respiration. Cette rage contenue m'effraie plus que ses hurlements. Je suis vengée. Sa honte me console des douleurs anciennes. Mais j'aurais préféré lui épargner cette souffrance. En posant ce geste, je n'ai pas voulu tout ce mal. Un rapprochement est peut-être possible dans cela même qui nous sépare depuis toujours.

— Père.

— Pas un mot de plus, ou je te frappe. Il ne te suffit pas de me déshonorer, il faut que tu m'accables de tes insultes et de ton insolence.

— Je voulais seulement dire...

— Disparais de ma vue. Tu épouseras ce garçon puisque le mal est fait, mais ensuite ne remets plus jamais les pieds dans cette maison. Et ne vient surtout pas mendier à ma porte une fois ce mariage accompli.

Il fixa lui-même la date. Le dix-neuf mars, pendant la période prohibée de l'Avent, puisqu'il me croyait enceinte. Une dispense de trois bans fut accordée par l'évêque, ainsi sa disgrâce ne serait pas proclamée du haut de la chaire. Ni lui ni Marie-Anne Curtius n'assisteraient au mariage. Elle se porterait malade. Il se ferait remplacer par un voisin.

Par le seul pouvoir de son amour et de sa détermination, Catherine Trestler, seize ans, prend pour époux Éléazar Hayst, vingt-deux ans, désormais sans profession. La nef est nue, sans fleurs ni tapis rouge. Pour tout cortège, il y a Madeleine, Adélaïde, les deux témoins. On m'a habillée d'une bure de serge brune, jupe droite, col montant haut sous la gorge comme si j'entrais au couvent. Un mariage de troisième classe est célébré à la sauvette dans une église glacée. Ce sacrement nous est administré d'urgence avant l'ensevelissement dans la répudiation.

Le profil d'Éléazar, peau mate, front altier, flambe comme un chant d'orgue. Oui je prends pour époux l'homme à qui je me suis déjà livrée. Votre cérémonial arrive trop tard. Nos noces ont déjà eu lieu.

— Pour le meilleur et le pire, conclut l'abbé.

Le pire, c'est déjà fait. Indifférence et abandon. Le meilleur, nous nous l'accordons, ce droit au bonheur que je revendique tandis que nous franchissons, tête haute, le portique de l'église. Quelques curieux sont agglutinés au bas des marches. Ils déshabillent du regard la fille impure qui a osé faire ce qu'ils ne se permettent jamais sans confession. Quand j'accoucherai, leurs femmes compteront les mois à rebours pour accuser mon indécence. Cette noce les réjouit. Ni invités, ni repas, ni célébration. Ils n'auront pas à envier les plats, les fleurs et les vins dont cette fête les priverait.

Madeleine m'embrasse, les yeux humides, le teint défait. Notre attachement refait surface. Je revois nos jeux, nos attentes, nos silences. Nos rires, parfois. Elle prend mon visage dans ses mains et le regarde longuement comme pour fixer chacun de mes traits. Elle risque des souhaits, une promesse.

— Sois heureuse. Ne m'oublie pas. Venez à l'église le vendredi, et je vous apporterai des nouvelles.

Nous prenons place dans le traîneau. Un coup de fouet, et la route s'ouvre devant nous. Le Chemin du Roy est lisse, parfaitement blanc. Gens et bêtes paraissent dormir. Nous sommes seuls à nous mouvoir. Seuls aussi ardemment présents à ce début de jour. J'enfonce ma main dans celle d'Éléazar. Serrés l'un contre l'autre, nous nous taisons, absorbant la douceur de l'air, ce glissement des formes et des lignes à la surface du paysage. Bientôt, nous quittons Vaudreuil. La maison Trestler s'efface. Me voilà délivrée du passé.

La route luit comme du cristal, nous renvoyant l'absence de tout écho humain. Ni traces, ni voix. Seulement le trot du cheval, et la forêt à chaque extrémité du regard. Un espace aussi vaste m'effraierait si j'étais seule à le découvrir. Enfermée entre quatre murs depuis l'enfance, me déplaçant rarement et toujours en compagnie de mes parents, je ne savais pas que l'air libre pût être aussi enivrant. Éléazar regarde au loin. Sa main domine la plaine : « Tout cela nous appartient. »

Nous entrons à Saint-Michel de Vaudreuil. C'est ici que nous habiterons, un village minuscule formé d'habitations clairsemées. Après l'exil, la solitude, et ce contour des rideaux tirés sur des vies étroites. Le traîneau ralentit, puis s'immobilise. Éléazar me prend dans ses bras. Nous entrons dans une maison basse entourée d'arbres jeunes. Il me dépose dans la chambre, sur le lit recouvert d'un édredon de plumes. Sans m'embrasser ni me toucher davantage, il va se placer à distance et s'incline devant moi comme si j'étais un pain bénit.

— Voici votre maison et votre lit, Madame Hayst. Soyez la bienvenue.

— Éléazar, mais je suis ta femme. Approche.

Éléazar, tu n'as pas oublié notre première nuit. Ces aveux, ces caresses, ton corps recouvrant le mien et le labourant de ton sexe. Quelle jouissance et quelle douleur d'être traversée par toi. J'en ai gardé le goût, l'appétit. Approche, Eléazar. Nous devons racheter notre disgrâce et fonder dans l'amour notre propre lignée. Le mariage n'a rien changé. Je suis toujours de chair et de sang. Viens, et je remplirai ta bouche, et j'habiterai ton corps, et tu posséderas mon âme à jamais.

Tu es là. Tu lisses mes cheveux. Tu enlèves ma robe et tu m'attires à toi. Tu me couvres de tes mains, éveillant en moi des appétits, un plaisir qui me gagne lentement. Tu te penches, tu bois ma gorge et mes seins. Je te vois venir et je ferme les yeux. Je te précède dans la longue descente au centre du corps, t'aidant à freiner notre course. Il n'est plus nécessaire de se presser. Nous avons tout notre temps. Toute la vie, et cette maison qui nous accueille tandis que l'autre, là-bas, retourne à la dureté de la pierre, à son silence, à ses malédictions.

Je parlais et Éléazar écoutait, sans geste, allégé presque. Je lui appartenais. Nous partagions la fragilité de la découverte, la nécessité du plaisir, l'hésitation du corps, ses audaces, ses reculs. Je ne me lasserais jamais de cet homme. Il riait, toujours apte à vivre l'instant, toujours prêt à partager l'intensité de l'accord.

Après l'amour, je fais le tour de la maison. Je touche le bois blond des murs, humant l'odeur de résine qui parfume les pièces. À l'avant, je vois des fenêtres sur deux côtés, une armoire, un miroir. Adélaïde a tout prévu. Elle a placé des branches de rameau au-dessus des portes, allumé le poêle de fonte, préparé le linge de maison, aéré les pièces. Dans la cuisine, elle a déjà disposé la boîte à sel, le hachoir, les râpes, écumoires, poêles et mortiers à sa convenance. Des épis de maïs marinent dans une jarre. J'ai faim d'un appétit nouveau.

Bientôt, c'est ici que je cuirai moi-même le pain, préparerai les confitures, rangerai le lait et le beurre. Ici que je couperai les légumes, laverai les grains et nettoierai les viandes. Tant de projets, et je ne sais qu'aimer, me coiffer, tirer l'aiguille, préparer des bouquets.

— Je t'apprendrai, dit Adélaïde.

— C'est long ?

— Tout est aisé quand on sait s'y prendre.

Elle m'apprendra. Cette femme connaît les vertus de l'eau, du feu, du sel. Elle a soupesé tant de matière et soutenu tant de vies qu'elle sait l'ordre naturel des choses. Elle connaît leur lien à l'amour, à l'invisible, à la mort. Habituée à suivre le corps de ceux qu'elle aimait jusqu'à ses extrêmes limites, elle en adoptait parfois l'attitude. Il m'arrivait de la voir, assise dans la cuisine, alors qu'elle laissait rouler sa tête sur sa poitrine et restait ainsi longtemps, immobile, oubliée. Puis elle s'éveillait et, à mesure qu'elle avançait en âge, elle essuyait ses paupières cernées de mauve, se plaignant: « Doux Jésus, quelle vie on me fait mener! »

Souvent, elle se parle à elle seule, ses doigts noueux tâtant le bois des meubles et s'y appuyant, comme si elle attendait de l'intérieur même des choses la mémoire des gestes, le poids de leur nécessité. Et puis, très vite, elle retrouve son élan, recommençant à aimer, à protéger, à nourrir. Elle s'y est toujours appliquée. Adélaïde est une mère qui n'a pas connu d'homme. L'anneau qu'elle porte au doigt, comme les commissures de sa bouche que je connais si bien, renvoie à un passé dont je ne saurai jamais que le mystère. Elle ne se raconte pas.

— Tu verras. C'est facile.

J'ouvre le coffre de cèdre soustrait à l'avidité Trestler, où se trouve le trousseau intact. Je reconnais les nappes, les draps, les tabliers. Je palpe les toiles raides, soulève les dentelles ajourées, les tissus froids. Éléazar m'observe du coin de l'œil. Il sait à quoi j'ai dû renoncer. Je le rassure. Je respecterai le pacte qui nous lie. En peu de jours, nous aurons réchauffé ces fibres, habité ces étoffes, rempli ces vides. Je compléterai les initiales C.T. de la lettre H. Car je m'appelle maintenant Catherine Hayst. Un nom bref, formé d'une seule syllabe, qui résonne aux oreilles comme une note de musique.

Je répète « Hayst ». Éléazar s'approche, m'entoure de ses bras et me conduit à la fenêtre dont il ouvre les volets. Dans deux jours, ce sera le printemps. L'air est doux. Nous allongeons la tête au-dehors, mains tendues vers le soleil. La neige s'amincit. Bientôt la terre se dévoilera, nue jusqu'à la ligne violacée de la forêt.

— Tu es heureuse ? Je voudrais tant que tu sois heureuse.

— Je suis heureuse. Parfaitement.

Sur la route, un bruit de grelots. Hector est reparti. Père ne nous a pas fait don du traîneau. Il a simplement fait livrer sa fille à l'homme qui l'a déshonorée.

Je m'éveille. La chambre est glacée. Corps de silence, cuisses gelées, je m'extrais d'une intimité oubliée. Ma tête est une passoire où l'hiver s'est échoué.

Une lumière blanche couvre la fenêtre. Il neige probablement encore. Je fouille la mémoire, mais rien ne s'enchaîne. Dans la conscience, un flou défaillant, des séquences émiettées fuient l'ordonnance du temps. Des visages s'effacent, parmi lesquels se trouvent ceux de Catherine et d'Éléazar.

Flâner dans ce lit m'aide à peine à retracer les images oubliées. Je regarde le fauteuil Récamier, le secrétaire de postier où languit le cahier noir dans lequel j'écrirai une phrase réconfortante pour mes hôtes. La porte du cabinet de toilette est ouverte. Je viens de passer une deuxième nuit à la maison Trestler.

Eva est debout. Des heurts d'assiettes et d'ustensiles montent de la cuisine. Une porte se referme. J'entends des pas, des bruits retenus. Un arôme de café me vient, puis des odeurs anciennes, des va-et-vient familiers. Il faut bouger. Il faut m'arracher à cette somnolence qui me ramènerait tôt ou tard dans la vieille maison grise de la route de Gaspé.

Je soulève les draps. Les notes prises la veille forment un rectangle flou sur le plancher. Plus j'en accumule et moins je sais par quel bout commencer. Je devrai faire le point. D'abord, clarifier les impressions ressenties dans cette chambre et ensuite transcrire ce rêve érotique à demi oublié.

J'étais dans les bras d'un homme, je ne sais lequel, les traits se sont brouillés, mais je me sentais attendue, désirée.

Après la rencontre intime, je me suis levée et j'ai plongé dans une cuvette d'eau chaude sous le regard amusé de spectateurs anonymes. Je ris du stratagème. Les écrivains font leur toilette sur la place publique en utilisant leurs personnages comme paravent. Je rajouterai néanmoins ce détail de la cuvette à propos de Catherine. C'est probablement ainsi qu'elle se lavait puisqu'il n'y avait ni douche ni eau courante à l'époque.

Accroupie dans la baignoire crapaud, j'ouvre le robinet. La tuyauterie gargouille une plainte acide et les entrailles de la maison refluent vers mon inconscient. Y brancher un micro éclaircirait peut-être l'histoire de Catherine et le mystère des esprits de la maison Trestler. L'eau gicle, tournoie, stagne sous mes pieds, mais j'échoue à reconstituer mon rêve. La pensée triche. Elle ne livre à la conscience claire que les fragments de réel choisis par la mémoire.

J'allonge un bras vers la serviette rose, impeccable, que n'a pas dû toucher Nicolas B. Il a plutôt utilisé la grenat, si par hasard il a eu le temps de prendre un bain avant de refermer sa valise et de filer à l'église avec ses parents pour la messe de dix heures.

J'entrouvre la fenêtre pour vérifier la température. Un froid humide mord les épaules. Il a neigé. Le vent a baissé, mais il souffle toujours du nord. Le temps doux d'hier n'aura été qu'un répit. À la mi-mars, nous sommes encore plongés dans l'hiver.

Dans ma tête, des lieux s'effritent, des dates s'annulent. Le passé m'aspire. Ce matin renvoie à trop de souvenirs, trop d'hivers, trop de rêves et d'impressions cahotiques. Je voudrais une fois, une seule, vivre le temps à l'envers. Remonter jusqu'à l'homme de Cro-Magnon, jusqu'à la femme du Néanderthal, et revenir ensuite au 20e siècle après avoir traversé l'espace d'un seul bond.

Dans la cuisine, je fixe les murs de grès de Potsdam comme si je les voyais pour la première fois, mais le sens des pierres m'échappe. Et m'échappe aussi le sens des signes enfouis dans les rainures de la table sur laquelle fument les œufs et le café. Trop de mystère tue le raisonnement et le goût de vivre. J'ai pourtant assisté à des noces cette nuit. Étaient-ce les miennes, celles de Catherine, ou celles, éphémères, glorieuses, de tous les humains ?

Derrière la porte-fenêtre de la cuisine, le jardin est blanc comme une feuille de papier vierge. Rien n'est écrit. Tout est possible. Les commencements sont des nécessités que l'on a tort de négliger.

— Vous avez vu ?

Eva me présente une photocopie d'un acte de mariage daté du 19 mars 1809. J'examine les signatures. Celle de Catherine, ronde, lente, a les t barrés de hauts traits. Celle d'Éléazar, nerveuse, déliée, affiche des jambages aigus. Une sensuelle combative a épousé un émotif passionné.

— Si les contraires s'attirent autant qu'on le dit, ce couple a de l'avenir.

— Vous êtes une vraie sorcière.

VI

J'étais revenue à ma presqu'île. À mon bungalow de banlieue. Une maison basse percée de fenêtres panoramiques rendant sensible la progression du jour.

Pressurée par les contraintes domestiques, harcelée par les attachées de presse qui me relançaient pour m'offrir une livraison gratuite de *Madame au foyer* ou un écrivain français dont je pourrais vanter le talent, poursuivie par les associations de bienfaisance, le Tiers-Monde madame, Centraide, l'Unicef, j'étais allée me terrer dans un sous-sol d'amie pour écrire en paix.

Un soir, en rentrant, je trouve un message. Stefan a noté un numéro de téléphone surmonté d'une flèche pointée vers le mot Trestler. Aussitôt le dîner terminé, je passe un coup de fil à l'historien qui dit préparer un livre sur la seigneurie de Vaudreuil et ses notables. Il cherche des lettres d'Iphigénie, petite fille de J.J. Trestler, qui épousa un conseiller de la Reine, futur chef du Parlement, dont le nom alla à Dorion lorsque la seigneurie se scinda, à la fin du siècle dernier, sous la poussée du C.P.R. et du Grand Tronc. Le chemin de fer avait enfanté cette ville comme il avait échelonné les provinces de l'Atlantique au Pacifique, et les Chinois y avaient posé des rails, habillés de blue jeans, longtemps avant Mao.

Je panique en entendant parler de lettres. J'ai commencé le roman Trestler à partir d'un article de magazine précédant de peu la venue de Monsieur B. Si je succombe à une nouvelle sollicitation, ce livre deviendra l'auberge espagnole où chacun voudra loger. Car à propos d'un même sujet, chacun ambitionne un double scénario. Le souvenir du roman parfait qu'il se souvient avoir lu et le canevas du roman idéal dont il attend la publication. «Cet été, j'ai lu un beau roman très correct, c'était pas comme du roman québécois écrit n'importe comment», m'a dit une étudiante universitaire récemment.

L'historien insiste.

— Je ne peux trouver ces lettres. Je dois romancer, et ça me répugne. J'ai pensé que vous en aviez peut-être une ou deux en votre possession.

Hélas non, monsieur, aucune. Mon stylo se déplace de fantasme en fantasme, aidé de quelques documents et d'une imagination démente qui accouchera de Catherine si Dieu le permet. Je renonce à Iphigénie. Le prénom est si beau qu'il me conduirait chez les Grecs, chez Agamemnon, sa soif de conquête et son désir d'immoler sa fille. Or, je suis déjà débordée par l'Amérique, le Canada *a mare usque ad mare,* la guerre de Sept ans qui nous livra à l'Angleterre, l'occupation américaine qui suit son cours, et cætera, et cætera. Je ne saurais me mettre l'Antiquité sur les bras sans périr. Mon cheval de Troie ne peut galoper aussi loin, et l'avion est hors de prix pour les pigistes. Mais si vous teniez une photo de Trestler ou de ses filles, j'en serais ravie.

L'historien du dimanche se dilue au bout du fil. Il a quatre-vingt-un ans. Il a trois bureaux dans le Vieux Montréal et travaille huit jours sur sept. Il ne peut musarder avec une romancière sans mettre sur le même pied la fiction qui fabule et l'histoire qui dit vrai. Je m'abstiens d'énoncer que la vérité est la fraction de réel que le mensonge n'a pas encore dilapidée. Je passe également sur le fait que je préfère la passion du rêve aux déterminismes des archives.

Peut-être m'a-t-il entendue penser. Ou peut-être suis-je sauvée par ma fonction de journaliste, plus crédible que ma fonction d'écrivain. Il avoue détenir une photo de J.J. Trestler.

— Donnez-moi un coup de fil quand vous passerez au journal, je vous apporterai le négatif.

— C'est vrai?

— Oui. Trestler était gros, gras. Une vraie tête d'Allemand bouffeur de lard et de pâtisseries.

Dans ma tête, Trestler n'est ni maigre ni gras. J'ai soudain peur d'avoir aimé un homme dont je devrai faire mon deuil. Voir ce négatif, c'est accepter de rencontrer l'étranger que je détesterai tout le reste du roman puisque Catherine vient de rompre avec son père. Dans la peau de cette fille, j'ai déjà eu deux mères. Si je dois loger un second père dans la mienne, je risque l'éclatement.

Cette nuit, j'ai entendu un roulement de train déchirer le silence. Le bruit, d'abord aigu, s'est assourdi, puis s'est atténué jusqu'à disparaître complètement. Dans mon rêve, je voyais une voiture couverte des armoiries du ministère des Postes quitter la gare pour aller porter du courrier à la maison Trestler. Une lettre d'Eva me fut livrée dans la matinée. Elle écrivait c'est ici, n'est-ce pas, que vous lancerez votre roman, je vous attends, à bientôt. Mon roman traînait. J'en sentais moins la nécessité depuis que je savais Catherine enceinte.

À Saint-Michel, le carême traînait en longueur. Catherine attendait la semaine sainte pour se confesser. Certains jours, le remords la tourmentait. Au lever, après le départ d'Éléazar, elle se reprochait parfois de n'avoir pas fermé les oreilles, enfant, aux sermons du dimanche qui condamnaient le péché de chair.

Ce matin, seule dans le lit imprégné de leur chaleur intime, elle examine le désordre de la chambre. La courte-pointe tombée par terre, ses vêtements jetés pêle-mêle sur la chaise, les serviettes mouillées posées sur le drap lui donnent le sentiment de s'enliser dans l'excès du désir. D'habitude cela la rend heureuse, car elle repousse la tentation de culpabilité liée à la jouissance amoureuse. Mais une amertume gâche parfois, comme en ce moment, le souvenir de l'étreinte. Accablée par le rejet paternel, elle craint que sa malédiction ne frappe aussi le fruit de leur union.

Alanguie, elle néglige de se lever, d'aller boire, manger, contempler la chatte endormie sur la berceuse. Adélaïde est debout depuis longtemps. Elle le sait par ces bruits étouffés, cet arôme de café d'orge et de pain grillé qui filtre de la cuisine, cette présence active et effacée sans laquelle la clarté du matin serait parfois trop vive.

Envahie par une fatigue nouvelle, elle éprouve, les yeux mi-clos, le bien-être du désœuvrement. Elle a peine à s'intéresser à autre chose qu'à ce qui s'épanouit en elle, sa rondeur, cette lente absorption de l'espace, cette saisie d'une parfaite continuité du temps. Des impressions confuses éveillent dans son corps une sensation de bonheur mêlée à une sorte d'engourdissement inquiet. À propos de ces choses, les vieilles femmes du village s'enfermaient dans un mutisme prudent qu'elles ne rompaient qu'après la délivrance de l'accouchée.

— Elle a perdu beaucoup de sang. Et c'est la sixième fois.

— Le médecin a failli arriver trop tard.

— Il paraît qu'on a réussi à arrêter l'hémorragie avec des feuilles de plantain.

— Des histoires, tout ça. Les médecins ne soignent jamais avec des herbes.

La matinée avance. Les épaules de la jeune femme se creusent. Elle s'assoit et rabat les draps. Une nausée libère sa gorge.

Catherine se lève et marche, nue, vers le miroir placé à contre-jour. Son ventre luit, à peine marqué d'un gonflement au-dessus de la touffe sombre garnissant le bas-ventre. Sans ces vibrations intimes, sans ces modifications intérieures surtout perceptibles par leurs effets, elle croirait découvrir un corps plat jusqu'à la pointe des seins. Un corps de jeune fille, et pourtant elle se sent femme.

Satisfaite, elle s'arrache à sa contemplation et commence à brosser ses cheveux qu'elle noue en longues tresses. Puis elle s'habille et va à la fenêtre dont elle tire les rideaux. Le soleil est déjà haut. Elle sourit. Le printemps est proche.

— Madame devient fainéante, dit Adélaïde en la voyant entrer dans la cuisine. Si vous n'y prenez garde, l'enfant aura le sang pâle.

Catherine entend à peine les mots, distraite par l'odeur de suif et de petit lait qui remplit la pièce. À la façon dont la cuiller heurte le bol, en râcle les bords, elle sait qu'Adélaïde prépare un gâteau. Ces gestes l'enveloppent comme un bonheur ancien. Dans l'autre cuisine, elle venait souvent la regarder préparer les repas. Les mains distraites allaient, venaient, touchaient les fruits, les viandes, la farine, le sucre, comme en une lente habitude. Elles coupaient les légumes, coulaient les jus de framboises et de bleuets dans des sacs d'étamine, le corps s'offrant et se donnant à sa besogne avec amour. Aucun homme n'avait tenu Adélaïde dans ses bras, mais elle épousait le corps des choses mieux que personne.

En l'observant, Catherine se demande si des rumeurs compromettantes s'échappent de leur chambre pendant la nuit. Ces soupirs, ces plaintes, ces murmures qui précèdent le gémissement de plaisir conduisant à l'extase. L'étroitesse de la maison favorise une proximité gênante pour ces moments d'abandon où elle souhaiterait s'exprimer sans retenue. En même temps, elle trouve injuste que ces étreintes, qui la comblent de tant de satisfaction, soient entendues d'une femme âgée qui s'en trouve exclue par l'âge et le

célibat. Car Éléazar l'entraîne de plus en plus loin dans la
jouissance. Souvent la chandelle se consume avant qu'ils ne
s'endorment, leurs corps n'en finissant plus de s'enlacer, de
se chercher et de se rejoindre.

La pâte s'est épaissie. Adélaïde la coule dans un moule et
lui donne, comme autrefois, la cuiller à lécher. Catherine
pense au livre gigantesque que formeraient les recettes
utilisées par les femmes depuis des siècles. Plus vaillante, elle
rédigerait un carnet sommaire de ses plats préférés afin
d'empêcher l'oubli de ces préparations culinaires. Mais elle
sait que le courage lui manquera, tant elle préfère vivre
l'instant et laisser à d'autres le soin d'écrire ce qui nourrit,
traverse et réjouit le corps de mille et une manières.

Enfant, elle s'était dit qu'elle aimerait se trouver un jour
dans la peau d'un écrivain. Or, curieusement, l'extravagance
de ce désir a cessé de l'étonner depuis qu'un enfant se forme
dans son ventre. Elle comprend maintenant mieux comment
on peut se laisser envahir par une vie, comment on peut
décider de l'absorber et de l'aimer comme la sienne.

La chaleur du four la rejoint. Tout à fait éveillée, elle
éprouve maintenant une sérénité calme. Une sorte de mûrissement intime qui la fait s'étonner de ce que le sens de
l'interminable lui soit révélé par la germination de cette
toute petite chose qui grandit en elle.

À Montréal, Éléazar se dirige vers la place du Nouveau Marché où les fermiers, venus des faubourgs avoisinants, ont déjà étalé leur marchandise. L'air sent les fruits et les herbes fraîchement coupées. Il siffle. Il est heureux. Il se sent jeune et fort. Des cloches sonnent plus à l'est. Il est trop tard pour l'angélus du matin, trop tôt pour celui du midi. Sans doute s'agit-il d'un mort qu'on porte en terre. Débordant de vigueur sensuelle, il chasse cette sombre pensée.

Sa dernière nuit est encore présente à son esprit. Le souvenir du corps de Catherine, sa beauté, sa chaleur, l'ont suivi. On l'a inutilement mis en garde contre le mariage. Depuis qu'il a épousé cette femme, l'évidence de la tendresse et de la passion le remplit. Où qu'il se trouve, il ressent la puissance de ce lien dont les rencontres intimes avec Catherine lui révèlent la profondeur et la fragilité.

S'abandonnant au plaisir de marchander, il s'approche des étalages et s'informe du prix des fruits et des légumes, sachant qu'il devra néanmoins réserver sa maigre fortune pour les achats indispensables à leur survie, ces peignes, tissus, rubans, ciseaux, lacets et fils dont il fait le commerce dans les rues de Saint-Michel. Car depuis son renvoi de la maison Trestler, il est devenu colporteur. Sa clientèle, encore réduite, augmente rapidement. Si tout va bien, il ouvrira bientôt un magasin, et le beau-père devra ravaler ses infamies.

Au centre de la place, il s'attarde devant le marché aux fleurs par amour des couleurs et des parfums. Les marchandes le connaissent. Il est là pour la beauté des gerbes, non pour leur bénéfice. Après les avoir complimentées, il continue à gravir la côte du marché et se retourne pour jeter un regard d'ensemble sur la double rangée d'étals échelonnés depuis la rue Saint-Paul jusqu'à la rue Notre-Dame. Dommage que ce marché neuf, situé sur le gigantesque emplacement des anciens jardins du marquis de Vaudreuil dont le château et les bâtiments ont été détruits par le grave incendie survenu quelques années plus tôt, soit gâché au sommet par la prétentieuse colonne Nelson récemment érigée en l'honneur de la victoire anglaise à Trafalgar. On ne rate aucune occasion de leur imposer les marques de la puissance anglo-saxonne, comme si la composition du Conseil et du Parlement ne suffisait pas à en témoigner.

Les allées et venues des curieux, les déplacements des attelages, le mouvement des piétons et les cris des vendeurs l'excitent au plus haut point. Une fois redescendu au bas de la place, il s'engage dans la ruelle Saint-Amable pour y observer le travail des artisans. Il fait le tour des échoppes et des ateliers où travaillent les potiers, les ferblantiers, les cordonniers, mais il passe vite devant le quartier des tanneurs à cause de la désagréable odeur d'huile qui s'en dégage. Une fois sa curiosité rassasiée, il file à la chapelle Notre-Dame-de-Bonsecours où il s'agenouille, le temps de réciter une prière, puis il longe le chemin de la Grande-Rivière en direction de l'ouest. Sur les murs des bâtiments touchant la rive, il voit une marque, tracée à la peinture ou taillée au couteau, indiquant la hauteur de la crue des eaux du fleuve à la dernière fonte des neiges. Cette partie de l'île de Montréal fut souvent ravagée par des inondations. La nature généreuse et violente de ce pays oblige à se prémunir constamment contre les risques de la mauvaise saison.

Il atteint bientôt la berge et ses quais grouillants d'activités où des déchets fermentent au soleil. Il se laisse accaparer un certain temps par ce qui s'y déroule, observant le halage des bateaux, leur déchargement, le va-et-vient des marins auprès de qui il s'informe de l'état de la mer, de sa traîtrise, des conditions de vie à l'intérieur de ces bâtiments. Bousculé par les débardeurs et les charretiers qui transportent les ballots de marchandises et les caisses d'importations vers la ville, peu pressé de mettre un terme à sa flânerie, il respire l'odeur forte de l'eau sentant l'algue et le goudron.

L'absence d'ombre lui rappelle qu'il est midi. Il s'achemine vers la porte du marché dont il monte la pente légère et pénètre sur la place du Vieux Marché, moins achalandé depuis l'ouverture du marché de l'est, beaucoup plus vaste, qu'il vient de visiter. Son beau-père a vainement appuyé la pétition présentée à la Chambre pour l'ouverture d'une nouvelle halle dans le sud-ouest de la ville afin de garder la clientèle anglaise dans ce secteur et de freiner le développement du marché neuf qui prend de plus en plus d'ampleur. Éléazar note que les voitures à grain et à volailles y sont moins nombreuses qu'autrefois et que les vendeurs de cuir, de poissons et de légumes ne débordent plus sur la rue Saint-Charles et la rue de la Fabrique comme ils en avaient l'habitude.

Derrière une bâche à demi rabattue, un étal chargé de fromages aiguise son appétit. Il en palpe un, le porte à ses narines et le dépose d'un geste lent. Lorsqu'il aura fini ses courses, il se contentera de manger la pomme et le quignon de pain garni de lard qu'il transporte dans un sac de jute pendu à son épaule. Non loin, dans des sachets de toile, transpire l'odeur du clou de girofle, du poivre noir et des pistaches. Et tout près, celle, irrésistible, des cœurs de sucre disposés autour de pâtisseries lourdes et grasses que le soleil ramollit. Trop de tentations le sollicitent. Pour oublier, il se concentre sur les échanges, ces choses que l'on vient offrir contre un bout d'étoffe, des chaudrons, des ustensiles ou des outils.

Sur cette place, où étaient autrefois livrées au son du tambour les proclamations et annonces officielles, se trouvaient la potence, le pilori et le cheval de bois destinés aux suppliciés. Des condamnés, pendus à l'aube, y étaient exposés jusqu'au couvre-feu dans l'espoir qu'une sentence exemplaire retiendrait d'autres brigands de commettre leurs méfaits.

Éléazar croit en la tolérance. Il se réjouit de la disparition d'une justice aussi inhumaine et rend grâce au ciel de l'amélioration des conditions de vie et du progrès profitant à tous. L'exercice de son métier a déjà été plus difficile. Il fut un temps où, dans ces rues étroites, des colporteurs, bousculés par les carrosses et les charrois, devaient se frayer un chemin dans les bourbiers formés par la neige, les pluies et les immondices accumulés.

Il regarde les remparts dont on achève la démolition, l'auberge Wurtele édifiée à quelques pas du lieu où s'élevait l'ancienne boulangerie du Roy, et il lui semble que la ville se transforme à vue d'œil. Les navires à vapeur mouillent maintenant dans le fleuve, et on parle d'éclairer bientôt les rues à l'huile de baleine. Mais il n'approuve guère ce projet de cirque, à propos duquel circulent des rumeurs, qui permettrait de donner à la population, sur cette place, des spectacles de saltimbanques et d'animaux savants. Il lui semble que l'on peut s'amuser de tant de manières qu'il est superflu d'y employer des bêtes et des humains.

Le temps s'écoule trop vite. Éléazar doit maintenant renoncer aux vagabondages inutiles et aux transactions imaginaires pour s'occuper de ses affaires. Il quitte la place du Vieux Marché par la rue de la Capitale afin d'y apercevoir les artisans à l'œuvre, et monte la rue Saint-Sulpice où il croise un sulpicien qui transporte une statue de la Vierge et de l'Enfant Jésus. Il se signe, implorant la bénédiction du ciel sur lui-même et sa descendance. Puis il tourne à droite, rue Saint-Paul. Il aperçoit l'enseigne *Mercerie Delorme*. Cette maison lui est connue. Il pousse la porte.

— Entrez. Ah! voilà le gars qui a tout risqué pour les beaux yeux de la petite Trestler. Comment vont les nouveaux mariés?

— Bien, merci.

La rougeur lui monte au front. Il trouve impudent d'étaler son bonheur dans une boutique où des clients se bousculent en s'échangeant les nouvelles de la semaine comme on se passe une allumette ou un bout de drap.

Apercevant, près de la longue table longeant le comptoir, une bourgeoise empêtrée dans des dentelles, ceintures et dessous féminins, il tourne la tête comme pour s'épargner une indiscrétion. Il se tient également loin du colossal bahut, placé à l'arrière de la boutique, regorgeant de dentelles, de corps de satin lacés, piqués, damassés et baleinés, faits pour sculpter les chairs. Tant d'artifices le déconcertent. Un corps de femme nue blesserait moins sa pudeur que ces fanfreluches intimes destinées à étouffer la nature ou à la déformer.

Près de lui, un rentier promène sa canne au-dessus de rayonnages chargés de chapeaux anglais, de tuques et de casquettes en laine du pays. La conversation tourne autour de déboires essuyés par une fille de bonne famille qui a déjà fait envie.

— Cette débarque, elle l'a pas volée. Avec ses grands airs, elle donnait toujours l'impression de vouloir nous marcher sur la tête.

— Tout un chacun s'en moque. On raconte qu'elle a dû partir à la sauvette en pleine nuit.

— Et la mère, qu'est-ce qu'elle en dit ?

— Pas grand-chose. Elle n'avait de cœur que pour son grand flanc-mou de garçon.

Éléazar écoute à peine. Ces propos font partie de la rumeur générale de la mercerie à chacune de ses visites. Les clients écoulent leur fiel en palpant les résilles, guimpes, chapelets, savons de castille, agrafes, miroirs, peignes d'écaille et ciseaux disposés sur les étagères ou placés en vrac dans des caisses. Toutes ces bonnes âmes, il en est persuadé, flattent le curé et se confessent régulièrement. Manger du prochain, il l'a toujours su, est le passe-temps préféré des punaises de sacristie et des lécheurs de balustre.

Plutôt que de s'en formaliser, le jeune colporteur s'abandonne à la fièvre des achats impossibles. Il contemple les dés à coudre en vermeil comme il aimerait en offrir un à Catherine. Il détaille la variété de gants et de chausse-pieds prisés des bourgeois, examine les boucles de ceinture, de souliers, l'assortiment de brides, d'attaches et de garnitures fines qui mettent en valeur la collection de boutons dorés et nacrés qui remplissent tout un mur de tiroirs vitrés. Il s'attarde aux rouleaux de drap, de carisé, de mazamet et de péniston, tissus importés dont les habitants de Saint-Michel, qui ne connaissent le plus souvent que la toile brute et l'étoffe du pays, ignorent même le nom. À la maison Trestler où il devait distinguer la serge d'Aumale de la serge de Londres, et la toile de Meslis de la toile de Bretagne, il s'est familiarisé avec ces tissus aux noms rares qui attisent, sur sa langue et au bout des doigts, le rêve des Vieux Pays.

Pour lui comme pour beaucoup d'autres, le passage à la mercerie est source d'évocation. Ces terres lointaines d'où viennent les draps précieux, les blouses de crêpe et les souliers fins destinés aux fonctionnaires, aux bourgeois et à leurs épouses, le font rêver. Il ne peut cependant s'empêcher de penser que l'Europe s'est approprié ce continent, l'a soupesé, exploité, et en a tiré des richesses qu'elle leur refile après coup. Le lourd chapelet de bois suspendu derrière le tiroir-caisse du marchand lui rappelle la façon dont s'est effectué ce trafic de part et d'autre de l'Atlantique. Des âmes contre de la poudre à canon. Des Indiens contre des territoires, de l'eau-de-vie contre des fourrures. Dans cette histoire, l'Amérique, découverte par hasard, fut le pain d'épice à partager. Ensuite la vieille Europe demanda de l'espace à ce continent neuf qui, en retour, en attendait du temps.

Le temps, c'est parfois pour lui la hantise des origines dont il fredonnait ce matin même le refrain : *À Saint-Malo, beau port de mer*. Pourtant, il ne se plaint pas de son sort. Il croit être né au bon endroit et à la bonne époque. L'étalage d'exotisme et de richesse de la mercerie se fige dans son regard, à la source de son émerveillement, sans éveiller en lui la moindre avidité. Une des causes les plus anciennes de son adhésion passionnée à l'existence tient à cette certitude. Les êtres et les choses naissent un jour quelque part, à partir d'un point choisi par le désir, et cela se continue aussi longtemps que l'amour incite à poursuivre l'aventure. De cela, il est convaincu.

Après avoir écouté les conversations pendant un certain temps, Éléazar quitte la mercerie. Sur le seuil, il s'étonne de retrouver le soleil, l'animation de la rue, le vent léger qui souffle du port. Il presse contre lui le sac contenant les rouleaux de fil, les lacets, peignes, crayons, épingles et tissus achetés pour quelques livres sterling. Sans compter l'écharpe de soie pour Catherine à qui il rapporte toujours un souvenir de la ville. Il se réjouit d'avance de son rire, de ses exclamations. Il pense à elle, et tout son corps vibre, comme si elle faisait désormais partie de lui. À moins que le contraire ne se soit produit, lui s'étant ouvert à elle et coulé en elle au point d'en garder l'empreinte et de finir par ressentir les choses à sa façon.

Il regrette pourtant de n'avoir pas frappé le malappris qui lui a lancé, alors qu'il s'approchait du comptoir pour payer ses achats :

— Au lit, une petite Trestler, ça sait se défendre, avec du sang allemand ?

— Une Allemande ? T'es un vendu ou bien quoi ? T'oublies qu'elle est née en ce pays et que sa mère était de notre sang.

Quelqu'un avait tout de suite corrigé :

— De l'autre bord, on est des Français, des Allemands, des Portugais, des Irlandais, mais une fois rendu de ce côté, il y a plus que des Canadiens français ou des Anglais. À toi de choisir.

Cette phrase, j'étais sûre de l'avoir déjà entendue. En hiver peut-être, dans l'ancienne cuisine, autour de la lampe à pétrole au globe enfumé. Des hommes parlaient, assis en demi-cercle autour de mon père trônant sur son fauteuil comme un dieu antique. Intelligent, il régnait sur eux du fond de sa mémoire remplie de souvenirs exotiques, de savoirs supérieurs dont il usait avec discrétion.

Par modestie, ou par souci de masquer ce qui aurait pu le distinguer d'eux, il leur cachait ses années de juvénat à Lowell, mais était-ce bien Lowell, cela m'était égal après tout que le juvénat fût de Lowell ou d'ailleurs. Il ne leur parlait pas non plus des églises et des fabriques de coton visitées, des encans courus avec ses parents amateurs de tapis de Turquie, de porcelaine et d'argenterie. Mais il leur décrivait parfois à grand renfort de gestes l'énorme Chrysler bleue dans laquelle ils étaient montés un jour, lui et ses quatre frères dont un ferait fortune dans les assurances et deviendrait millionnaire avant son retour au pays.

Dans son enfance, Lowell était *le petit Québec* des États. Un ghetto du textile où les nôtres émigrèrent, à la fin du 19e siècle, avant que l'Europe y déversât ses immigrants. Le Québécois Jack Kerouac, troubadour de *la beat generation*, qui immortaliserait cette ville, ne s'était pas encore révélé. Mon père les entretenait donc de Mackenzie King, de la conscription, de la prochaine campagne électorale, du prix des grains, du voisin malade de tuberculose, des vaches qui allaient mettre bas. À la fois rouge et catholique, il leur dissimulait l'abonnement au *Soleil* et à l'*Événement*, deux quotidiens païens de la capitale. À sa mort, personne ne se doutait qu'il était trilingue. Car en plus de parler anglais, il était un des rares paroissiens à pouvoir traduire le *De profundis* et comprendre le sens exact de *Dominus vobiscum — et cum spiritu tuo.*

Ma mère, à l'égal des autres femmes, restait à l'écart de ces conversations. Certains de ses frères avaient fait le cours classique et choisi des professions libérales. Elle-même avait été institutrice. Pendant ces années, elle avait rédigé avec art, comme en témoignait son journal intime orné d'un style et d'une calligraphie exemplaires, les lettres d'amour et d'affaires de nombreux parents d'élèves. Ces hommes, elle aurait pu leur réciter l'histoire de France et l'Histoire sainte sans omettre de noms importants ou de dates essentielles. Charlemagne, Louis XIV, Bonaparte, Moïse, les prophètes, Colbert, Papineau, Salomon, Abraham parlaient par sa voix dans ces moments où elle se retrouvait, sereine, déchargée des soins du ménage, allégée du fardeau quotidien.

Parallèlement à ses nombreuses grossesses, elle portait à

vie le Traité de Paris, le Traité de Versailles, le Traité d'Utrecht, la bataille de Poitiers, les défaites de Waterloo et des Plaines d'Abraham. Tous les faits marquants de la civilisation reposaient en elle. Tous les grands du monde empruntaient à sa mémoire, se nourrissaient de sa tendresse.

L'histoire l'habitait, mais elle-même restait hors de l'histoire. Pendant ces palabres nocturnes, elle remuait en silence ses aiguilles à tricoter ou son fil de broderie Richelieu, attendant d'être sollicitée. Une fois requise, elle leur offrait, comme on passe un bonbon ou une friandise, l'année de la grippe espagnole ou de l'épidémie de sauterelles, l'année du grand feu de forêt qui ravagea les boisés jusqu'au fleuve, celle de la fondation de la paroisse ou de l'investiture du dernier évêque du diocèse.

La rivière Outaouais est lisse sous le soleil. Éléazar a peu parlé aux autres voyageurs. Enfoncé dans l'embarcation, il a plongé dans une rêverie douce, la main droite traînant comme une rame à la surface de l'eau. Il a cueilli quelques fleurs sauvages dont ce nénuphar qu'il tient à l'ombre, sous son chapeau, afin de l'offrir à sa femme. L'esprit libre de toute hâte et de toute préoccupation, il se laisse porter par le courant, accordé au temps qui se déroule en lui, paisible. Bientôt, il somnole, s'imaginant flotter dans l'espace infini du monde, répandu dans tous les temps et tous les lieux ouverts à sa chair d'homme aimant comblé par la vie.

La lumière décline. Il ouvre les yeux. De chaque côté du lac, l'écorce argentée des érables flamboie dans l'opacité des boisés d'ormes, de pins et de frênes bordant les rives crêtées de joncs roux. Il respire l'odeur sucrée des résines, suivant en pensée les ramifications souterraines qui échappent à sa vue. Face à cette prolifération végétale, face à cette accumulation de branches, de tiges, de pousses et de greffes qui s'enlacent et se propagent dans l'espace, il sait que la forêt devra toujours être combattue. Toujours repoussée au-delà des terres cultivables, ces étendues sauvages enfoncées dans l'épaisseur de solitude qui hante ce continent.

Le bac s'immobilise. Les passagers de la traversée Trestler se lèvent d'un bond. Chacun prend son ballot et remonte le chenal, pressé de retourner chez soi. Éléazar débarque le dernier, heureux de s'engager seul sur le chemin pierreux qui le conduit à Saint-Michel.

Là-bas, Catherine a croqué une pomme et bu une tasse de lait frais. Elle ne sait pas que bientôt Éléazar sera auprès d'elle. Tout le jour, elle s'est traînée du dedans au dehors sans pouvoir se fixer nulle part. Elle a apprécié le réconfort d'Adélaïde, comme chaque fois qu'il la quitte pour aller à Montréal, mais cela n'allégeait pas cette torpeur, proche de l'amnésie, qui l'accablait.

L'air est lourd. L'été a éclaté comme une fièvre. Subitement, un vent chaud est monté du Sud et les oiseaux sont arrivés. La terre s'est réveillée, humide et grasse, et des bouffées d'air ont circulé, chargées d'odeurs de sève et d'écorce. Dès lors une avidité violente s'est emparée de la jeune femme. Elle souhaitait posséder le monde entier en elle, l'imprégner de son sang, le remplir de sa respiration.

Aujourd'hui, debout, appuyée au chambranle de la porte, elle boit la lumière. L'oreille tendue, elle entend la rumeur sourde qui traverse la terre et fait craquer le sol. Mais personne n'arrive. Éléazar n'apparaît toujours pas. Des sauterelles dorment sur la pierre. Le temps n'a plus de sens, hors cette attente qui finit par recouvrir le paysage immobile cerné par son regard. Elle pourrait crier de toutes ses forces, et l'écho de son cri lui reviendrait sans que personne ne l'entende.

Lourde, cédant à l'impulsion du corps, elle s'assoit, saisie d'un vertige. Elle se sent glisser dans le vide. Pourquoi le temps s'arrête-t-il ? Rejetant sa tête en arrière, elle ferme les yeux, sentant bientôt l'énergie solaire la pénétrer jusqu'à ce creux de chair qui dévore ses énergies. Ses forces lui reviennent. Ses sens s'éveillent à nouveau, lui redonnant le sentiment de la fragile unité d'avant la mise au monde. Ce monde d'avant les visages, d'avant les mots, quand tout se touche dans l'évidence de l'intensité.

Je connais cette jouissance de Catherine.

J'ai déjà vécu cette fête, aspirée par le ventre, créée par lui. C'était l'été. J'étais grosse, fécondée de part en part, jubilante de l'extrémité des doigts à la plante des pieds. Le monde passait par ce noyau qui me permettait d'éprouver ma puissance de femme, la jouissance d'un corps gravide en état de resplendissante beauté. Cette transfiguration rendait les gestes imprévisibles. La parole dérapait. Elle fondait dans la bouche, inutile. Tout existait avant d'être nommé.

Nous étions en juillet. Il faisait incroyablement chaud. Mon ventre, où s'éprouvaient tous les équilibres, était le foyer de convergence de tous les désirs et de tous les besoins. Je ne désirais plus rien. Je portais la vie. Elle me portait. C'était un accord total, absolu. Un bonheur éphémère.

Stefan était jaloux. Il plaçait sa tête entre mes cuisses et reniflait l'antre chaud où plongeaient ses racines. Il me portait sur le lit, éteignait la lumière et me recouvrait. Il s'installait, s'incrustait, souhaitait remonter jusqu'au premier maillon de la chaîne. Je l'entendais, à travers ses caresses, malaxer la pâte ténébreuse et informe qui coulait entre ses doigts. Je l'entendais retourner dans le sein de sa mère, en palper les contours, se frayer un chemin dans l'épaisseur des durées fondamentales qu'il traversait.

Vingt ans plus tard, je me réfugie sous un arbre de la cour, seule, fuyant la chaleur. Allongée sur l'herbe, je colle à

la terre. Elle et moi, nous nous rejoignons si parfaitement, et
je sens si peu d'espace entre sa texture végétale et mes fibres
femelles que je pourrais placer un doigt sur n'importe quel
point de mon ventre en imaginant toucher l'origine du
déroulement des générations.

Mais c'est un leurre. Il reste toujours un point aveugle
dans cette reconnaissance. Toujours un corps absent, un lieu
innommé. Entre ma mère et moi, se trouve un vide rempli
d'ombres, de nuits, de désirs en suspens. J'entends une sorte
d'appel lancinant chaque fois que j'entrouvre son journal
intime, ces pages romanesques, trop soignées, qu'aurait pu
rédiger Catherine deux siècles plus tôt ou ma fille soixante
ans plus tard. C'est alors que je saisis tout ce qui, de la vie
quotidienne, est biffé par l'histoire. Alors que se déploient,
dans la mémoire des livres, les simulacres d'éternité.

Au commencement étaient le Père et le Fils, et l'Esprit-
Saint et l'Amérique. La planète végétait au bord du continent
fabuleux où vinrent des aventuriers colporteurs de croyances
et de poudre à canon. D'un océan à l'autre, les femmes
avançaient, chargées de fœtus qui devaient assurer la continuité du temps. Au septième jour du monde, elles ne furent
pas nommées. Mais la preuve se fit par l'absurde. Sans
Jeanne Mance, Marguerite Bourgeois, Marguerite d'Youville,
les Filles du Roy, et toutes ces autres dont on ne sut jamais le
nom, Montréal serait restée une île déserte.

Sur le seuil, Catherine se déplace, attentive au mouvement du soleil. Elle attend. Elle se prépare. Dans quatre
mois, elle retrouvera sa taille normale et redeviendra une
femme ordinaire. Mais pour l'instant, son ventre l'honore.

Ce soir, Éléazar s'introduira en elle après avoir éteint la bougie, et elle aura ce geste impossible, refermer ses bras sur lui comme s'il faisait partie d'elle et coulait son corps dans celui de leur enfant.

Le jour sera passé. Il fera plus frais. Ils auront ouvert la fenêtre et tiré les rideaux. Maintenant, la chaleur l'accable. Elle a l'impression de devoir s'extraire d'un songe où le poids de tendresse et le goût du silence l'envahissent trop fortement. Elle se sent exister au ralenti, confondue au tissu végétal étalé sous ses yeux. Comme si sa chair était devenue la chair du monde, comme si l'espace entier était en elle, conforme à sa rondeur, à sa durée, à son balancement. Et pourtant, elle compte les jours, même si cette grossesse la comble. L'accouchement la délivrera.

— Je suis revenu, dit-il simplement.

Éléazar est arrivé sans qu'elle l'ait vu venir. Il l'étreint longuement, puis commence à lui décrire Montréal, son agitation, ses vitrines. Il raconte ce qu'il a vu et entendu sur la place du marché, la foule, le bruit, les couleurs. Il s'attarde aux détails de sa visite à la mercerie, omettant les remarques inconvenantes sur son mariage. À quoi bon la chagriner. Bientôt, il sera indépendant, libre d'ignorer les racontars de la ville. Il ouvrira son propre commerce, et elle sera son associée.

Après avoir bu le gobelet d'eau fraîche qu'elle lui tend, il s'essuie les lèvres et déroule autour du cou de sa femme le foulard de soie. Il glisse ses doigts sous le tissu léger, touche la peau moite de Catherine, palpe ses seins, son ventre, comme pour la reconnaître. La retrouvant inchangée, ramassée autour de sa main, il la soulève et la porte sous le pommier de la cour où il l'allonge doucement.

Tandis qu'il la regarde, le corps appuyé à l'arbre, il la voit les bras légèrement écartés, les cuisses entrouvertes, et il souhaite s'en rapprocher. Mais il prend le temps de l'observer, fasciné par cette lourdeur du bassin, cette tendresse répandue sur le visage aux traits brouillés. Une tornade parfumée les couvre. Il commence à la caresser, affamé d'elle, heureux de la sentir contre lui, brûlante, avide de prolonger les lits défaits, les nuits trop chaudes, mais lente dans l'approche de l'intimité et le silence après l'amour.

— Viens, le serein est tombé. Tu risques un refroidissement.

Dans la chambre, ses genoux ploient. Il la dévêt afin de la prendre entière, beau corps heureux déployé sur le drap. La nuque courbée, il plonge dans ses replis tendres, souhaitant toucher le noyau vital qui la gonfle au centre, comme si c'était à travers le ventre qu'il pouvait l'atteindre jusqu'au cœur. Porté par elle, il glisse dans les profondeurs humides qui roulent sous son bassin, les sentant s'ouvrir alentour de cette voie d'eau qui tempère la morsure de plaisir.

Souffle court, aspiré de l'intérieur, il se laisse emporter par la vague qui le rejette hors de lui alors qu'il voudrait se fondre à elle, l'épouser comme elle épouse l'enfant jour et nuit, sans choc ni rupture. Cette femme heureuse d'être femme ne lui appartient que momentanément. Le reste du temps, elle trouve en elle sa plénitude. Si elle le voulait, elle pourrait désormais se passer de lui.

Effrayé par cette pensée, confondu par la rapidité de l'instant qui lui soustrait une jouissance paraissant contenir l'entière perfection de la vie, il l'étreint de nouveau. Le vertige de l'amour se prolonge. Il le sait maintenant. De la mère à l'épouse, il n'aura fait que poursuivre le même enlisement bienheureux, le même bercement dans l'abandon. La même quête du temps continu qui le rattachait au commencement, avant l'âge d'homme, avant l'arrivée dans l'espace du travail et de l'effort.

Alors, pour ne pas s'avouer vaincu, pour ne pas se sentir expulsé de sa jouissance et de sa sécurité, il s'accroche à des mots. Il remplit par des phrases le manque qui s'ouvre en lui. Il multiplie les promesses extravagantes pour se donner l'illusion de perpétuer l'accord.

— La ville est belle, cette saison. J'ai pensé à toi sur la place du marché. Tu es ma reine, ma merveille, j'aimerais te couvrir de fourrures et de bijoux.

D'un geste large, elle rabat le drap sous ses seins, donnant à entendre qu'elle peut se passer de parures. Elle ne porte plus la chaîne en or reçue du père. Au lendemain du mariage, elle l'a enroulée dans un mouchoir et placée dans son coffre avec les autres pièces du trousseau. En choisissant Éléazar, elle a choisi la liberté. Et avec lui, elle se sent comblée. Les fourrures sont destinées aux femmes mal aimées. Ou aux mondaines comme Mme de Lotbinière. Elle en portera lorsqu'elle se sentira délaissée.

Il entoure ses poignets.

— Que diriez-vous d'un beau manchon de castor ou d'une capeline de loutre, madame Hayst ?

— Ni manchon, ni capeline, monsieur Hayst. Je préfère vos doigts. Ils me sont plus chauds et plus doux que la peau de n'importe quel animal.

— Même pas une peau d'écureuil ? Je pourrais tendre des collets.

Elle rit. Il voudrait préserver ce rire, ne jamais l'abîmer. Chaque fois qu'il la touche, l'entend, la regarde, il la sent à la fois semblable et différente de lui. Insaisissable, mais familière comme s'il la connaissait depuis toujours, une jumelle issue du même œuf, une amante née du même désir.

La lumière pâlit. Éléazar souhaiterait prolonger ces moments d'intimité qui redonnent à la mémoire sa vigueur charnelle. Il s'assoit et la regarde, lissant doucement les cheveux sombres répandus sur l'oreiller. Puis il se penche sur elle, de nouveau attisé par son odeur de chair tiède. Ses doigts remontent vers la gorge déployée en suivant les courbes du corps. Il la parcourt et revient à l'épaisseur du ventre où semble contenu le mystère des générations.

Le soleil baisse. L'obscurité envahit la chambre. Ils entrent maintenant dans la nuit.

Ai-je écrit déjà faire l'amour et oublier le reste, écrire et oublier la suite ? Ce matin, assise par terre, un cahier sur les genoux, je me dis que pour continuer ce roman il suffirait d'accueillir ce qui pourrait advenir dans un moment de distraction où l'esprit ne serait plus sur ses gardes.

Mais il faut faire vite. Car les astres tournent, et les jeunes mariés seront pressés par la montée du jour qui exigera une utilisation plus précise de leur corps. Dehors, les blés mûrissent et l'eau des fontaines se tarit. Dans la chambre lambrissée de pin blond, Éléazar colle son oreille au ventre bombé de sa femme, espérant entendre bouger des formes. Tenté par la vie d'avant la mise au monde, il souhaite voir l'enfant dans l'œuf. Mais celui-ci dort d'un profond sommeil, ne livrant au père qu'une palpitation confuse.

Était-ce Catherine ou une autre fille du même âge qui répétait parfois, de façon lassante : «Je voudrais savoir comment c'était la vie au commencement.» On lui répondait : «En Nouvelle France ?» Elle faisait un geste large et disait : «Non, dans les Amériques». Elle ne disait pas les USA, pressentant sans doute que les USA seraient la fin des Amériques. Dans la tête de cette enfant, il y avait toujours eu plusieurs Amériques, et je ne sais où elle avait pris cette idée contraire à l'enseignement des livres qui prévalait de ce côté-ci de l'Atlantique.

— L'Amérique, l'Amérique, t'en fais un drame chaque fois.

— Pour toi, ça ne signifiera jamais la même chose.

— Il n'y a pas que ça qui compte. L'Amérique, c'est tout de même pas la fin du monde.

Stefan lance cette phrase nonchalamment, sans quitter des yeux son journal. Il fume, à demi couché sur le divan du salon. Il dévore trois quotidiens par jour et, comme l'homme de Lowell, il n'aime pas être dérangé dans ses lectures.

Sa hantise à lui porte un autre nom, indique un autre lieu. Varsovie, ses remparts, les grévistes de Gdansk, les camps nazis, les goulags russes, le cimetière de Lotz où reposent pêle-mêle ses grands-parents maternels, sa tante juive, ses oncles Jan et Josef au sang bleu fusillés par la gestapo. Du ski et du ska au bout de chaque nom. Mais aucune particule n'a pu résister au désastre des deux dernières guerres, ni même à la douceur des années folles du début du siècle quand les femmes se mouraient de langueur, sensibles aux déclamations, au baisemain, horrifiées par la banalité du quotidien.

Stefan est leur petit-fils. Le tragique lui va comme un gant. Il répète: «Je préférerais ne pas mourir de mort naturelle». Je réponds à côté de mes mots, taisant ce qui me préoccupe. Si j'avouais que j'ai rédigé les deux tiers du roman Trestler et ne sais plus comment le terminer, il me couvrirait d'un œil blanc, cherchant à quoi rattacher l'incohérence de ces phrases.

Je me souviens, autrefois, nous étions en pleine lune de miel. C'était notre premier voyage à Paris. Nous allions quitter notre hôtel situé non loin de la tour Eiffel lorsque la femme de chambre surgit en tendant la main. «Alors vous repartez pour les colonies?» Je portais des sandales dorées. Elle regardait mes pieds comme on fixe un veau d'or. J'entendais son accent pointu, et je voyais s'ouvrir le Larousse et le petit Robert. Intimidée, je tendis un gros pourboire et refermai la porte. Stefan alla rendre la voiture louée. J'en profitai pour terminer les bagages et me maquiller. Lorsqu'il

revint, elle réapparut. « Alors vous repartez pour les Amériques ? ». Elle disait les Amériques et non l'Amérique, cela
m'avait frappée, mais, attribuant la singularité de l'expression à la modestie de son emploi, je cessai d'y penser.

La dernière fois que je passai dans la Ville lumière à la
suite d'un pèlerinage en Bretagne, personne ne me demanda
d'où je venais, où j'allais, personne ne me trouva un accent.
On s'était mis à l'étude de l'anglais. L'avenir appartenait,
assurait-on, aux ordinateurs programmés par les USA. Dans
l'hydroglisseur qui me ramena de Jersey à Saint-Malo, on me
couvrit de déférence. Je venais de produire la bonne carte
d'identité. En mettant le pied dans l'île anglo-normande,
enfin délivrée du poids de la francophonie, j'avais demandé :
« Where is the main street ? »

Le facteur fait tinter le couvercle de la boîte aux lettres. Je
glisse la main contre le métal cannelé d'où j'extrais un relevé
de compte d'American Express, une carte postale d'un ami en
vacances à Cape Cod, deux dépliants publicitaires vantant les
mérites du fast food. Bâtards sur fil, enfants naturels de la
communication, ici parle l'oncle Sam. Mangez nos hot dogs,
buvez notre Coca-Cola, léchez les os de nos poulets aux
hormones rôtis chez le Colonel Sanders, et vous vivrez
longtemps et bedonnants. *In God we trust, God is American.*

Enfant, quand je suivais avec mon doigt sur l'atlas la ligne
qui nous séparait des États-Unis, j'imaginais cette frontière
infranchissable. D'un côté c'était chez nous, de l'autre c'était
ailleurs, un lieu où l'on parlait une autre langue et invoquait
un autre Dieu. Ces deux terres voisines ne pouvaient
empiéter l'une sur l'autre. Une ligne noire tendue de
l'Atlantique au Pacifique les séparait, étroit barbelé qui
contournait les Grands Lacs avant de longer les plaines de
l'Ouest où poussait un blé tranquille dont je n'avais jamais
croqué le grain ni respiré l'odeur.

Dans ma tête, tout tenait à cette ligne. Je croyais alors en
la vertu des marques. Je vénérais le pouvoir des signes, la
force des alliances, la solidité des tracés. Aujourd'hui, cette

foi m'a quittée. Je sais que tout cercle peut se fissurer. Que toute ligne droite peut s'écarter de sa trajectoire et se dissoudre dans l'immensité du vide.

Le monde tourne pendant que je passe l'aspirateur sur la moquette fanée, heureuse d'avoir trouvé cette occupation simple pour remplir un après-midi torride. Il faisait à peine plus chaud aux portes du désert. À Djerba et Annaba, nous campions sous les palmiers royaux. Dès l'aube, nous cherchions les points d'eau tandis que la kasbah flambait. Depuis une semaine, le ruisseau de la presqu'île est aussi sec que le Rhummel de Constantine dont Zaïna, la fille aux sept bracelets d'or qui versait chaque jour de grands seaux d'eau sur mes planchers, me chantait les crues de lait et de miel attendues pour le jour de la résurrection.

Le ruisseau tari découvre un fond de planète râpée. Une pointe de terre brûlée où j'erre sans passion, à demi amnésique, cherchant à rallier des temps et des lieux épars. Quelle chance. La stridence du balai électrique m'empêche de trop penser.

Catherine s'est rhabillée. Elle chante, allégée comme chaque fois qu'elle répond à l'appel du corps. Elle s'est répandue dans la jouissance, elle s'est déliée dans l'homme. Elle pourra goûter l'apaisement du soir.

À la maison Trestler, elle s'en souvient, sa gorge se nouait dès que tombait le jour. La nuit traînait, mais l'aube arrivait d'un seul coup. Elle entendait siffler le train de cinq heures, la lourde secousse sur les rails ébranlant le champ communal, et puis le silence, brusquement, qui tamisait l'odeur de charbon. Au même instant, les chambres s'éveillaient. D'en bas montaient les premiers pas du père.

Adélaïde filait à la laiterie et rapportait des bols de lait pour les enfants. Les garçons servis d'abord, les filles ensuite. Quand venait son tour, Catherine n'avait plus soif.

En lisant ce passage, Eva protestera.

— Mais vous confondez les choses. À l'époque, le chemin de fer n'existait pas encore. Si ma mémoire est bonne, le Grand Tronc n'a été construit que dans les années 1850.

Le soir même, ou peut-être le lendemain, un cabriolet s'immobilise dans la cour. Madeleine en descend, pâle, lasse. Catherine la voit peu depuis son mariage. Elle l'aperçoit parfois à l'église dans le banc familial, droite et blonde, récitant des oraisons à l'ombre du pilier du temple, J.J. Trestler debout face à son Dieu.

— Tu es malade ?

— Non.

— Tu ne supportes plus la maison ?

Elle hausse les épaules. Nous avons vécu dans les mêmes murs. Inutile d'en parler.

— Père est trop dur ?

— Il ne sait rien.

— Qu'est-ce qu'il devrait savoir ?

— J'aime un garçon.

— Son nom ?

— Patrick.

Patrick Adhémar, troisième commis de père, perdra son emploi, et ma sœur sera répudiée. J'entends résonner les cris. Fille infâme, tu pourrais prétendre au meilleur parti et tu te laisses aller à un coup de sang comme les bêtes, comme ta sœur. Fille de rien qui couvre de ridicule un honorable défenseur du peuple, ce mécréant, tu as compté combien de shillings il avait dans ses poches? Je ne permettrai pas que cela se fasse. Une traînée dans la famille, c'est déjà trop!

— Va trouver père et dis-lui tout.

— Je n'ai pas ton courage.

— Accepterais-tu de vivre avec un homme pour qui tu n'as aucun penchant?

— J'en serais incapable.

— Alors il faut parler.

— Non. J'aimerai Patrick en silence jusqu'à ma majorité. Ensuite je me déclarerai.

— Tu es folle.

Madeleine aime père et le craint davantage. Elle a choisi l'obéissance et la douceur depuis toujours. Elle se taira. Éléazar sait où le bât blesse. Il a tenu entre ses mains une copie du contrat de mariage de mes parents unis en communauté de biens. Il dit que J.J. Trestler prive injustement ses filles de la part de succession maternelle qui leur revient. Les tribunaux peuvent l'obliger, si nous y consentons, à le restituer.

— À quoi bon. Toucher ce capital ne nous rendrait pas l'amour de cette femme.

— Et l'enfant que tu attends. Et les autres à venir?

— Les enfants?

— Oui, les enfants. Ils y ont droit.

— C'est vrai. J'oubliais nos enfants. J'aurais souhaité les épargner, mais puisqu'on ne peut séparer l'avoir et le sang, je réclamerai mon dû. Tu peux couvrir ma requête de ton nom.

Éléazar se tourne aussitôt vers Madeleine.

— Et toi?

— Je ne veux pas de ce procès. Mère est morte. Elle le restera.

Une semaine plus tard, la demanderesse, mineure, s'appuie de la capacité juridique de son époux pour réclamer sa part de l'héritage de Marguerite Noël auquel ne peuvent prétendre ses deux sœurs décédées en bas âge dont les noms, lancés dans la salle d'audience par le jeune avocat chargé de la défendre, ont pesanteur d'éternité. J.J. Trestler est absent. Il a refusé la confrontation publique avec sa fille. La cause est remise. En dernier recours, le mauvais état de santé du défendeur est invoqué.

Un jour que J.J. Trestler se trouve à Québec, Madeleine revient à Saint-Michel. Des cernes creusent ses yeux. Elle se languit. Elle voit à peine Patrick. Elle sacrifie l'amour à sa tranquillité.

— Une chose terrible s'est passée hier sous notre toit.

— Mes frères ?

— Non. Cela te concerne.

— Qu'est-il arrivé ?

— Père a fait venir le notaire et lui a ordonné ses dernières volontés.

Et s'il était vraiment malade. Si j'avais eu tort de l'accabler de mes réclamations. Il est encore temps de retirer ma plainte. Je renoncerais à tout pour le sauver. J'ai choisi la haine à défaut de pouvoir l'aimer.

— Non. Sois tranquille. Il est bien portant. Il te déshérite.

— C'est déjà fait.

— Comment sais-tu ?

— La veille de mon mariage, pourquoi crois-tu qu'il s'était rendu à Montréal avec deux témoins ?

— Tais-toi. Écoute-moi plutôt. Hier matin, quand je l'ai vu filer à la salle des comptes suivi du notaire et des deux témoins, j'ai couru à l'extérieur me placer sous la fenêtre entrouverte. Pendant quelques minutes, je n'ai rien entendu, et puis il y a eu ceci.

Éléazar rit, impudent.

L'an mil-huit cent neuf, le quatorze du mois de septembre avant-midi au mandement de J.J. Trestler écuyer négociant demeurant en la paroisse de Vaudreuil, le notaire et les témoins ci-après nommés se sont transportés en la demeure du dit J.J. Trestler qu'ils ont trouvé en bonne santé de corps, saint d'esprit, mémoire et entendement, ainsi qu'il leur est apparu.

— Éléazar, tu es sorcier. Ce sont exactement les paroles.

— Elles commencent tous les actes de donation. Ensuite ?

— Ensuite cela concernait la crainte de la mort.

Comme chrétien il a recommandé son âme à Dieu, suppliant la divine Majesté de lui faire miséricorde et de le placer au royaume des cieux au nombre des Bienheureux. Veut et ordonne le dit testateur que ses dettes soient payées et torts par lui faits réparés.

Nouveau rire d'Éléazar sous le regard horrifié de la fille aînée Trestler.

— Ces formules me sont aussi connues que le Pater et l'Ave Maria. Dis-moi ce qui suit.

— Il laisse à Marie-Anne Curtius l'usage de ses biens.

— Ses biens et immeubles ?

— Je crois que c'est ça. À sa mort, Jean-Baptiste et Henry-Daniel en hériteront.

— Ton nom n'a pas été prononcé ?

— Il l'a été en même temps que ceux de nos frères, mais Patrick m'assure qu'il a ensuite été rayé.

— Patrick ?

— Il était témoin.

— Lâche !

Leurs regards se croisent. Madeleine le fixe, obstinée. Éléazar parle le premier.

— Tu me crois capable d'avoir épousé ta sœur par intérêt ?
J'aime Catherine, mais ton père m'a humilié. En l'obligeant à
lui verser la part de succession qui lui revient, je venge aussi
mon honneur.

Faire d'une pierre deux coups, rien de plus simple.
Madeleine se satisfait de l'explication. Elle choisit toujours la
voie facile.

— Pour Catherine, tu te souviens des mots ?

— Père la déshérite parce qu'elle s'est mariée contre sa
volonté.

— Contre sa volonté ! Nom de Dieu, il verra jusqu'où
peut aller la mienne. Je lui montrerai de quoi est capable un
va-nu-pieds.

Inutile d'insister, Éléazar, je sais de quels excès tu es
capable. Je connais tes humeurs, tes emportements, ton
ambition. Un jour tu te satisfais de la condition de colporteur, le lendemain tu veux être marchand, cultivateur,
agent de traite, fonctionnaire ou même seigneur. Dès l'instant où tu t'es introduit dans la maison Trestler, j'ai deviné,
au premier coup d'œil, que tu appuierais ma rébellion et
partagerais mes audaces. D'abord, tu m'aiderais à quitter les
lieux. Ensuite, tu participerais au cérémonial de vengeance.
Au tribunal, tu te souviens, la voix des magistrats résonnait
comme un chant grégorien.

Il se souvient. Il a la mémoire des voix.

— Et si tes frères n'avaient pas d'héritiers ?

— Ça irait aux autres parents.

— Et tu acceptes ça ?

— C'est ainsi qu'il l'a voulu.

— Mais tes parents étaient mariés en communauté de
biens. Une fois ta mère partie, la moitié vous revient à
Catherine et à toi.

— Je recevrai ce qui lui paraît juste.

— Tu le crois capable de justice ? Si tu ne réclames rien,
tu ne recevras rien.

L'argent n'a pour elle aucune importance. Elle voudrait fuir. Il voit l'esquive. Il demande à qui reviendra la fortune de J.J. Trestler en l'absence d'héritiers. Elle frémit.

— Par certains côtés, tu lui ressembles. Tu penses à tout.

— Réponds à ma question.

— En l'absence d'héritiers, la maison sera transformée en école. L'argent servira à payer les maîtres.

— Hypocrite! Monsieur renie ses filles, mais il se permet de jouer au grand seigneur.

J.J. Trestler reste égal à lui-même, conforme à son amour de la caserne. Des enfants, de sexe masculin pour la plupart, apprendront à lire, à écrire, à commander. On les initiera aux mystères de la religion et aux vertus du citoyen: discipline, épargne, respectabilité, l'art de faire fructifier son avoir.

Devant le portique du palais de Justice, une mare d'eau s'est accumulée. Catherine devra encore une fois entrer, traverser le couloir, entendre gémir les gonds des lourdes portes de la salle d'audience. Ensuite ce martèlement des pas, ce craquement des bancs, et l'homme qu'elle évite de regarder. Éléazar la soutient sans un mot, sans un regard. Je les sens inquiets, séparés.

À l'avant, un magistrat en robe noire remue des paperasses, énumère des chiffres, produit des pièces à conviction. Une voix grise s'élève du fond du prétoire faiblement éclairé. La gorge nouée par l'émotion, je fixe le geste du plumitif qui note chacune des paroles prononcées, comme si cela devait suffire à exorciser le mal. Parodie de la justice que ces droits du sang mis aux enchères. On ne redonnera pas à Catherine l'amour du père qui ne l'a jamais aimée. On ne lui rendra pas sa mère vivante.

On ne lui a jamais parlé de cette femme, sauf Adélaïde qui soulignait parfois un trait de son caractère, son penchant pour la musique et les couleurs. Elle a dû imaginer seule la courbe de son cou, la lenteur de ses yeux, le goût de son lait. Pendant qu'ils prononcent son nom dans cette pièce, mêlant son souvenir aux acquêts, recouvrements et possessions cités, elle ne peut s'empêcher de trouver leurs mots horribles et leurs gestes meurtriers. Elle les voit s'arracher les biens de Marguerite Noël et se disputer ses entrailles. Manger le cœur pour avoir son courage. J.J. Trestler se réserve une pièce de choix.

Soutenu par la rapacité de sa seconde épouse, il préside au festin. Je tourne la tête. Il est là, ramassé sur lui-même, le dos voûté. Plus rien de flamboyant ni de martial, mais un front pâle, une autorité déchue. Sa stature a cessé d'en imposer à Catherine. Il est moins grand qu'elle ne croyait. Elle l'a toujours regardé de trop près.

Le magistrat veut des preuves. Il faut trouver plus. Il faut trouver mieux. Les hommes de loi savent attiser la douleur, aviver le supplice des liens tranchés. Je vomis ce spectacle de cannibales exécuté avec art et minutie. Éléazar écoute tout ce qui se dit. Je sens que je détesterai bientôt cette salle. La souffrance a ses limites. Catherine souhaite mourir. Il suffirait de profiter de ce resserrement du crâne. Consentir à glisser dans l'épuisement du souffle, et tout s'achèverait.

Je m'étais évanouie. Ce ne fut pas un accident. Des hommes en uniforme, placés à contre-jour, épiaient mes réactions. C'étaient eux qui m'avaient convoquée en ce lieu où j'attendais sur un banc, une pile de feuilles entre les mains. Fallait-il entamer un deuxième cahier, renoncer à ce papier jauni où j'avais rédigé une première version de la comparution en cour, ou recommencer à zéro et assener le grand coup à l'auteur de cette tragédie bourgeoise qui se payait chaque fois des scribes pour se faire justice ?

Je m'accordai à peine un répit. Sans transition, je suis passée à l'acte. Les yeux secs, j'ai tout vu de cette scène de désolation, car je m'étais retournée en me dirigeant vers l'autre extrémité de la salle, munie du document trouvé chez Eva. *La cour, après avoir entendu les parties par leurs avocats, examiné la procédure et en avoir délibéré, condamne le défendeur à un inventaire exact et fidèle de tous les biens meubles et immeubles de la communauté entre lui et Marguerite Noël, sa défunte femme, telle qu'elle subsistait au jour du décès, et à rendre compte aux dits demandeurs de leurs droits stricts.*

Le père se lève, titubant presque. Personne ne lui a donné d'ordre depuis sa démobilisation. Il se retourne, foudroyant sa fille du regard. En elle, tout se relâche. Tout se défait. Mais elle se ressaisit. Son visage se durcit comme lorsqu'elle attendait une gifle. L'homme cède. Il quitte son banc, tête basse.

— Sortons vite, Éléazar.

Au-dehors, la pluie a cessé. Un enfant dort, recroquevillé dans l'escalier du palais de Justice. Catherine lui touche l'épaule. Il ouvre les yeux et les referme aussitôt.

Chaque jour, des cartes postales arrivaient de tous les coins du monde. Poussé par ses rêves, la curiosité, un ennui trop grand, on partait visiter un coin de la planète. On allait vers des pays tempérés, mêmes cieux, même pluie, même soleil. Ou l'on se risquait vers l'Orient, hachisch, aromates et sables flamboyants.

Pourtant ici, c'était l'été. Au petit matin, je me réfugiais sur la terrasse, me hâtant d'écrire avant que les pierres ne commencent à brûler. Le ruisseau, tari, asséchait l'imagination. Mais il restait, pour innerver la mémoire et nourrir les sens, ce tremblement d'air au-dessus des géraniums, ce frémissement des érables, cette odeur de gazon fraîchement coupé. Sur le cahier, la couleur verte prédominait. Toutes ces formes en mouvements facilitaient le travail de substitution, comme si dans ce silence, dans cette fragilité matinale, les humains devenaient semblables, abusés par la conscience de leur individualité.

Dans sa dernière lettre, Eva avait écrit : « Nous sommes au bord de la faillite, nous ne savons pas combien de temps nous pourrons encore tenir. Tout traîne. Tout dort dans des filières. On ne nous a pas encore remboursé les frais de séjour de Monsieur B. »

L'inquiétude pesait sur la suite du récit. Que pouvais-je faire pour elle ? Que pouvais-je inventer, à propos de Catherine, qui pût la réconforter. Pendant quelques jours, je cessai d'écrire, attendant un miracle. L'impuissance des mots imposait un répit.

La saison avançait, mais la chaleur était revenue. L'air pesait. Les feuilles bougeaient à peine. J'imaginais la lenteur des gestes de Catherine, la chute de son corps sur le lit. J'avais d'ailleurs à peine besoin d'imaginer. Cette femme finissait toujours par m'atteindre.

Tout le jour, Éléazar s'est interrogé. En cet instant, il examine la peau striée de mauve sur le ventre de Catherine, souhaitant faire surgir sous le toucher une transparence qui lui livrerait le visage de l'enfant reposant dans les flancs chauds. Il voudrait saisir la profonde satisfaction de sa femme, cette plénitude qui enveloppe son visage et son corps d'une clarté douce. Lui et elle boivent la même eau, mangent le même pain, partagent la même jouissance, mais il sent que leurs chemins s'écartent. Bientôt, il ne pourra plus la suivre dans la voie où elle s'est engagée. Il suspend son geste, laissant retomber sa main. Le mystère de la vie le confond.

Catherine se retourne. Des doigts de lumière se posent entre ses cils, brouillant sa vue. Elle ne sait de quel côté s'en va le monde, ni à quelle violence iront ses enfants, et elle sera bientôt rendue à terme. Une respiration lente monte de son ventre rond. Elle tâte les parois abdominales et s'étire lourdement. Les grillons et les oiseaux se sont tus. Une fois le soir tombé, elle n'entend plus que ce mouvement intérieur, un rythme sourd et liquide. Deux corps, mais un seul battement au poignet, une seule salive, une même avidité. L'enfant la suce du dedans.

Elle se laisse couler sur le drap. Éléazar la voit, rompue par la germination, et il envie ce bonheur qui donne à la chair cette autre extase qu'il ne connaît pas.

A-t-on tout dit de la naissance ? Tout écrit de ce qui ne peut s'écrire ? Je ne souhaitais plus que traverser le cycle final, livrer l'enfant enfoui dans mes replis intimes, me libérer de ce poids qui occupait tout l'espace du corps.

Stefan jubilait.

— Ce sera un garçon.

Peu importe. Je veux un enfant, vite, et sans douleur. J'ai suivi tous les conseils des livres. J'ai exécuté tous les mouvements dictés, accompli toutes les postures prescrites. Cette naissance sera un plaisir. Il ne me reste qu'à préparer le cérémonial. La beauté est un art circonstanciel, une mystique de l'intériorité tournée provisoirement vers l'extérieur. Débordée par la violence primitive qui me travaille, je m'accroche aux rituels d'accueil. Je prends un bain. Je lave mes cheveux dans une eau parfumée de camomille. Je lisse mes sourcils.

Je mets tout en œuvre pour oublier la peur sauvage, car je me sais menacée par le temps du prolongement animal. Je redoute le passage de l'instinct à son ultime accomplissement. Cet enfant qui pèse en moi, ces tissus, ces os, ces organes empruntent à mes propres tissus, à mes propres os et à mes propres organes la force de rompre. Soudain, mes cavités de mère sont traversées d'une tension insoutenable. Le processus d'expulsion se prépare. Je ne peux reculer les limites.

J'ai peur de flancher. Peur de ne pouvoir obéir aux légendes, ces femmes qui accouchent en un éclair, accroupies, cuisses ouvertes, le sexe aussitôt intact, refermé. Ou encore, la voie royale, préparer à genoux la venue du cataclysme, s'abîmer dans des postures qui élargissent le couloir d'accès au monde et amortissent la chute. Tout se passe dans la tête. Ces bibles tiennent lieu de commodité. Elles confondent méthode et savoir, rhétorique et urgence. On ne peut prévoir le choc de ce qui commence et de ce qui finit.

Dehors, la pluie se change en neige. Il fait une blancheur de craie. Ma terreur grandit. Je sens que je n'empêcherai rien. Tout est mat, imprécis. J'entame la nuit de l'excès. Tout sera trop fort, trop long, douloureux. Le corps geint. Stefan me réconforte. Il assure que tout sera terminé dans quelques heures. Il me sourit, mais je vois à peine son visage. Il m'étreint, mais je me dissous dans la désorganisation corporelle.

Sur la route conduisant à l'hôpital, je m'arc-boute comme une bête. Le corps bute sur des issues fermées. Rien ne s'ouvre. Rien ne se libère. L'idée de la mort s'insinue. Aucune certitude ne rejoint le ventre où se joue un combat de tendresse et de cruauté. Fatiguée d'attendre, fatiguée d'appeler ce qui se prépare à naître sans vouloir sortir de moi, je ne suis plus qu'une masse tiraillée entre sa puissance de rejet et son désir d'absorption.

Alors, pour retrouver un lieu qui ne soit pas que ténèbres, l'esprit fuit vers l'arrière. L'orage gronde. Un éclair traverse la chambre des filles. Huit, et elles dorment toutes, sauf une. J'ouvre la bouche. Le cri se fige. «Ça ne sert à rien de s'affoler», dit ma mère le lendemain, absorbée par son travail, distraite par ses oraisons. Absente comme chaque fois que je frôle l'abîme.

— Mais dis-moi combien de temps ça va encore durer!

Stefan brûle les feux rouges. Il ne sait pas. D'ailleurs, comment pourrait-il savoir? Toutes les morts se suivent et toutes les naissances se ressemblent. Il n'y a que la façon qui diffère.

Enfin, plus tard, mes eaux ont crevé. C'était un mouvement doux. Un égouttement lent qui ramollissait les cuisses. Puis je m'engageai dans le couloir des ombres. Je poussais, jambes ouvertes, pieds dans l'étrier, mais où était l'attelage? Je m'ouvrais, sexe exposé, mais où était l'amant? Il n'y avait que l'étranglement. Que la douleur. Comment avais-je pu jouir de l'amour avec tant d'insouciance? Comment avais-je pu croire en l'éternité du plaisir?

Forcée jusqu'à la moelle, je dérivais. J'avais le sentiment de m'enfoncer, pleine et lourde, dans le néant, et le néant était un engorgement de matière corporelle sans yeux ni visage. J'aurais voulu dormir, échapper à l'arrochement de ce qui tenait encore trop à moi pour s'en extraire. Ruisselante, écartelée, j'étais une chair en travail. Une chair en abîme qui attendait son improbable délivrance.

Un vertige supérieur, et le corps haletait. Je m'élançais. Je fonçais, reins cambrés, lèvres et muscles tendus. Des coups dardaient le bas-ventre. Une spirale de douleur ébranlait ma pesanteur de mère. Je me rassemblais autour du bulbe qui glissait hors des parois comprimées. Une tête, des bras, un torse, couvraient le miroir suspendu au plafond. Une dernière contraction me secouait, libérant la vigueur animale qui s'épuisait en moi. Une révolution du bassin dégorgeait une liqueur rose sur le drap. Je retombais sur le matelas. L'incident était clos. Je ne sentais plus ma chair.

On couchait l'enfant sur mon ventre, et les corps morcelés se recomposaient. L'osmose se reconstituait, mais je savais que nous ne remonterions plus jamais vers l'embouchure. Mon fils avait poussé son cri primal. Un cri aigu, insoutenable. Il venait de vivre dans l'effroi la rupture inaugurale. Il ignorait que la chair a plusieurs lieux, plusieurs âges, plusieurs déploiements. Très vite, sa bouche approcha mes seins. Je le voyais me boire, j'observais les mouvements de succion, et je percevais, dans cette voracité, l'ampleur d'une faim qui ne serait jamais satisfaite.

Au même instant, dans une autre chambre, la sage-femme tamponne avec un linge les cuisses ouvertes de Catherine. Les muscles de la jeune femme se relâchent. Son souffle s'élargit. Un dernier mouvement de succion la traverse de part en part.

— C'est une fille, madame.

Sa tête retombe sur l'oreiller. Le cercle des existences maudites recommence. « Une fille ! » Elle se souvient avoir entendu prononcer ces mots un jour, dans une pièce sombre, frappée par une douleur trop grande pour son âge. Dans le ferment d'odeurs acides qui remplissent la chambre, elle revit le rejet de la mère sanguinolente. Son ventre se contracte. Elle se tourne du côté du mur. La lumière la blesse.

La porte grince. Des pas glissent sur le plancher. Éléazar contourne le lit, rabat le drap et l'oblige à le regarder. Il lui dit qu'il l'aime dans sa pâleur, qu'il la soutient dans son corps meurtri dont il voudrait partager la souffrance et le fruit.

Il prend l'enfant et la tient contre lui.

— Elle s'appellera Marie-Catherine. Comme toi.

— Tu n'es pas déçu ?

— Déçu ? Mais tu es folle. Des garçons Hayst, nous aurons bien le temps d'en avoir.

Une semaine plus tard, la jeune femme se lève, va à la cuisine et peint des œufs qu'elle place dans un bol. Elle n'a plus mal. Le sang mouille à peine le linge posé sur son sexe. Se souvenant de ses bonheurs d'été, elle se rapproche de la lumière. Fébrile, elle ouvre la fenêtre et respire la neige imbibée d'eau. Bientôt elle marchera à l'extérieur, portant l'enfant dans ses bras.

Elle imagine les tourtières et les beignets qu'elle préparera avec Adélaïde dans peu de temps. Leur premier Noël a été sans cochon de lait, sans volaille, sans vin. Pour Pâques, elle veut un festin.

Ma sœur est venue me rendre visite. Je suis dans la chambre en train de nourrir l'enfant. Elle pose ses mains sur la courtepointe et les retire aussitôt, comme si le geste était indécent. Elle ne me saisit plus qu'à travers Éléazar, le lit conjugal. Une odeur de lait flotte dans la pièce. Elle regarde à peine mes seins, gênée par ma surabondance d'accouchée.

Finalement, elle se risque à parler.

— Patrick s'est prononcé. Il a demandé ma main.

— Et quelle a été la réaction de père ?

— Tu sais.

Oui, je sais. Même situation, mêmes cris, mêmes menaces. Il a levé les bras et demandé quel mauvais sort poussait ses filles à s'amouracher de bons à rien. Il a hurlé, gémi sur l'honneur bafoué, comme s'il fallait répondre à l'inévitable par la violence.

Éléazar s'impatiente. Il trouve ma sœur trop complaisante.

— Quel bourgeois il comptait te faire épouser ?

— Il a déjà été question du fils Mure et du fils Bastien.

— Des radins qui portent le drap d'Espagne sans faire la différence entre le crottin de rue et une pomme de pin.

— Éléazar, tu exagères toujours.

— Qu'as-tu répondu ?

— J'ai répondu que je ne pensais pas au mariage et souhaitais continuer à vivre sous son toit.

— Tu as vingt ans. Si tu aimes Patrick, qu'attends-tu pour te décider ?

— Ma majorité. Il sera alors forcé de donner son consentement. Je ne pourrais pas supporter sa malédiction.

Éléazar s'emporte. Il prend Marie-Catherine et la lève à bout de bras.

— Sa malédiction ? Regarde cette enfant, tu crois qu'elle nous aurait été donnée si Dieu avait souhaité la vengeance ? Bien naïve, si tu crois qu'il se ravisera. Cet homme-là ne revient jamais sur une décision.

Madeleine s'entête. Elle restera toute sa vie une femme soumise, une femme sans emportements et sans excès. Ses passions sont douces.

— Je suis l'aînée. J'ai le devoir de ne pas contrecarrer ses projets.

Mots vides, ma sœur. Tes frères seuls possèdent les droits et privilèges de la filiation. Leur nom ira à leurs fils et arrière-petits-fils comme il leur est venu du père. Mais pour toi comme pour moi, ce nom est à troquer pour un autre de même valeur. Aurions-nous toutes les vertus du monde, que nous ne serions rien sans l'alliance qui confère importance et dignité.

Je m'arrête. Ses larmes sont proches. Tout refus lui paraît inacceptable. Il faut me taire, seulement prendre acte de sa douleur.

— Hier il a vu le notaire et déclaré son opposition.

— Ce genre de déclaration est chose courante. Tous les bourgeois y ont recours lorsqu'ils veulent écarter un mauvais parti.

— De toute manière, le curé de Vaudreuil refuserait de bénir cette union.

— Qui vous oblige à choisir l'église de Vaudreuil ?

— C'est là où je suis née. Nous croirais-tu capables de traverser la frontière pour aller nous marier en terre américaine alors que père s'est battu contre les Américains ?

— Voilà de bien grands mots et de bien grands scrupules. Si les États-Unis envahissaient de nouveau le Bas-Canada, les Britanniques se battraient à nos côtés.

Inutile d'expliquer. Ma sœur se désintéresse de la politique. Pour elle, la vie s'arrête à la maison Trestler, un lieu sûr auquel elle s'agrippe, totalement livrée à leur bon vouloir. Pour finir, elle ajoute :

— Je veux rester en bons termes avec père.

— Que risques-tu ? Il t'a probablement déshéritée avant même de savoir qui tu épouserais.

— Je place les sentiments au-dessus de ces questions.

Huit mois d'attente, et la voilà vêtue de blanc. Elle est majeure, heureuse d'être au bras de Patrick. Des migrations d'oiseaux traversent le ciel. La campagne embaume jusque sous le portique de l'église. Pas de vent. Le ciel est découvert. Et cependant, c'est un jour triste.

Madeleine espérait que sa majorité ferait fléchir père. Garde tes pleurs, pauvre fille, cet homme n'a pas de cœur. Il a des principes, une âme robuste, un missel à tranche dorée, la vengeance à fleur de peau. Il a un piano-forte, des titres, des serviteurs, un commis qu'il ne te destinait pas pour époux. Il a même des substituts pour les besognes répugnantes. Après la bénédiction nuptiale, un voisin illettré tracera une croix en guise de signature au bas du registre paroissial.

Neuf mois plus tard, un troisième testament est rédigé, dont je trouve une copie dans le dossier prêté par Eva. Rien de neuf pour l'essentiel. La jouissance de l'usufruit des biens du négociant est maintenue en faveur de Marie-Anne Curtius et de ses fils. En cas de rupture de la lignée paternelle, ces biens iront aux parents collatéraux mâles. On ne joue plus au mécène. On mise sur la famille. Catherine perdra bientôt sa fille, mais J.J. Trestler verra naître un quatrième fils.

Déclarant le dit testateur donner à Marie Magdeleine et Catherine Trestler, ses deux filles de son premier mariage, à chacune cinq shillings cours actuel de la province, il n'en a pas moins recommandé son âme à Dieu tout-puissant, le suppliant par son infinie miséricorde de lui pardonner ses offenses et de le recevoir au nombre des bienheureux.

— Son of a bitch !

— Tu es vulgaire, dit Stefan. Surveille un peu ton langage. Je ne peux supporter les jurons dans la bouche d'une femme.

VII

Je ne peux remettre cette visite à plus tard. Le moment est venu de faire connaissance avec le père de Catherine. Je passe un coup de fil à l'historien du dimanche qui promet d'abréger sa réunion de la matinée afin de me recevoir, et je descends aussitôt dans le Vieux Montréal, hagiographie en forme de labyrinthe où je cherche la rue Saint-Nicolas.

Rue Saint-Sacrement, je suis une calèche tirée par un cheval antique. Des touristes américains quittent un instant des yeux le dépliant tenu à la main, cherchant le soleil, les colombes, le mât olympique, les temples et forêts qui y sont célébrés. *Les pionniers du Nouveau Monde, les grands découvreurs y ont vécu, et ils y ont laissé l'empreinte de leur courage. À pied, sur les pavés ronds et usés par trois siècles d'histoire, admirez les anciennes maisons à pignons, les riches églises.*

— Stop ! I want to take a picture.

Les rues défilent dans mon rétroviseur, et j'imagine l'historien en train de consulter des archives poussiéreuses dans un bureau délabré. On a brûlé ses lettres, m'a-t-il dit au téléphone à propos d'Iphigénie, nièce de Catherine, qui le fait toujours rêver. Je sais. On a aussi brûlé le journal intime de ma mère, de ma grand-mère, et ceux de Sophie Tolstoï et de Virginia Wolf attendirent longtemps avant d'être publiés. La femme de rêve n'écrit que pour ses tiroirs.

Au 410 de la rue Saint-Nicolas, j'hésite devant un building moderne à plusieurs étages flanqué de colonnades grecques. Aucune société d'histoire n'est inscrite au rez-de-chaussée. Croyant m'être présentée à la mauvaise adresse, je m'apprête à partir lorsque j'aperçois, au tableau indicateur, des initiales pouvant être celles de l'amoureux d'Iphigénie. Je prends l'ascenseur. Au troisième, deux standardistes assises derrière un comptoir laqué psalmodient le nom de *G.P. Ltée* dans des récepteurs rouges. Le décor est futuriste. Lignes modernes, lustres de plexiglass, divan bleu, moquette pourpre. Je me suis sûrement trompée de porte.

— L'historien de quatre-vingt-un ans qui a trois bureaux dans le Vieux Montréal, ce n'est pas ici ?

— Mais oui. Bientôt quatre-vingt-deux, dit l'une en interrompant sa litanie. Vous verrez, il ne les paraît pas.

— Vous êtes sûre qu'il est historien ?

— Parfaitement.

Elle fait glisser mon vieil imperméable sur un cintre avec les égards habituellement réservés aux manteaux de vison. Puis elle vérifie l'heure du rendez-vous et ajoute d'un ton détaché :

— Il est président d'une firme de courtage. Vous ne le saviez pas ?

— Non. Les historiens sont rarement riches.

— Il n'y a pas de raison. L'histoire appartient à tout le monde.

Dans le bureau du président, je suis intimidée par les fauteuils de cuir, la moquette feutrée, les tableaux d'artiste, le luxe du P.D.G. Je me tiens au bord du siège comme une dame en visite. Cette femme sans bloc-notes qui griffonne des notes à l'endos d'un carnet de chèques dégrade le métier de journaliste. En vieux pull, jaquette sport, pantalons tuyautés, sac en bandoulière et talons plats, elle ressemble à une étudiante des beaux-arts. Si elle avait su, elle se serait habillée et maquillée.

— Mais enlevez votre veste, je vous en prie.

— Non merci, ce n'est pas la peine.

La morale a ses exigences. Je n'ai pas de soutien-gorge. Je ne saurais montrer la pointe de mes mamelons à l'amoureux d'Iphigénie sans rougir. D'un geste précautionneux, il ouvre un tiroir, en tire un écrin d'où il extrait trois négatifs. J'ai hâte et peur. Mon cœur bat à tout rompre. J.J. Trestler est face à moi, yeux bleus, traits neptuniens, double menton, petite bouche. Ce visage brouillon dément la lourdeur butée prêtée au père de Catherine. Ce n'est pas du tout l'homme que j'avais imaginé.

— Un parvenu. Voyez comme il accentue ses origines plébéiennes avec ce gilet de mauvais goût.

— Jaune et noir, ça me rappelle le père Goriot.

— Aucun goût, c'est visible.

— Il paraît jeune, Catherine a dû l'aimer.

Cette pointe œdipienne le laisse froid. Catherine ne lui est rien. Il s'intéresse à la montée de la bourgeoisie québécoise dans l'histoire. Il vénère la petite-fille de J.J. Trestler qui épousa un avocat célèbre, futur membre du Parlement. Quant au reste, il affectionne de façon générale les épouses des politiciens, ce côté laiteux et clandestin du pouvoir trop souvent négligé des historiens.

Iphigénie repose entre ses doigts, baleinée, corsetée, lèvres minces et sourcils droits. Si la photo est fidèle, elle aurait eu les yeux du grand-père, le nez en plus aquilin. Ce visage affirmé, intelligent, n'accuse rien de frivole. Je me demande à qui cette femme, morte en couches au début de la trentaine, aurait pu écrire des lettres compromettantes, sinon à ses sœurs Marie-Adèle et Radegonde-Olympe, noms aux sonorités romanesques sollicitant des confidences, des aveux, un égarement fictif du cœur et des sens.

Un drame se joue derrière la ressemblance des traits. La descendance Trestler est condamnée. En effet, la branche mâle s'épuise. Joseph-Amable, mis au monde par Marie-Anne Curtius peu de temps après l'accouchement de Catherine, ne se mariera pas. Et son frère Jean-Baptiste aura trois filles, dont cette glorieuse Iphigénie, et deux fils dentistes qui resteront célibataires.

— Tenez, Jean-Baptiste, le père d'Iphigénie. Regardez comme les traits s'affinent avec les générations.

— Il a la tête de Lord Byron.

Un faciès romantique, que j'aurais eu plaisir à fréquenter dans le vieux grenier, me dévisage du fond des temps. Je regarde le visage étroit et tourmenté, me demandant ce qu'il pouvait partager avec le père, self-made-man qui parut garder toute sa vie une mentalité de mercenaire. Ce garçon a, paraît-il, étudié la médecine à Edimbourg où il rédigea une thèse sur la rage avant de rentrer au pays et de contracter mariage avec une demoiselle portant un nom anglais.

— Peu équilibré, ce garçon. Il a ouvert un asile d'aliénés, mais il a finalement pratiqué une médecine rudimentaire.

— La médecine de l'époque ?

— Oui, à peu près ça.

Administrer des lavements, des purgations, des saignées, effectuer le transvasage des fluides, l'évacuation des humeurs. Mais jouir de la consolation suprême, s'être conformé au désir du père. Être entré dans la petite bourgeoisie soignante, parlante, papiste, qui glorifiait l'effort et le mérite, laissant aux Anglais, protestants et capitalistes, les activités commerciales ressortissant à la naissance ou à l'appât du gain.

L'historien paraît deviner ma pensée.

— Le bourgeois est condamnable s'il refuse le progrès, mais il est utile s'il fait fructifier l'économie. Ici ce sont les bourgeois qui ont développé le pays.

Curieusement, un néo-Canadien m'a servi le même argument la semaine dernière, citant ses bourgeois à lui, les Juifs Steinberg, Molson, Schwartz, Zimmerman, Bronfman. J'ai développé un réflexe conditionné. Quand on dit grand bourgeois, je pense Ogilvy, Birks, Holt Renfrew. Quand on dit juif, j'intériorise la conscience malheureuse de Dreyfus, la voix fêlée des nouveaux philosophes, l'odeur des fours crématoires, les marchands de la rue Craig. Le soir même, je demandai l'avis de Stefan. Il m'étonna. Il oublia son sang bleu. « C'est vrai, c'est la bourgeoisie qui constitue la part la plus dynamique de la société. En France, les Peugeot, les Renault, ce sont des grands bourgeois huguenots, des protestants. Quant aux États-Unis, c'est même pas la peine d'en parler. »

L'historien arpente son bureau d'un pas pressé comme un préfet de collège. Il m'entretient du seigneur et de la seigneurie de Vaudreuil, du pré communal situé derrière la maison Trestler où les serfs allaient faire paître leurs bêtes. J'ai été bien avisée de ne pas envoyer Catherine courir de ce côté, je n'aurai rien à changer à ses excursions. Mais je devrai déplacer le manoir des Lotbinière que j'ai situé trop loin, et que Trestler fréquentait, semble-t-il, plus que je ne l'ai laissé entendre.

Je note minutieusement chacune des informations reçues. Je n'aurai pas de sitôt la chance de voir la charnière vivante qui relie la France puritaine de Léon Blum au Québec libertaire de cette fin de siècle. Le verso et le recto de mon dernier blanc de chèque sont déjà couverts. Payez à l'ordre de. Je dois maintenant poser la vraie question.

— Vous n'avez jamais vu de photos des filles Trestler ? Madeleine ou Catherine ?

— Jamais.

Réponse sèche. Je recevrai le superflu, un essai de l'historien dont le titre, contenant les mots *une famille bourgeoise* suscita, à sa sortie, la réprobation de ses proches, vexés de voir un statut civil ravalé en jugement de valeur par l'emploi d'un adjectif. La bourgeoisie ne se reconnaît que dans le substantif. *La qualité de ce qui est*, avait bellement écrit un adorateur de saint Thomas d'Aquin dans un vieux bouquin de philo jadis feuilleté sous les combles.

Il me remet également le neuvième tome de son journal intime où je trouve les hivers délicieux. Vacances sur la Côte d'Azur, soirées à l'opéra de Nice, flâneries sur la promenade des Anglais. À travers ces pages, transpire un humanisme imprégné de la délicatesse qui devait embellir les salons d'époque, le fin esprit de qui sut toucher le meilleur des deux versants de l'Atlantique. L'argent sur le flanc ouest, la culture sur le flanc est.

Subitement, une idée me vient.

— Mais alors, ce ministre des Finances, il pourrait être de votre lignée?

— Ce ministre des Finances, c'est mon fils, madame.

J'aurais dû m'en douter. Cette ressemblance, ces évidences après coup. Même sourire, même profil, même arête du nez, même regard embusqué sous l'épaisse arcade sourcilière. Le particulier conduit toujours à l'universel. Observer ces traits, cette famille, son histoire, les paliers gravis, c'était saisir l'évolution de la bourgeoisie entière.

Nous continuons d'échanger nos impressions sur les visages fixés à la cyanine, hasardant des hypothèses sur le caractère des personnages qu'ils représentent, leur vie, leurs manies, leurs penchants, les disculpant ou les incriminant selon le rôle que nous leur avons assigné dans nos récits respectifs. Nos têtes se touchent presque. Nos bustes et nos épaules ont pris le même angle d'inclinaison. Nous sommes les parfaits complices de l'époque que nous tentons de restituer. Nous sommes les passionnés amants des personnages que nous avons créés.

Les négatifs retournent dans leur écrin, et nous reprenons aussitôt nos distances. Il est né d'un chirurgien qui imposait le camping à ses fils avant que la mode n'en fît un sport enviable. Mon père était un rêveur qui fuyait la ferme, ses mouches, son purin, pour la somptueuse splendeur des mots. De nos mères, il n'est pas question. Nous nous sommes connus à propos d'une famille étrangère où les femmes détenaient l'arrière-scène du pouvoir.

Le tiroir du bureau se referme. L'entretien est terminé. L'historien du dimanche me reconduit à l'ascenseur avec l'élégance des hommes de son temps. Il ébauche un geste d'adieu. Nous retournons à nos occupations. Lui, à la gestion de ses capitaux, de ses documents, de ses fresques édifiantes. Moi, à mes fantasmes, à mon roman. Nous appartenons à deux clans d'écrivains qui s'ignorent et se sous-estiment mutuellement.

Dehors, le soleil de midi est blanc. Après avoir vu ces négatifs, entendu ces propos, la ville me paraît aussi irréelle qu'un film de science-fiction. Je devrais me sentir soulagée pour Catherine. Aucun procès n'a eu finalement lieu, semble-t-il, entre elle et son père avec qui le conflit se serait réglé à l'amiable. Mais je crois avoir lu et entendu le contraire. Il me faudra revoir ce dossier lorsque je retournerai à la maison Trestler.

Quelques semaines plus tard, j'appelle la standardiste de la maison de courtage pour vérifier les détails du décor de la salle d'attente. Elle rectifie : « Les lustres sont effectivement en plexiglass, mais les récepteurs sont noirs, la moquette beige et le divan vert ». Une seule de mes références est juste. Loin de m'inquiéter de l'inexactitude de mes perceptions, je m'en réjouis. Puisque les sens et la mémoire déforment à ce point le réel, je peux invoquer le passé en toute tranquillité. Il se trouvera toujours quelqu'un pour me persuader, à partir de ses propres approximations, que le blanc n'est pas le noir et que le noir n'est pas le blanc.

J'avais eu raison de lire comme des romans ces récits d'exploits et de batailles auxquels les historiens, qui m'en avaient livré les épisodes, n'avaient jamais assisté. Et auraient-ils été présents sur les lieux du désastre que mes doutes eussent encore été fondés, le parti pris du sens commun, de la politique, l'aveuglement des sens suffisant à orienter le jugement. L'Histoire avec un grand H, c'était d'abord un genre littéraire doté d'un style, de règles, de procédés d'écriture. C'était, de toutes les histoires possibles, celle que l'on choisissait à des fins qui ne se révélaient que plus tard. Et dans ce dévoilement, le temps aussi faisait son œuvre.

Tourmentée par les propos de l'historien du dimanche concernant l'issue du procès que Catherine aurait pu intenter à son père, j'ai décidé de retourner à la maison Trestler.

Après avoir jeté dans ma serviette un pyjama, une brosse à dents, un bloc-notes et un stylo, j'éteins les lumières et m'apprête à glisser la clef dans la serrure lorsqu'un bruit étrange me saisit. Une ovation monte du sous-sol. Je suis seule. Dominant ma peur, je rallume et descends.

À l'extrémité de la salle de séjour, je trouve le téléviseur à demi ouvert. Vêtue de rose géranium, Élisabeth II quitte la passerelle d'un Boeing 707 des Forces armées canadiennes. J'augmente le volume. « Aéroport d'Uplands, Ottawa, seize avril. Le grand jour est arrivé. » Voici la première tranche du feuilleton télévisé qui nous égaiera cette semaine.

L'actualité est couleur d'un mouchoir de papier Scottie. Aujourd'hui, *the medium is the message* de l'Atlantique au Pacifique. Le pas mesuré par les flonflons des cuivres, la reine avance, offrant aux foules son visage de grand-mère sereine et coquette. Ce généreux pastel gomme l'image des terreurs coloniales ranimées aux Malouines. Il célèbre la luxuriance printanière, ces fleurs qui ornent les jardins du parlement, complexe néo-gothique dont elle a toujours admiré le dépouillement.

Sur le tapis rouge conduisant au podium, elle entend leur premier ministre, sang mi-français mi-irlandais, intimer aux journalistes « Cheer up ! », et elle regrette d'avoir forcé le ton dans le choix de sa toilette, s'avisant soudain qu'il eût été plus sage de miser sur la neutralité d'un vert doux. On l'achemine vers le hangar de la base militaire pavoisée des drapeaux canadien et britannique, où l'attend le deuxième régiment de la Royal Canadian Horse Artillery qu'elle doit passer en revue. Après la longue envolée de sept heures, le mot *horse* la revigore autant que la vigueur martiale de ces jeunes soldats sanglés dans leurs uniformes perma press, luisants comme des tambours neufs. Une salve de vingt et un coups de canon balaie le ciel. Elle s'essuie les yeux. Du vaste empire du Commonwealth dont s'enorgueillissaient les siens, il reste une odeur de poudre et un nuage de fumée.

Captée par l'image, je m'assois, m'appliquant à saisir le spectacle par l'œil des caméras. La reine marche. Elle signe un livre d'or où l'or est sans doute rare. Elle reçoit une gerbe de fleurs d'un enfant de la Belle Province dont le gouvernement a boudé le rapatriement de la constitution qu'elle rapporte dans ses bagages. Entêtement de catholique, doit-elle penser, en prenant place dans la limousine qui la conduit à Rideau Hall, résidence du gouverneur général où elle passera la nuit, sachant qu'on loge dans ces résidences étrangères, mais qu'on ne dort bien qu'à Buckingham Place.

Un long travelling couvre la suite royale qui avance au ralenti, attirant les curieux agglutinés autour de l'église St. Bartholomey où la reine s'agenouille, le temps de réciter une prière. My God, sauvez la monarchie, Scotland Yard, la reine, sa cour et ses chevaux. My Queen, que l'on adore en Sa majesté et suprématie à jamais consignées dans leurs mémoires oublieuses, régnez éternellement.

À plusieurs reprises, le cortège se dissout et se reforme. Cocktail à dix-huit heures. Ils chuchotent les noms et qualités des personnalités présentes. Couleurs acides, mains gantées de miel. Ce soir, ma reine, vous assisterez au concert gala du Centre national des Arts. *The american look, the american tune.* Vulgaire, rutilant. Nous partageons près de 9 000 kilomètres de frontière, souvenez-vous, c'est trois cents fois la largeur du Pas-de-Calais. Mais vous faites preuve d'une dignité remarquable. Rien ne vous rebute. Rien ne vous étonne. La ferveur médiative vous est prétexte à fermer les yeux. Faites de beaux rêves, ma souveraine, je vous reverrai au dîner d'État. D'ici là, je grimpe à la cuisine passer un coup de fil et préparer un double T.V. dinner. Stefan rentrera peut-être dîner ce soir.

J'appelle Eva pour remettre à plus tard mon passage à la maison Trestler. Je dépose ensuite sur un plateau deux branches de céleri, deux carottes, deux boîtes de sardines, deux yaourts et deux thés. Il y a trente-six façons de préparer un repas frugal. Saviez-vous, ma reine, que le yoga et la cuisine macrobiotique font en ce moment fureur en Amérique ? Les voyages forment la jeunesse. Je n'oublierai jamais notre première rencontre.

C'était un soir d'été extraordinaire. À dix-huit heures, nous nous sommes levés de table, père, mère, enfants, puis nous avons traversé la route de Gaspé et dégringolé le précipice longeant le flanc nord de la maison. Nous foncions droit vers le soleil. Droit vers la voie ferrée pour aller déposer sur les rails des pièces de monnaie qui seraient frappées à votre effigie. Vous étiez habillée de bleu ciel, fiancée au prince Philip, ou sur le point de l'être. La reine mère portait un tailleur bleu paon, cinq rangs de perles et une étole de vison blanc. Mais peut-être suis-je en train de confondre ce voyage avec un autre qui aurait pu survenir plus tôt ou plus tard. Vos toilettes variaient peu, et ces déplacements constituaient l'événement suprême que seule une visite papale eût pu éclipser.

Surexcités, nous humions l'air avec avidité. Le soir était lent, nos visages incandescents. Le moment crucial tardait à venir. Bientôt, nos respirations se raccourcissaient et l'herbe tournait au noir. La fièvre de l'attente devenait intolérable. Ma mère avait résumé l'histoire de la monarchie anglaise. Mon père, raconté en détail les circonstances du couronnement de Georges VI. Nous avions épuisé la gamme d'anecdotes connues sur le caractère des époux, leur habillement, leurs rapports. Nos yeux dévoraient la nuit et fouillaient la campagne immobile sans vous y trouver.

Mais je m'accrochais, ma souveraine, je m'accrochais. Pour tenir, je rêvais à vos amours, aux chapeaux de feutre à large bord, affectionnés par madame votre mère, auxquels paraissait tenir une part du prestige royal et de notre adoration. Nous commencions à désespérer lorsque, soudain, un bruit d'engin fendait l'air. Crachant du noir, un train du Canadien National avançait, propulsé par une mécanique qui détraquait la cervelle. Le ciel tremblait, la terre lâchait. Terrifiée, je me bouchais les oreilles. Puis une voix s'élevait. « C'est fini, ils sont passés. » Mon père se penchait, fouillait les herbes et exhibait une piécette blanche au creux de sa main.

Un visage royal — était-ce celui de Georges VI ou d'Élisabeth ? peu importe, les traits étaient oblitérés et la royauté offre toujours le même visage —, fixait le levant, la tête aplatie au sommet, là où avaient porté les roues du convoi. Nous nous bousculions pour toucher le métal précieux. Mon père nous laissait approcher, notait nos observations, les complétait des siennes, puis faisait disparaître l'objet rare dans la pochette du pantalon réservé à sa montre. Ensuite, il donnait le pas, et ma mère suivait. Nous regagnions la maison en silence, remplis de la grâce du sacré qui suspendrait, pendant quelques jours, le tumulte familial, le vacarme domestique.

Les caméras de télévision m'entraînent maintenant dans un hôtel chic de la chaîne Holiday Inn où cinq cents jeunes chefs de file, cheveux lisses et collet monté, partagent le repas de la reine. On les a exemptés du banquet simulé, cette fastidieuse répétition générale imposée deux jours plus tôt par le corps protocolaire de Buckingham Palace aux cinq cents employés des bureaux gouvernementaux. Les salades, viandes, vins, fromages et petits pois ont été importés de France, mais les serveurs et les têtes de violon du potage sont du pays. Je broute mon céleri tandis que Sa Majesté déguste une feuille de chicorée lavée à l'eau minérale des Malvern Hills of England qui la suit toujours en voyage. Noblesse oblige. Elle touche à peine son verre de Château Puyfromage et son carré de veau Choisy. Ces repas l'épuisent. Il faudrait parfois avoir le courage de servir aux reines des T.V. dinners.

Auparavant, la souveraine a causé de pluie et de beau temps avec ses hôtes, manifestant une préférence pour le climat d'Écosse. En pays roturier, elle a porté du rose comme une roturière, mais elle ne commettra pas la disgrâce de préférer les plages de Floride, d'Hawaï ou de Jamaïque, affectionnées par les chefs d'État nord-américains, à ses verts pâturages. Home sweet home. Ailleurs, on n'est jamais si bien que chez soi.

L'angle de la caméra se rétrécit, le cadrage se resserre. On tend à la reine son portrait, une peinture naïve devant laquelle elle hoche la tête après avoir esquissé une moue. Le bleu a si longtemps soutenu la palette des portraitistes anglo-saxons qu'elle répugne à saisir le sens de ces dégradés neigeux où des yeux nus, les siens, fixent le néant. Cette toile l'anéantit. De regarder son corps figé dans un espace glacé, désert, la débilite. On lui donne à contempler l'apothéose du vide. La fin de la monarchie.

Son instinct de survivance l'emporte sur son désir de plaire. « No much resemblance », articule-t-elle, refusant de reconnaître ses traits, et ceux du prince consort, dans ces visages blêmes surgis d'un cauchemar de l'Arctique.

— Sa Majesté.

Elle lève les yeux. Elle existe donc puisqu'on lui adresse la parole. Quelqu'un croit en elle. Elle l'entendra. Elle veut continuer d'exister.

— Sa Majesté, vous arrive-t-il de parler de politique ?

— Jamais.

— Mais, madame, vous ramenez ici une constitution.

En apercevant le micro, la caméra, elle laisse tomber négligemment « c'est spécial », comme le ferait n'importe quelle autre femme. Elle n'ajoutera rien. Pourquoi s'acharnerait-elle à reproduire le pouvoir au-delà de cette représentation qu'elle en donne. Elle en connaît trop les failles, elle en a trop éprouvé les limites pour en défendre les prérogatives et les privilèges.

Mais il insiste.

— Vous savez que la Belle Province, absente des cérémonies, n'est qu'à quelques encablures, sur l'autre rive.

— C'est triste.

Elle cherche des yeux ses gardes du corps pour leur
signifier la présence de l'intrus qui enfreint le protocole.
Inutile, ma reine, ils ne lèveront pas le petit doigt. À Ottawa,
they don't speak french, langue de l'intelligentsia européenne
que l'on vous fit un devoir de maîtriser. Ils n'ont rien entendu
des propos échangés. Cela leur est musique barbare, dialecte
tiers-mondiste, borborygmes de mangeurs de soupe aux
pois. Ici, ma reine, il n'est que minuit. La grande noirceur
couvre la ville tandis que six heures sonnent au fuseau
horaire de Greenwich.

En ce moment, à Buckingham Palace, vous sonneriez la
femme de chambre et commanderiez du thé avant de consulter les journaux du matin où vous liriez les bavardages
d'insulaires sourds au bruit que font quatre milliards et demi
d'habitants s'arrachant les restes d'une planète dégénérée. À
Ottawa, vous les ouvrirez à peine, redoutant l'humour
francophone qui stigmatisera la couleur de vos toilettes, le
flegme de votre sourire, la simplicité de vos propos.

Un soupir s'éteint sur les lèvres de la souveraine. Personne ne saura que la couronne lui a toujours pesé. Personne ne comprendra que le destin l'a condamnée dès
l'instant où il jeta le duc de Kent, fils aîné du roi, dans les
bras de l'ambitieuse et stérile Madame Swamson. Nouveau
mouvement de caméra. Un rideau de pluie couvre Rideau
Hall d'où part le cortège attendu pour la cérémonie. La
colline parlementaire est remplie d'associations d'Éclaireurs,
de Guides, de personnes âgées ou handicapées invitées à
nourrir l'ovation. Triste spectacle pour une reine dont les
traits accusent une fatigue scandaleuse.

Vêtue de bleu turquoise, Élisabeth II quitte le carrosse
utilisé jadis pour transporter Georges VI et la reine mère
lorsque la monarchie triomphait. Elle avance sur le tapis
rouge liséré de cordons de policiers, sachant que les tapis
rouges et les cordons de policiers la conduisent toujours où
elle doit aller. Sous son parapluie, elle voit la foule massée

derrière les grillages de fer dressés pour la circonstance et jette un coup d'œil du côté des baraques fumantes, installées le long de l'édifice abritant son Conseil privé, d'où viennent des odeurs de frites et de hot dogs poussées par un vent froid. Un peuple se reconnaît à ses odeurs. Elle fronce les sourcils. La mine renfrognée des officiants laisse présager le déclenchement de quelque incident fâcheux. Des fanatiques oseraient-ils saboter cette manifestation déjà compromise par le mauvais temps.

Non, ma reine, vous ne courez aucun risque en dehors de ces jets d'eau qui dégoulinent sur votre col sans abîmer votre mise en pli. Aucun patriote ne traversera l'Outaouais. Dans quelques instants, vous vous restaurerez. On posera devant vous un omble de l'Arctique arrosé de Pouilly-Fuissé, et je scruterai votre ennui, les pieds allongés sur un pouf de moleskine, tout en vidant ma dernière boîte de sardines.

Je tourne un bouton. Ici Radio-Québec, l'autre télévision. Tandis que dans la capitale fédérale, une foule transie remonte la rue Spark où ne flotte aucun drapeau, à Montréal trente mille manifestants agitent le fleurdelisé depuis le parc Lafontaine jusqu'au parc Jeanne Mance. Cette Marche du Québec entrave la circulation. À une intersection, les voitures de deux stations de radio rivales, placardées « Canada Bill : Yes » et « La reine a les pieds dans l'eau », se retrouvent face à face. Un fourgon de policiers surgit d'une rue transversale, prêt à lancer le signal des hostilités. « The show must go on ! » lance la speakerine d'une chaîne pirate américaine qui déborde sur le réseau français.

La caméra bouge. La reine se détache des timbres-poste et des billets de banque où on la gardait immobile pour accomplir le côté fade de sa mission. Elle échange des réparties et des poignées de main avec des hauts fonction-naires en jaquette et des femmes toilettées. Elle glisse ses pas dans ceux de la reine mère, empruntant ses rides sans jamais atteindre à sa splendeur, son visage et ses gestes rappelant plutôt la froideur un peu gauche du père, sa retenue empreinte de timidité.

Plus tard, je l'aperçois, levant la tête vers quelques-uns des mille neuf cent quatre-vingt-deux pigeons que les organisateurs de la cérémonie ont échoué à lancer vers le ciel. Je l'observe. Je la traque. Je l'épie dans ses silences et retraits. Je la suis même jusqu'à l'aéroport d'Uplands ou des familles de militaires honorent son départ. Et pourtant, il me manque encore une image. La télévision me cache les Indiens d'Edmonton en train de fumer le calumet de paix et de protester contre le Canada Bill.

Ces photos me seront livrées par les journaux du lendemain. C'est aussi grâce à la presse écrite que j'ai fait connaissance, cinq mois plus tôt, avec le chef de la tribu des Ojibway, l'octogénaire Ojibway Senapor Shingwauk, qui escaladait la colline parlementaire outaouaise suivi d'un millier d'autochtones réclamant le respect des droits ancestraux. La télévision faisait sa besogne. Elle couvrait le spectacle, abandonnant aux scribes la pérennité de l'histoire.

Pendant ces quarante-huit heures où je regardai le petit écran, Stefan ne rentra pas. Au troisième jour, je compris que je ne devais plus lui préparer de T.V. dinners, ni aucun autre repas. Il s'était épris d'une walkyrie slave, seins plats, longue crinière rousse, qui, fatiguée de faire la plonge dans un restaurant de New York où n'apparaissait jamais Santa Claus, avait abouti chez nous, munie de huit valises, d'un transistor, et de la ferme intention d'être épousée, choyée, gavée de caviar et de foie gras avant l'expiration de son visa.

Je l'eus au bout du fil quelques semaines plus tard. Il avait cessé d'acheter les journaux, de regarder le téléjournal. Il ne savait pas qu'Élisabeth II, reine d'Angleterre, avait signé la proclamation constitutionnelle de son seul prénom, Élisabeth.

— Élisabeth, répétait-il, pensif, croyant avoir livré le nom de la femme qu'il aimait.

— Élisabeth pour les intimes.

— Les intimes ?

— Oui. Elle est devenue reine du Canada, première de la dynastie élisabéthaine créée exprès pour nous.

Le lendemain, j'ai l'esprit vide lorsque je lance ma serviette sur la banquette arrière de la voiture. Je n'ai plus très envie de voir la maison Trestler. Écrire m'est devenu difficile. Bouger, penser, me demande un effort. Je voudrais dormir du sommeil des aphasiques. Je voudrais prendre congé de la mémoire, oublier la maladie des scribes qui pousse à faire du texte quand hurler suffirait à vous persuader du mal de vivre.

Je mets le contact, et le moteur ronfle aussitôt. Le progrès n'aura jamais fini de m'étonner. Un mouvement de la main suffit à lancer une carcasse de fer de huit cents kilos sur la route quand le corps traîne, déchiré par des souvenirs, un timbre de voix le matin au-dessus d'une tasse de café, l'indifférence d'un visage aux contours clairs, un bureau imprégné d'une odeur de tabac, et ce vieil imperméable abandonné sur un fauteuil, que je voyais noir, la nuit, quand je me levais pour vérifier s'il était rentré.

La question du temps s'est posée, aiguë, lorsque je me heurtai au silence des pièces vides en traversant la maison d'une extrémité à l'autre. Cette tentation de partir, l'un ou l'autre l'avait déjà caressée, mais cela prenait figure de fugue, un éloignement passager qui n'altérait pas la nature et la durée d'un attachement considéré comme indéfectible. La douleur pressentie dans l'ignorance, les jours qui avaient précédé cette fuite, ne m'avait prémunie de rien. J'avais échoué à mesurer la distance franchie par un corps que j'imaginais encore proche malgré le regard oblique, les mots aigres-doux, ces instants de haine mis au compte de la fatigue, qui s'immiscaient parfois jusque dans la nudité, dans la proximité du détail, lorsque ses gestes, en avance sur sa pensée, repoussaient les miens devenus incompatibles.

Et maintenant, ce manque, cette angoisse, cette panique des nuits solitaires que je tais, que j'ai toujours tue. N'étais-je pas la plus forte, la plus raisonnable. N'étais-je pas celle qui demeurait sereine et tranquille quand d'autres claquaient les portes. Je croyais le connaître par cœur. Il est parti sans dire c'est la dernière fois, et j'ignorais le temps qui me serait soustrait, cette impossibilité de revenir à l'oubli, à l'accueil où nous conduisaient toujours nos phases d'isolement.

Auparavant, lorsqu'il lui arrivait de s'éloigner, il prenait ses précautions. Il laissait des traces, il brouillait les signes. Un coup de fil, une colère, une lettre atténuait ou relançait l'espoir de la réconciliation. Mais en parcourant ces chambres où trainent encore des objets qui lui ont appartenu, ces stylos, ce foulard de soie, ces cendriers trop pleins, je comprends que le deuil impose toujours la même épreuve, l'absence, le saccage de l'amour révélé dans l'absolu du silence. Les choses finissent quand plus rien ne se dit. J'aurais dû m'y attendre, moi qui ai parfois terminé mes romans en usant d'un subterfuge, laisser croire que l'histoire se poursuivait au-delà du mot FIN.

Je roule dans la chaleur croissante de ce début de jour, sentant que quelque part, dans ce qui a été ma vie, ou celle de Catherine, un dénouement se prépare. Mais dans cette luminosité, dans ce déplacement entrepris pour endormir la douleur, je me soucie peu de savoir jusqu'où Catherine me tient lieu d'alibi. C'est d'abord pour moi que je continuerai le récit. On ne peut rien contre ce qui doit finir, mais l'épaisseur de texte tempère le désir de mort. Peu importe ce qui se joue, ce qui s'est joué dans le bungalow de la presqu'île, les pages remplies épargnent l'insoutenable question du vide.

Le soleil monte. J'avance dans une lumière sans fond. Des taches sombres mêlées de feu balaient mon pare-brise. Cette confusion délivre. Sans poser un geste, je pourrais glisser dans l'inconscience, entrer dans ce lieu où plus rien ne blesse. Mais je fais l'effort de reconnaître Dorion, ville silencieuse où rien ne semble se passer, où tout paraît converger vers la maison Trestler. Vers ce qui peut être vu, senti, entendu là-bas, comme si, dans ces murs, l'odeur des vieux bois, une sensation de froid, le tracé d'écritures anciennes constituaient la totalité de l'événement.

Ce que j'avais cherché dès ma première visite, c'était sans doute moins le repérage de faits précis, ces événements ayant constitué la vie de la famille Trestler, que la perception d'une continuité inscrite dans la mémoire du sang. J'avais organisé sur papier ce que Benjamin et Léa avaient consolidé dans la pierre. Sans le savoir, nous faisions œuvre commune. Nous cherchions à vaincre le temps. Nous tentions d'empêcher la chute des mots, des choses, des corps dans le néant.

En arrivant à la maison Trestler, au lieu d'aller sonner à la porte et saluer Eva, j'abandonne la voiture près du chenal et longe le lac sur quelques mètres. Je m'écarte suffisamment de ses bords pour ne pas céder à la tentation d'y plonger, choisissant plutôt de m'allonger, de laisser ma tête se remplir du paysage le plus proche, ce carré d'herbe, ces fleurs piquées d'insectes, ces lignes en fuite entre les arbres du jardin.

Un assoupissement bienheureux me gagne, effaçant presque la douleur. La terre a pu s'effondrer, mais il reste ce bien-être végétal, cette brume de chaleur qui dilue la précision des faits et la cruauté des gestes. Cette maison, où je n'ose encore entrer, m'aura servi. Elle m'aura appris la patience des pierres.

La femme dormait. Des sons sans mémoire traversaient son esprit. Le grincement d'une porte, des chaussures effleurant le gravier de la cour, une voix montant du rez-de-chaussée. Et, ensuite, plus rien. À peine une image, pas même une ombre. Elle ne sentait plus les fourmis s'agiter sous ses jambes et ses bras. Elle ne savait plus rien de la veille.

— C'est arrivé quand ?

— Je ne sais plus. J'ai oublié. Dans ces cas-là, vaut toujours mieux oublier.

Plus tôt, sur le pont Champlain, elle avait amplifié le volume de la radio, et le début du bulletin de nouvelles avait retenu son attention. Après la météo, elle avait entendu : « On apprend en dernière heure que Washington n'hésiterait pas à intervenir si Ottawa maintenait sa politique pétrolière. » Des voitures et des camions lourds roulaient en sens inverse, secouant le tablier du pont. Tous, ils dansaient sur un fil, et la terre était ronde. Même en se déplaçant, ils restaient perpendiculaires à l'un de ses bords. Même en courant les routes, ils restaient collés aux USA.

La bouche entrouverte, Catherine dormait, entourée d'un extrême silence. Une guerre était possible, et elle ne le savait pas. Écroulée sur l'herbe de la cour, elle avait sombré dans l'épaisseur du silence. Rien d'étranger au rythme de la vie ne la sollicitait. Elle était un corps heureux en état de plénitude. Le temps s'était arrêté. Elle n'attendait rien ni personne.

Pourtant, ainsi à l'écart, elle s'était subitement sentie rejointe, menacée dans sa tranquillité. Rêvait-elle ? Des pas résonnaient à ses oreilles. Elle entrouvrait les paupières et levait légèrement la tête. Devant ses mains, elle apercevait des bottes d'officier. Au-dessus, le drap sévère d'un uniforme et la pointe d'une arme. À côté, d'autres bottes, celles d'un milicien.

— Madame Hayst ?

Elle se redresse, portant les mains à son ventre. Elle s'appelle en effet Madame Hayst. Elle est l'épouse d'Éléazar Hayst. Que lui est-il arrivé ? Et pourquoi Adélaïde n'est-elle pas revenue de la maison Trestler où elle est allée prendre des nouvelles du jeune frère malade ?

— Vous avez vu des miliciens fuir vers la forêt ?

— Des miliciens ? Pourquoi ? Les Américains auraient-ils envahi le Bas-Canada ?

Hier, Éléazar a appris que les Américains ont incendié le parlement du Haut-Canada et que des mouvements de troupes se sont effectués aux abords de la frontière, mais personne ici n'a encore parlé de guerre. Pourquoi un officier anglais est-il dans la cour, en train de l'interroger comme si elle avait trahi le roi ?

— No déserteurs ?

Elle n'a vu ni milicien, ni déserteur. Elle a vu l'été. Elle a touché l'herbe. Elle a senti le soleil sur son front et ses tempes. Une délivrance proche du sommeil.

L'officier s'impatiente.

— Come on !

L'arme tendue, ils font le tour de la maison, puis s'engouffrent à l'intérieur. Elle les entend ouvrir des portes, inspecter les chambres, déplacer les meubles. Ils grimpent au grenier. Que lui veulent-ils ? N'est-elle pas une femme respectable, et son époux n'a-t-il pas toujours vécu comme un honnête citoyen ?

De nouveau le claquement des bottes dans la cour. Et la voix, ce fort accent étranger. «Les nouveaux maîtres», disait son père. Dans l'enfance elle a entendu parler de combats, d'affrontements, mais c'étaient des guerres lointaines, des malheurs abstraits. Elle n'avait encore jamais vu de soldats. L'horreur était ailleurs, imaginée seulement.

Elle court. Elle file à la cuisine où elle examine les dégâts. Ils ont saccagé le coffre et les armoires, laissé béantes les portes des chambres où elle voit les lits défaits. Elle a soudain peur de ce qui pourrait arriver.

— Tout déserteur doit être remis au capitaine de milice. Avisez M. Hayst qu'en cas d'hébergement ou de complicité il tomberait sous le coup de la loi.

L'officier se met au garde-à-vous, imité par le jeune milicien qui, avant de sortir, plonge un gobelet de fer dans le broc d'eau froide placé sur la table et le vide d'un trait. Après s'être essuyé les lèvres sur sa manche, il se retourne et demande à voix basse : «Vous avez du pain ?». Elle lui en tend un morceau qu'il enfonce dans sa poche avant que son supérieur ne l'aperçoive.

Peut-être ont-ils eu tort de prendre à la légère l'Acte de
milice qui ordonnait la levée de deux mille miliciens devant
être tirés au sort parmi les célibataires de dix-huit à trente
ans. Le *Mercury*, d'habitude favorable aux immigrants
yankees, écrivait en français à propos de ces recrues : « Nous
ne nous souvenons pas avoir jamais vu un corps de plus
beaux jeunes gens et qui donnassent plus de preuves de
loyauté. » De beaux jeunes gens ! Vaudreuil s'enorgueillissait
d'avoir formé un détachement de cinquante-trois hommes
sous le commandement de Chartier de Lotbinière, et les
miliciens de l'île Jésus s'étaient lancés dans l'aventure au cri
de « Vive le roy ! »

En cas d'invasion, ils ne pourraient compter que sur eux-
mêmes. Là-bas, Napoléon menait sa campagne, et l'Angleterre s'employait à le repousser. Ils avaient échoué à
transformer leurs fourrures en or. La France les avait
oubliés. Elle se cherchait un empire européen.

— Catherine !

Il est enfin revenu. Il me soulève de terre et me presse
contre lui. Ma peur s'allège. Je respire sa peau trempée de
sueur.

— Ils fouillent les maisons. Toutes les paroisses avoi-
sinantes ont été visitées.

— Qu'est-ce qu'on cherche ?

— Des déserteurs. Seulement la moitié des miliciens tirés
au sort se sont présentés.

— Ces déserteurs risquent gros.

— Ils disent que le tirage au sort est contraire à la loi,
qu'ils ont été attirés dans un guet-apens. Ils peuvent difficilement faire la différence entre les Anglais et les Américains, les officiers qui les entraînent parlent seulement
anglais.

— Le milicien qui s'est présenté ici m'a demandé du pain.

— Ils manquent de vivres, de paillasses, d'abris. Dans la région de Québec, il paraît qu'on n'a même pas de munitions pour pratiquer le tir.

— Tu crois qu'on aura la guerre ?

— Je ne sais pas. On ne sait plus ce qui est vrai et ce qui est faux. Les Américains répandent partout de fausses rumeurs. Au village, c'est la panique.

Un peu plus tard, Patrick faisait irruption dans la cour, sale, dépenaillé. Sa barbe n'avait pas été taillée depuis plusieurs jours. Il dressait un sombre tableau de la situation. Aux portes des églises, on faisait la criée des déserteurs. Des pères étaient menacés d'enrôlement si leurs fils n'étaient pas retrouvés dans les quarante-huit heures. Et les fermiers ne supportaient plus de voir fouiller leur maison par des soldats qui avaient reçu l'ordre de tirer sur tout opposant.

— À Lachine, c'est l'émeute. Il y a risque de guerre civile.

— Comment ?

— On a capturé des déserteurs. Les esprits s'échauffent. Les rebelles s'organisent. Benêche la Victoire prépare une manifestation monstre. Il court les villages avec ses hommes pour demander le soutien des habitants. Il veut que l'armée lui remette non seulement les prisonniers mais aussi les miliciens déjà enrôlés.

— Les habitants marchent ?

— Il paraît qu'ils sont en route avec des fourches, des fusils, des bâtons. On les a menacés de brûler leurs granges s'ils ne se ralliaient pas.

— Comment réagit l'armée ?

— Ils ont ordonné aux rebelles de se disperser, faute de quoi ils lanceront contre eux les troupes du roi.

— C'est encore le peuple qui va écoper.

— Il a déjà écopé. On a fait une quarantaine de prisonniers, un mort et un blessé.

Le juge McCord dépêché par le Conseil arrivait sur les lieux, suivi de ses troupes. Il escomptait mater rapidement les résistants. Après avoir immobilisé sa monture, il brandissait le pli contenant le texte de loi interdisant les attroupements. Avec un fort accent anglais qu'il ne se souciait pas de corriger, il en faisait lecture aux gueux à peine armés, regroupés près d'une pinède, qui le toisaient avec mépris. Il comprit qu'il devait sévir sur-le-champ.

— Vous avez trente minutes pour déposer vos armes et vous rendre.

Personne ne bougeait. Aucun mouchoir n'était levé en guise de reddition. Ailleurs, le recrutement de la milice s'était effectué normalement, mais cette région persistait dans son refus de collaborer. Le juge regardait cette poignée de gueux, dont certains avaient noué des mouchoirs rouges à leur front, et il se prenait à souhaiter le maintien de leur opposition. Il aurait le plaisir d'exterminer une fraction de cette race maudite, race de gagne-petit qui n'avait gardé de son ascendance française que l'amour des ripailles et la promptitude à la rébellion.

Il sentait le besoin d'en finir avec ces Bas-Canadiens fauteurs de trouble qui empêchaient le Haut-Canada de se développer sainement. Consentant à une ultime concession, il lançait un dernier appel.

— Quinze minutes de plus et l'armée interviendra, si vous ne déposez pas les armes.

— On n'obéit pas aux traîtres. Vous êtes du côté des Britanniques et des Bostoniens.

Ce McCord portait un nom anglais et parlait français avec un fort accent. Cela suffisait à ranimer leur haine. À mesure que le temps passait, ils sentaient que leur rébellion tenait moins à l'application de l'Acte de la milice qu'aux injustices et humiliations subies depuis la conquête. Face à cet homme, ils comprenaient qu'ils détesteraient peut-être toujours davantage les Canadiens anglais, méprisants et monarchistes, que les Américains, libéraux et républicains. Ils brandissaient le poing.

— À bas les fossoyeurs de la liberté !

Les trente minutes étaient écoulées. Un tir d'artillerie les écrasait au sol. Ils ripostaient avec une salve de coups de feu, s'attirant une nouvelle canonnade. Mais la noirceur tombait. Comme des loups, ils mesuraient la distance qui les séparait de la pinède et disparaissaient, couverts par l'obscurité.

Le lendemain, on parla de loi martiale.

Dehors, c'est le vacarme de l'orage. Des trombes d'eau fouettent les fenêtres et le toit. Les gouttières débordent. On ne compte plus les mares accumulées. Catherine s'approche de la fenêtre et regarde, dans la cour, l'amas d'herbes et de feuilles charrié par le vent. La terre dégorge ses eaux sous un ciel bas. Un climat d'angoisse et de violence se dégage de la campagne silencieuse.

Adélaïde vient d'arriver. Elle attendait la fin de l'orage pour se mettre en route.

— Votre frère a une forte fièvre, mais monsieur votre père n'a pas été fouillé.

Monsieur mon père est au-dessus de tout soupçon. Il a toujours su se placer au lieu favorable au développement de son commerce. Nul doute qu'il se réjouit, comme beaucoup de commerçants, du relancement des affaires occasionné par l'occupation américaine du Haut-Canada. Il peut ainsi regagner ce que la baisse du commerce des fourrures lui fait perdre. Autour de nous, des habitants vendent leur bétail, leur fourrage et leurs légumes aux plus offrants. À Montréal, on dit que les buvettes et les maisons louches se remplissent. Sur la place du marché, l'Auberge des Trois Rois fait, paraît-il, des affaires d'or.

Le gouverneur a maintenu les libertés civiles, mais l'armée surveille les allées et venues aux abords des frontières et garde à l'œil les townships peuplés de loyalistes américains. Hier, des agitateurs qui portaient sur eux des bagages et des papiers compromettants ont été conduits aux bureaux de la police. Dans les villages, les citoyens évitent de se regrouper, craignant d'être tenus pour suspects.

Selon Patrick, les dernières nouvelles sont alarmantes.

— Les Américains gagnent du terrain. Ils montent la route du lac Champlain. Ils paraissent vouloir attaquer Montréal.

— Montréal ?

— On peut s'y attendre. Notre armée vient d'y établir son quartier général, et un régiment est venu de la vieille capitale remplacer le 49e dépêché vers le Haut-Canada.

James Wilkinson, chef des forces armées américaines, a décidé d'envahir le pays sur deux fronts. Les États-Unis ont d'excellentes raisons de vouloir s'emparer de cette colonie britannique toute proche. Ils porteront ainsi préjudice à l'Angleterre qui fouille leurs navires sur les mers, s'emploie à restreindre leur commerce et freine leur expansion économique en fournissant des armes aux Indiens.

Les deux Canadas ne comptent qu'un demi-million d'habitants. Cette terre divisée ne pourra longtemps tenir tête à un pays riche et puissant dont la population se chiffre à plus de sept millions. Wilkinson descendra donc le Saint-Laurent à partir de Sackets Harbour, tandis que le major général Hampton, qui agira comme première force, quittera

Plattsburg, remontera le lac Champlain et la rivière Richelieu pour atteindre Montréal qu'ils assiégeront ensemble.

Ce dernier a l'habitude de commander à des esclaves, non d'être commandé. Riche planteur du Sud, il supporte mal l'arrogance de son supérieur. Il feint de se plier aux ordres reçus, donnant l'impression d'emprunter la route traditionnelle vers le nord, mais il coupe bientôt en direction du nord-ouest, vers la rivière Châteauguay riche en pâturage et moins fortifiée que la rivière Richelieu.

Charles-Michel de Salaberry, officier de trente-cinq ans, suit depuis plusieurs semaines les déplacements de ce corps d'armée. En ce matin de fin d'octobre 1813, après avoir fait sa toilette et s'être regardé dans le miroir tendu par l'aide de camp, il se sait capable d'affronter l'ennemi. Petit de taille, mais athlétique et résolu, il s'est imposé à ses hommes, démentant celui qui l'avait un jour outrageusement appelé « mon cher marquis de la poudre à canon ».

L'heure est venue de mettre son plan à exécution.

— Vous m'avez fait venir, mon commandant ?

— Réunissez tous les bûcherons et faites-leur abattre des arbres pour construire des parapets sur chacun des ravins choisis pour notre ligne de défense.

— Bien, mon commandant.

— Pour renforcer nos positions, préparez devant le premier ravin un abattis en forme d'arc qui s'étendra de la vallée jusqu'à la forêt.

— Tout de suite, mon commandant.

Enrôlé à quatorze ans, de Salaberry s'est déjà battu aux Antilles où il a appris à déjouer les corps d'armée régulière. Ses trois frères cadets sont morts à la guerre, mais il croit en sa bonne étoile. L'avance américaine lui sera annoncée par un Loyaliste. La moitié de la population des deux Canadas est formée d'Américains qui ont fui leur pays

lors de la guerre de l'Indépendance afin de respecter l'allé-
geance britannique, ou qui sont venus s'installer ici plus
tard, à l'invitation des Tories désireux d'augmenter le
nombre d'Anglo-Saxons sur le territoire. David Manning,
son informateur, est l'un d'eux.

— Une troupe de 4 000 hommes est en marche. Mais
vous avez de la chance, la moitié des miliciens ont refusé de
traverser la frontière à cause du froid.

— Vous avez vu le matériel de guerre?

— J'ai compté un obusier, un mortier et neuf canons de
campagne chez Hampton.

— Vous êtes sûr qu'ils n'acheminent pas des pièces sup-
plémentaires par une autre route?

— Je ne saurais le jurer, mon commandant.

L'inégalité des forces est accablante. De Salaberry dispose
de quelques centaines de combattants pour affronter le choc
de l'attaque, des miliciens pour la plupart, au nombre
desquels se trouvent les Devil's Own recrutés dans les bas-
fonds de Montréal, sur lesquels il ne peut compter, et, fort
heureusement, les Voltigeurs et les Canadiens Fencibles qu'il a
entraînés tout l'hiver comme des réguliers.

Hampton a soixante ans. Il aime le Sud, les femmes, le
whisky. Il ne veut pas mourir en terre étrangère. Prendre
d'assaut les ravins fortifiés n'a rien d'alléchant. Il donne donc
ordre à son adjoint de dépasser la ligne de défense avec un
régiment, et de frapper l'ennemi à revers. Ensuite, lui-
même encerclera de Salaberry avec ses troupes et marchera
sur Montréal, but de l'expédition. La nuit approche. Il pleut à
torrents. D'ici là il se reposera. À peine lui a-t-on enlevé ses
bottes et servi un double whisky qu'un messager se présente.

— De la part de l'intendant général de l'armée, mon
général.

L'intendant général lui ordonne de retraverser la frontière et de construire des baraquements à Four Corners pour y établir ses quartiers d'hiver. Le secrétaire de la Guerre le croit incapable de réussir le siège de Montréal. On lui fait l'affront de douter de sa compétence et de l'exiler dans un centre de contrebande et d'espionnage où il passera six mois à voir défiler sous sa fenêtre les bovins américains vendus à l'armée britannique. Une pleine saison à souffrir le trafic de bétail et de barils de potasse contre du whisky canadien, alors qu'il s'était vu régnant sur le Saint-Laurent, somptueusement nourri, entouré de femmes faisant l'amour à la française.

— Son of a bitch!

— Aucun message, mon général?

— Go to hell!

À Saint-Michel, l'été des Indiens rend l'idée de la guerre impensable. Une lourde chaleur est montée du Sud, ravivant l'éclat du paysage à peine touché par les gelées d'automne. Les granges sont pleines, les vergers débordent. La succession des saisons se poursuit. Même bruits, mêmes gestes, une lumière à peine rétrécie, des odeurs épicées même s'ils parlent déjà du froid et de conflits armés.

Catherine peut difficilement se concentrer sur la vie de l'enfant qu'elle porte. La nuit, parfois, elle fait des cauchemars. Elle entend le bruit des canons, la plainte des blessés, et, lorsqu'elle rêve que l'homme allongé à ses côtés est l'un d'eux, il lui arrive de crier et de ne plus pouvoir se rendormir. Le lendemain, comme aujourd'hui, elle peut à peine penser, se mouvoir. En ce moment, elle devrait être à la cuisine en train de tresser des herbes et de sécher des graines, mais elle flâne dans la cour, accablée d'une intolérable fatigue.

— Viens, il ne faut pas rester seule. Tu penses trop.

Éléazar l'entraîne à l'intérieur. Il redoute cette angoisse qui la rend lointaine, absente jusque dans leurs moments d'intimité, distraite même lorsqu'il l'entretient du deuxième enfant attendu. Il s'interdit de penser que cette naissance pourrait être compromise par la présence de l'occupant.

Patrick profite de son travail chez les Trestler pour courir aux nouvelles aussi souvent que possible. Le soir même, il s'introduit dans la cuisine sans frapper.

— Salaberry a défait les Américains à Châteauguay.

— Répète.

— La nouvelle est sûre. Le général Hampton a battu en retraite, laissant tout sur place, fusils, tambours, provisions, havresacs.

— Les Américains ont repassé la frontière ?

— À toute vitesse. L'armée n'a même pas eu à les repousser.

— Dieu soit loué !

Le frère et le couple s'étreignent. L'espoir est de nouveau possible. Pendant cette prochaine saison, la vie continuera. Ils nourriront et caresseront les bêtes. Ils enlèveront la neige, couperont le bois, se rassembleront autour du poêle. Ils retrouveront les gestes d'avant. Ils oublieront les images de destruction et de mort.

Éléazar veut tout connaître des détails de la victoire. Il va moins souvent en ville et rencontre moins de gens depuis son départ de la maison Trestler.

— Le combat a duré longtemps ?

— Quatre heures. Les Américains avaient l'infanterie, la cavalerie et l'artillerie de leur côté, mais la stratégie de Salaberry nous a sauvés.

— Comment ?

— Il les a attirés dans un abattis sur la Châteauguay, puis il a fait sonner la trompette sur le front, à l'arrière, dans les bois, de tous côtés. Il faisait apparaître ses soldats ici et là, la tunique à l'endroit, puis à l'envers, afin de faire croire à une défense importante. Les Américains ont pris peur.

— Ils étaient nombreux ?

— Quatre à cinq mille.

— Et du côté de Salaberry ?

— Trois cents.

Le long de la rivière Châteauguay, des flammes balaient le ciel tandis que des charrettes chargées de vieillards, de femmes, d'enfants, et de provisions hâtivement rassemblées fuient à l'intérieur des terres. Redoutant une nouvelle attaque américaine, de Salaberry a fait incendier les maisons et bâtiments des riverains. Il insiste auprès de son supérieur, qui vient d'accourir sur les lieux accompagné du gouverneur, pour obtenir l'autorisation de poursuivre les assaillants.

— Nous devrions repousser les Américains, mon général. Grâce à ma tactique, nous disposons maintenant d'un millier d'hommes en parfait état.

— Vous rêvez. Ce que nous avons réussi entre les ravins serait pure folie à découvert.

— Nous ?

— Lieutenant-colonel, ne vous enorgueillissez pas trop de la victoire. Vous avez négligé de m'informer de l'avance américaine. En cas d'échec, cela aurait pu vous conduire en cour martiale.

— Mon général, je suis profondément blessé de me voir enlever le mérite de cette bataille.

Le gouverneur Prévost et le général Watteville balaient l'argument d'un regard hautain. Ce jeune officier, portant un nom à particule, jouit de la protection du duc de Kent qui lui ménagea un beau mariage avec une fille de la noblesse. Cela devrait suffire à nourrir sa gloire et son bonheur le reste de ses jours.

À Four Corners sur le lac Champlain, le moral des troupes est bas. Hampton a eu le temps de reconnaître son erreur. Ses soldats ont balayé le territoire occupé section par section, comme au champ d'exercice, tandis que les Canadiens, à qui l'expérience de deux cents ans de guérilla contre le Sud semblait avoir profité, se sont répandus de tous côtés pour défendre leurs positions et créer l'illusion d'effectifs redoutables.

Il regrette de n'avoir pas pris de front, dès son arrivée, le poste de défense de Châteauguay. Mais avant tout, il nourrit un profond ressentiment pour le secrétaire de la Guerre qui a prévu son échec, et il maudit Wilkinson de l'avoir mis dans ce pétrin. Laissés à eux-mêmes, ses soldats s'enivrent. Ce camp militaire n'est pas encore devenu la paisible agglomération de quincailleries et de 5-10-15, baptisée Plattsburg, où les Québécois se précipiteront cent cinquante ans plus tard pour y passer leurs vacances et y faire leurs emplettes.

D'un point de vue strictement militaire, force nous est donnée d'admettre que la bataille de Châteauguay ne fut qu'une escarmouche dérisoire. Et cependant, n'eût été cette victoire, on ne parlerait probablement pas aujourd'hui de ce pays, appelé Canada, qui s'étend de l'Atlantique au Pacifique.

Je fermais le livre où étaient racontés ces faits d'arme, mais Catherine, je le voyais, ne se sentait qu'à demi rassurée. Une angoisse persistait en elle malgré la défaite de l'ennemi. Sans doute redoutait-elle d'autres fusillades, d'autres tueries, un autre désastre. Sans doute avait-elle peur d'une autre peur. Ailleurs, sur d'autres terres, en d'autres temps, elle savait que le mal continuait. Ici même, la guerre avait laissé des traces. Sur la rive nord du fleuve, des celliers avaient été vidés, des granges dévastées, des maisons pillées. Des étains, des bijoux, des broderies, des souvenirs de famille avaient été profanés par l'occupant.

Peut-être pressentait-elle déjà que la crainte et la fascination du Sud marqueraient à jamais nos mémoires. Plus tard, dans nos journaux, à la télévision, il se trouverait toujours quelqu'un pour professer : «On vit ici comme à New York et à Los Angeles, on est des Américains, pas des Français.» Aveu inévitable. La construction des chemins de fer, le gazoduc, le développement est-ouest, tout cela avait été une échappée des entrailles oublieuses du pays-mère. Tout cela avait été une course effrénée pour ou contre l'américanité, une ruée vers les USA tout-puissants qui roulaient sur l'or de l'Atlantique au Pacifique malgré les clochards célestes de San Francisco, les chômeurs de Harlem et les bag mowen des mégalopoles agglutinées, dès l'aube, aux poubelles des gros buildings et des grands hôtels.

Les caravanes américaines désertaient nos routes. Mais à Montréal, comme à Paris, Rome ou Amsterdam, la clientèle se précipitait chez McDonald, Dairy Queen et le Colonel Sanders pour se gaver de frites, de hamburgers, de glaces king size et de poulet pané. Le fast food était devenu la métaphore de l'Occident, et le Québec, le fragile interstice séparant le rêve européen du rêve américain.

Où finissait le rêve européen et où commençait le rêve américain ? La démarcation n'était pas toujours très nette. Douze ans plus tôt à Constantine, Stefan, moi et les autres experts de l'ACDI, nous suspendions nos radios à ondes courtes aux balcons étroits de la Kouba pour tenter de capter Montréal, Marseille ou Paris. Nous ne savions pas qu'au premier jour des mesures de guerre imposées à la Belle Province révolutionnaire, à minuit, des officiers de police étaient apparus sur la presqu'île, avaient frappé du poing à la porte du bungalow, déplacé la bibliothèque, éventré le matelas. Ils cherchaient des documents compromettants. Un voisin, qui servait d'indicateur, nous avait désignés comme poseurs de bombes. Comme anti-Anglais et anti-Américains.

À son retour d'Afrique, Stefan descendit au sous-sol. En ouvrant les tiroirs gondolés de son vieux bureau, il entendit un objet tomber. Il se pencha. Par terre, se trouvait le détonateur de bâton de dynamite qu'il se souvenait avoir confisqué un jour à un cancre de son laboratoire de physique. La Royal Canadian Mounted Police a toujours eu la réputation de souffrir de myopie.

Les hommes de Salaberry contemplent, ébahis, le régiment en déroute. Ils attendent le second assaut qui ne viendra jamais. Je poursuivais la lecture de la guerre de 1812, remettant à plus tard la visite du site historique de la bataille de Châteauguay, devenu parc national, un grand bâtiment entouré de champs de maïs et de pâturages où ruminent des vaches paisibles le long d'une rivière située à une vingtaine de kilomètres de la frontière américaine.

À Prescott, dans le Haut-Canada, l'émissaire de l'état-major de Hampton, qui ne sait trop à qui imputer l'échec de l'expédition vers le Bas-Canada, commence par hésiter face à Wilkinson. Puis il décide de l'informer sans ménagement de la débâcle de Châteauguay.

— Mon général, nos meilleures troupes se sont conduites de la pire manière.

— Maudite soit cette armée! Vaudrait mieux être en enfer que d'être à sa tête.

L'enfer est inépuisable. Quelques semaines plus tard, fiévreux, malade de dysenterie, le chef des forces armées américaines, non informé de l'ordre de suspension des hostilités donné au général Hampton par le secrétaire de la Guerre, convoque son état major qui décrète le siège de Montréal.

Le lendemain, 6 000 soldats américains répartis dans trois cent cinquante embarcations descendent le Saint-Laurent couvert de la lumière chaude de l'été des Indiens. Bannières au vent, leurs boutons de cuivre luisant au soleil, ils chantent des hymnes glorieux au son des fifres et des tambours. Les nuits sont claires. Le vent est doux. Ils rêvent déjà du retour au pays après l'accomplissement d'exploits qui les couvriront de titres et de médailles. Mais, très tôt, une aube glacée les surprend. Le froid raidit les doigts. Ils comprennent que la saison maudite commence.

Frissonnant, affalé sur sa couchette, Wilkinson mesure l'ampleur de son mal et l'irréalisme de l'entreprise. Il sait que l'armée de terre manque d'abris et de provisions. Sa flotte elle-même est ravagée par la typhoïde et la pneumonie. Il a beaucoup lu. Cela nourrira le message qu'il destine au secrétaire de la Guerre. *Émacié au point d'être squelettique, incapable de me tenir sur un cheval ou de faire dix pas sans soutien, n'ayant d'autre part nullement reçu l'aide attendue du général Hampton, nous nous voyons contraints de battre en retraite.*

Ce même jour, à la bibliothèque, je fus témoin d'une scène qui m'impressionna vivement. Après m'être approchée du coin de lecture éclairé du jour pâle découpé par les verrières, je vis le président américain Jefferson tremper une plume d'oie dans un encrier en or et rédiger, à l'intention de La Fayette avec qui il entretenait une correspondance, une page qui se terminait par les mots : « Nos quartiers d'hiver seront probablement à Montréal. »

Il avait à peine scellé son message qu'un pli lui arrivait, en provenance de son état-major. Il rappela aussitôt son secrétaire.

— Dieu nous éprouve. Remettez-moi la lettre que je destinais au commandant La Fayette.

Après avoir poussé un long soupir, il ajouta le postscriptum : « Nos justes espérances ont été déçues par un autre échec. »

J'en touchai un mot à l'historien du dimanche.

— De Salaberry, c'est un mythe ou un héros ?

— Probablement les deux. On en fait des récits épiques, mais Châteauguay, c'était une escarmouche. La vraie guerre, ça se déroulait en Europe contre Napoléon.

— Et les Indiens dans cette affaire ?

— En 1812, ce sont eux qui ont sauvé la colonie. Pour obtenir leur aide, la Couronne leur promettait un État indien à l'ouest du Canada et des États-Unis. Ils l'attendent encore.

Au rayon d'histoire de la bibliothèque, leur participation à la guerre de 1812 tenait en quelques lignes. Signé par des Québécois, le récit louait le Québec et de Salaberry. Écrit par des Canadiens anglais, il célébrait les prouesses anglo-saxonnes. Et je doutais qu'une version américaine eût pu m'apprendre autre chose que la légende accréditée par l'histoire américaine.

Un mois plus tard à Fort Lauderdale en Floride, j'en reçus la confirmation. «It is all bull shit!» déclinait le longiligne bell boy de l'Hôtel Sheraton où je m'étais rendue manger des fèves au lard un soir, attirée par la guerre des prix que se livraient les hôteliers de la côte à l'heure du buffet «Bienvenue Canadians-Canadiens».

Tandis que je m'affairais à consulter les dépliants publicitaires vantant les excursions à Disney World et aux Everglades, je lui racontais les occupations américaines de 1775 et de 1813 en terre québécoise, insistant tout particulièrement sur leur dénouement. Il écoutait, plus amusé que sceptique, comme s'il m'avait entendue réciter une fable de La Fontaine ou un extrait de *Gulliver's Travels*. Quand j'eus fini, il s'esclaffa : «Mais où avez-vous pris ça ? Je n'ai jamais lu ça nulle part!»

C'était un wasp de Boston. En le quittant, je me rendis au bar où je trouvai Michael, juif new-yorkais à la tête hirsute, qui pleurait sur sa bière le despotisme de sa maman et la décrépitude yankee. Je répétai mon boniment. Il s'en montra ravi.

— You know, les Américains sont de bons petits soldats quand on leur promet beaucoup d'ice cream et de Coca-Cola. Autrement, ils sont très lazy boys.

VIII

Lorsque je m'éveillai, la vague battait doucement à mes oreilles. Je regardai le lac lisse et crémeux sous le soleil. Le jour avançait. Je me souvins que nous étions lundi, un jour ouvrable. Brisée, aussitôt rejointe par la douleur, je me demandais pour qui, pour quoi, cela valait la peine d'écrire, de travailler, de continuer à vivre.

Je tournai la tête vers la maison Trestler. Elle m'attendait. Je marchai vers la voiture et entendis crier, du Chemin de la Commune: «Olivier, ton omelette est prête!» Ces mots fondaient dans la bouche. J'eus subitement faim. Il devait être midi.

La lumière s'engouffrait dans l'éclat du gazon chaud, ravivant les sensations et réminiscences qui affluaient à la conscience dans ces états de demi-somnolence proches de l'égarement. Autrefois, un jour pareil, dans une même odeur d'herbe poivrée, il y avait eu l'euphorie des états hypnotisants lorsque j'avais vu se détacher pour la première fois, sur la page d'un livre, les mots «il était une fois», «en 1813, de Salaberry s'illustra à la bataille de Châteauguay», «par la suite, la reine Victoria pleura son époux le reste de ses jours».

Je savais maintenant de quoi se nourrissaient l'éclat des militaires et la beauté des reines, mais je succombais à une vieille habitude. « Il était une fois » restaient les mots magiques porteurs d'anciens vertiges. Ces frénésies, cette exaltation dans la chaleur suffocante du grenier quand j'allongeais la main vers un livre écorné dont je tournais les pages, fascinée par les caractères minuscules, souvent rehaussés de gravures, qui réalisaient mon désir de plénitude.

Pendant ces heures, je devenais l'enfant des mots. L'enfant des signes. Des inconnus me cédaient leurs transports, leurs passions, le temps d'une phrase, et j'en disposais pendant des jours. Le souffle en suspens, le geste élargi, j'attendais la prochaine séance de lecture, liée à la fusion des chairs, au nécessaire contact avec ce monde fabuleux qui comblait mes désirs. La vraie vie était là-haut, dans ces instants de gravité parfaite et solitaire. Le reste n'était jamais à la hauteur.

Dans le hall de la maison Trestler, Benjamin me croise en coup de vent. « Et alors, ce roman ? » Il s'excuse de devoir retourner à sa besogne, un travail de maçonnerie entrepris dans la salle de bain où résonnent les coups de marteau.

— Il a besoin de s'occuper, dit Eva en m'embrassant.

À l'intérieur, quelque chose me paraît changé. Les murs ont pris du relief. La lumière est plus crue, les ombres sont plus nettement découpées. Dans la cuisine, je trouve un plateau de fruits entamés, un livre de recettes ouvert, une cartouche de cigarettes éventrée. Au salon, malgré les portes-fenêtres ouvertes, la lumière s'est rétrécie. Il n'y a plus de flou, plus de mystère. Meubles et objets paraissent témoigner de leur seule fonction utilitaire. Debout face au lac, j'observe dans une totale immobilité cette nouvelle ordonnance des lieux où l'imaginaire se dessèche, et je crains tout à coup de perdre Catherine.

Alors, afin de la retrouver, je traverse le rez-de-chaussée, m'appliquant à reconstituer la chronologie Trestler pour empêcher qu'elle ne s'efface avec le souvenir de Catherine. Mais plus j'avance et plus j'ai l'impression de toucher au terme du projet qui me fit absorber cette vie pour la souder à la mienne. L'écriture avait paru effacer le temps qui nous séparait l'une de l'autre. Cette illusion tire à sa fin. La possession de la durée absolue est une promesse intenable. Je devrai en rester là. Je devrai bientôt terminer mon livre.

J'ai monté l'escalier Tudor. Au premier étage, dans la chambre à courtines où j'ai déjà dormi, où d'autres ont dormi avant d'inscrire leur nom dans le cahier à tranche rouge que je ne peux m'empêcher d'ouvrir afin d'y lire les phrases rédigées depuis ma dernière visite, je suis gagnée par un sentiment d'achèvement qui ressemble à un deuil.

Pourquoi tout doit-il toujours finir ? Pourquoi le seul fait d'entrer dans une chambre déserte relance-t-il la question de l'éternité ? Pourquoi, subitement, l'odeur des lits refermés éveille-t-elle en moi une souffrance trop aiguë pour être totalement actuelle ? Quelles absences plus lointaines, plus archaïques, se ravivent lorsque je me souviens d'avoir dû longtemps absorber la torpeur des soirées passées seule. Il ne disait jamais «je sors», mais j'entendais se refermer la porte. Ou je le voyais, assis non loin de moi, disparaître à travers ses mots, dans ces réponses évasives et distraites qui me livraient sa fatigue, sa fuite déjà consommée.

— Tu sais ce qu'il faut pour qu'un ménage tienne ?

— Non.

— De l'humour.

— Ah oui ?

Je continue ma visite, pensant, devant la rose séchée fixée à l'embrasse du rideau de cretonne couvrant l'une des fenêtres, que l'histoire de la maison Trestler pourrait être reconduite indéfiniment si cette fleur n'avait jamais été coupée. En même temps, je saisis la vanité du geste. Ce besoin d'effacer le passage du temps, ce désir de faire parler les objets, de déplacer mers et mondes pour laisser une trace de son passage sur terre sont des aveux d'impuissance à se survivre.

Affamée d'éternité, je prends la rose et commence à errer dans le couloir, attirée par une vieille carte de l'Amérique septentrionale rapportée des quais de Paris par le père de Benjamin. Le géographe y a tracé, en 1757, un schéma grossier de la Louisiane, du Saint-Laurent, et de ce qu'il appelle la Nouvelle-Bretagne, avec pour toute indication, au nord : *Ces parties sont entièrement inconnues*, et à l'ouest : *On ignore si dans cette partie ce sont des Terres ou des Mers*. Cette imprécision concernant le Nouveau Monde me plaît parce qu'elle illustre l'approximation prudente qui devrait entourer toute quête de vérité. À quoi servent les certitudes, sinon à mieux travestir le réel.

Ainsi Catherine avait pu mener la vie que je lui avais donnée, mais elle avait pu tout autant s'en choisir une autre plus conforme à ses vœux, à son tempérament, à son appétit de vivre. Je l'avais interpellée au moment où j'en avais eu besoin pour traverser le cycle de renaissance qui m'appelait. J'avais tracé pour elle les chemins d'indépendance, de passion et de ténacité qui m'avaient parfois manqué, mais j'ignorais jusqu'où elle s'était conformée à ces aspirations. Plus tard, une fois le livre imprimé, on me demanderait comment j'avais conçu ce personnage. Je répondrais « elle est un peu ma mère, elle est un peu ma fille », sachant qu'on est toujours en avance et en retard sur soi.

Un an plus tôt, en quittant la maison Trestler, j'avais vu dans la clarté vacillante du soir une jeune fille me devancer, vêtue d'une longue cape blanche. Ses cheveux sombres flottaient sur ses épaules. Elle marchait en direction du lac. Elle avançait, frôlant les ombres déchiquetées de brume qui ourlaient la chaussée. Je reconnaissais, au balancement des hanches et à la fermeté de la démarche, le mouvement d'un corps familier que j'échouais à nommer. Une fois rendue près d'elle, j'ai ralenti afin de l'examiner de près. Elle a jeté sur moi des yeux étonnés, des yeux bruns, je m'en souviens parfaitement, puis elle a continué son chemin. J'ai aussitôt descendu la vitre de la portière pour crier son nom. Catherine ! Elle a fait demi-tour et bifurqué vers le chenal, couverte des vapeurs d'eau qui montaient du rivage.

Que cherchait-elle ? Qu'essayait-elle de fuir en s'échappant de ma vue, courant vers les algues, fonçant vers le bassin d'herbes marécageuses où je ne pouvais la suivre ? Stupéfaite, j'eus envie de rebrousser chemin pour aller raconter la chose à Eva, mais je me ravisai. Je lui écrirais plutôt. De toute manière, je devais lui écrire. J'avais promis de lui poster une photocopie du certificat de décès de la grand-mère Curtius, personnage dont j'avais appris l'existence sur le tard et dont l'intégration au roman faisait problème.

Cette fille, je l'ai revue il y a trois jours, coulée dans l'herbe, ses cheveux plongés dans l'eau du ruisseau entourant le bungalow. La nuit où j'en rêvai, elle traversait la cour, grosse de tous les corps, de tous les désirs, de toutes les détresses et de toutes les extases du monde. Portée par le brouillard, elle émergeait des décombres du temps, couverte du rayonnement lunaire que s'échangeaient nos mémoires en deçà de nos vies confondues. Nos vies conformes à leur radicale intransigeance, interrogées avant d'être vécues, insatiables, parfois chaotiques, irréductibles aux vertus de la banalité.

Dans une chambre où la lumière entre peu, un peignoir rouge a été abandonné sur le lit. Cela me ramène à l'espace du désir, à l'intimité puissante de la chair, à la force de vie contenue dans un corps amoureux. Les jours où j'ai été amoureuse, j'ai senti plus de vigueur affluer à la conscience et à la mémoire du monde qu'après la narration de l'une de ces batailles sanglantes répertoriées dans les actes majeurs de civilisation.

J'avais longtemps cherché dans les affirmations massives de l'histoire un prétexte de survie. Il y avait eu des solstices d'été et des solstices d'hiver. Il y avait eu des occupations, des sommations, des trèves où l'illusion s'accordait le plaisir de durer. Il y avait eu des cassures, des chutes, les lendemains d'occupation. Nous avions dressé des réquisitoires, armé les canons, craché du feu, décimé les autochtones. Mais dans ce déploiement de puissance qui paraissait, à certains moments, triompher, nous avions négligé l'amour. Nous avions rompu les pactes de solidarité, renoncé aux fidélités élémentaires. Il nous restait l'humour. Un humour acide qui hantait nos livres, nos bibliothèques, nos journaux. L'éclat de rire eut été préférable, mais nos bouches s'y refusaient. Nous préférions le cérémonial de vengeance consommé à petit feu.

Le rêve s'était transformé.

Sans même tourner la tête ou lever les paupières, j'apercevais la reine étendue sur son lit trois fois centenaire. Je la voyais lisser lentement le tissu satiné des draps, comme si elle n'osait plonger déjà dans la suppuration nocturne qui l'accablerait dès qu'elle éteindrait la lumière et fermerait les yeux.

Occupée à ce geste futile qui ne requérait ni attention ni effort, elle s'accordait un répit. Tout le jour, elle avait supporté le poids de Londres. Ces roulements de voitures aux alentours des squares, des tunnels, des gratte-ciel. Ces resserrements de population aux abords des fontaines. Ces grouillements, ronflements et piétinements qui amplifiaient les canonnades secouant le chapelet d'îles égrenées au large de l'empire écroulé dont la nouvelle Armada, hâtivement formée et expédiée là-bas, tentait de ranimer le symbôle.

La nuit commençait. Elle sentait monter vers elle le flux de la misère humaine, déferlement dont l'ampleur la poursuivait jusqu'en cette pièce du palais où elle eut pu s'accorder l'illusion de l'insouciance. Si bien qu'au lieu d'éprouver sa liberté, elle ressentait l'épuisement des clochards effondrés dans les parcs, l'exaspération des épouses enfermées dans leurs HLM, la dégradation des femmes qui déambulaient dans Soho, et cette impatience des chômeurs et désœuvrés dont la prolifération prenait dans son esprit des proportions effarantes.

Dans ce fourmillement de corps dont elle percevait à distance la rumeur, elle entendait l'écho de son propre pouls dont l'accélération accusait l'angoisse associée au déclin de la lumière. Le silence de Buckingham Palace grandissait. Elle tendait l'oreille. Le grésillement du vide la recouvrait. L'inertie la gagnait. Craignant de sombrer trop tôt dans le sommeil, elle ouvrait un livre dont les pages se refermaient.

Elle se tournait alors vers la fenêtre, s'appliquant à suivre la progression de l'ombre sur les ors de la chambre. À demi assoupie, elle laissait vagabonder son esprit, imaginant les plages, les jardins, les lieux publics où elle n'avait jamais mis les pieds. Elle regardait son corps vieillissant, la blancheur débilitante des draps, et un malaise la gagnait. Elle aurait voulu se lever et oser suivre les corps impulsifs qui circulaient dans la ville. Une frustration la dévorait. On ne lui a jamais offert ce qu'elle avait toujours secrètement souhaité : une séance de cinéma, une course à Piccadilly Circus ou aux puces de Pettycoat Lane, une entrée dans un pub, une promenade dans Hyde Park. Elle-même se l'était toujours refusé, se sachant condamnée aux évasions imaginaires des reines, ces rites consolateurs dont la lourdeur finissait par écraser.

Lasse, elle s'enfonçait dans les régions intimes de la conscience, épousant les chutes et remontées d'exigences corporelles momifiées par trop de contraintes et d'habitudes, ces cérémonies interminables, ces rituels et formalités marquées de pompe, d'apparat, qui la hissaient au sommet des cultes sans assouvir son exigence de bonheur. Les occasions de plaisir étaient rares. On adorait son image. Elle eut préféré renoncer à l'adoration et s'abîmer dans la puissance d'accueil dont sa chair, en perpétuel état d'ascèse, lui révélait parfois l'indigence.

Dans la mémoire de son désir, il y avait à peine une date, une époque qui eut pu lui restituer son individualité charnelle. Elle était devenue le support visuel d'un blason royal regroupant les âges successifs d'une lignée qui se survivait grâce à l'effacement, en elle, de tout ce qui eut pu entacher la représentation monarchique. Mais une force irrésistible l'entraînait au-delà des attitudes affichées sur ces photographies qui circulaient de par le monde, la montrant comme une femme sans âge et sans exubérance, idole parée de joyaux, déesse introduite par défaut dans une généalogie mâle où son sexe, neutralisé à des fins supérieures, devait se satisfaire de sa fonction d'archive.

Dans la chambre, la lumière faiblissait. Des modifications s'effectuaient dans le regard de la reine. Elle suivait l'aurore boréale qui couvrait la terre et masquait les lésions de la ville. L'espace s'élargissait. Elle respirait mieux. Bientôt elle se dressait et arpentait des dunes arborescentes dont la luminosité aveuglait. Yeux fermés, elle faisait l'apprentissage du vol, de la lévitation. Ses membres se fortifiaient. Son souffle s'ouvrait. Elle allait de plus en plus vite. Elle ne s'arrêterait plus. Elle suivrait le lever et le coucher des astres jusqu'à cette culmination de désir et cette ébullition du sang garantissant la permanence de l'amour qui la comblait enfin.

Dans son emportement, elle ne s'était pas retournée. Elle avançait, légère, délivrée des lois de la pesanteur, affranchie de toute loi et de toute règle. Elle buvait le mélange d'air et d'eau qui gonflait sa bouche. Elle fonçait vers l'imprévisible, éprouvant l'explosion des sens, le ravissement du corps heureux qui s'éveillait en elle.

Une main d'homme lui frôlait les épaules. Elle sursautait, retenant un cri. Il la fixait, placide, son visage n'exprimant ni empressement ni inquiétude. Elle le sentait fasciné par sa nudité de reine et, en même temps, insensibilisé, possédé par un désir étranger à celui qu'elle eut pu lui prêter. Il avait les cheveux défaits, la barbe longue, le costume délabré. Il posait sur elle un regard plein d'ardeur et de provocation.

— How do you do ?

— How do you do.

— Je souhaitais vous voir depuis longtemps, Élisabeth. J'ai à vous parler d'une chose importante.

— Je ne crois pas avoir l'honneur de vous connaître, Sir. Que puis-je faire pour vous ?

— Ne dites pas un mot. Ne faites pas un geste. Oubliez que vous êtes reine, Élisabeth. Oubliez vos joyaux, votre couronne, vos écuries, vos colonies.

— Mais.

— Oubliez tout et regardez-moi, Élisabeth. Je suis venu vous livrer un message important.

— Votre Majesté se reposait, Sir.

— Votre Majesté est un mythe et ces dorures sont de la pacotille. Vous êtes un souffle ardent, une âme errante. Le reste est illusion, décadence élisabéthaine.

Il s'était assis sur le lit. Elle le voyait saisir la tige d'un chandelier en or et la replier entre ses doigts d'un mouvement brusque. Cet accès de sauvagerie la stupéfiait. Il pouvait l'atteindre sans la toucher. Comment cet homme avait-il pu escalader le mur d'enceinte, traverser la salle des timbres et franchir le couloir conduisant à sa chambre sans alerter les gardes ni déclencher le système d'alarme. Elle se frotta les yeux pour s'assurer qu'elle ne rêvait pas. Sa peur était réelle. L'homme était de chair. Il bougeait, parlait. Il dégageait une forte odeur de sueur.

L'œil aigu, il avait croisé les mains et la fixait, ne paraissant pas l'entendre. Espérant gagner du temps, ou même le sauver d'une impulsion regrettable, elle avait avancé : « Vous joueriez peut-être une partie d'échecs ? » Il ne répondit pas à sa question. Il revenait à son idée fixe.

— Sa Majesté est un mythe parce qu'elle a perdu son âme et que le monde en souffre. Ce collier aussi est un mythe. Il vous rend prisonnière des huîtres sacrifiées.

— Sir.

— Élisabeth, il faut rendre à la mer ce qui appartient à la mer. Il faut me suivre dans l'œuvre de libération et de purification nécessaire à notre rachat.

Il s'était avancé. Son souffle effleurait sa joue. Elle dégrafait le collier et le lui remettait avant qu'il ne la souille. Il la dévisageait, les pupilles dilatées. Cet homme était un fou ou un assassin. Elle glissait la main vers la sonnette d'alarme pour appeler son valet de pied. Elle régnait. Sa vie ne pouvait finir dans une mare de sang. Un passage d'Agatha Christie lui revenait à l'esprit. Elle retrouvait son sang-froid.

— You didn't tell me your name, Sir.

— Name ? répétait-il hagard. Je l'ai jeté à la Tamise avec mes balles de croquet et ma raquette de tennis. Je suis fils des dieux nouveaux. Je veux faire descendre sur vous le souffle éternel et le désir infini.

— Sir.

— Élisabeth, reine mortelle, écoutez-moi.

Silence total. Aucun bruit de pas. Aucun glissement de porte dans tout Buckingham Palace. Personne ne paraissait avoir entendu l'appel de la reine. Elle s'efforçait de sourire, s'accrochant à une autre réplique de la célèbre romancière.

— How kind of you, Sir.

— Élisabeth, vous devez immédiatement couper les liens qui vous enchaînent à Buckingham.

Il se rapprochait, lui soufflant en plein visage son haleine fétide, sa terrifiante avidité. On l'avait préparée à tout, composer avec le Parlement, délibérer avec l'évêque de Westminster, deviser avec les pontifes, prélats et chefs d'États du Commonwealth. On lui avait appris à traverser les mers, à courir les pays du royaume, à subir leurs spectacles, leurs coutumes, leurs plats, leurs récriminations. On l'avait initiée à l'art de porter la couronne, l'hermine, l'épée, le voile et le képi. Mais personne ne l'avait prémunie contre ceci. Un inconnu dans sa chambre, sur son lit, le seul endroit du palais où elle eut pu prétendre au respect de ses intimes volontés.

Mais peut-être n'arrivait-elle pas à identifier clairement la nature de ses volontés. Il répétait «Élisabeth», et l'arrogance sensuelle avec laquelle il prononçait son nom éveillait en elle des sensations violentes. Sa respiration s'était accélérée. Elle se sentait harcelée par une proximité charnelle, sollicitée par un désir dont l'urgence la forcerait à repousser cette bouche et ce corps dévorés par une exigence profanatrice.

Elle l'observait, s'étonnant de ne pouvoir surmonter son indécision, ne sachant plus si sa peur tenait à l'incongruité de la situation ou à l'ambiguïté d'une attirance qui l'avilissait. Mais, tant chez lui que chez elle, elle redoutait des gestes, une dégradation du langage, la brûlure de l'instinct. Avant tout, elle craignait la rupture de l'équilibre précaire qui maintenait cet homme en deçà de la fureur organique, le regard balayé par l'incandescence d'une vision dont elle percevait l'attrait destructeur.

Il s'était tourné vers la table de nuit. Il fixait le diamant qu'elle y avait déposé, le regardant scintiller au fond de son écrin de velours. Il se raidit, et tous les muscles de son visage se crispèrent. Elle vit qu'il tenait à la main gauche un cendrier de verre brisé dont l'extrémité, aiguisée comme une lame, pouvait, si elle relâchait sa prudence, effleurer sa gorge ou son poignet.

Il insistait.

— Vous avez du feu? Je veux votre feu, Élisabeth. Je veux votre souffle ardent à jamais.

Elle portait son regard vers la salle des timbres, laissant entendre à l'inconnu que son désir pourrait être satisfait en ces lieux où elle savait qu'un gardien veillait jour et nuit sur les collections de Buckingham évaluées à cinq millions de livres sterling. Apaisé, il s'agenouillait un instant devant elle et laissait retomber sa tête sur ses genoux. Puis il se redressait, paraissant avoir oublié le joyau qui avait capté son attention quelques minutes plus tôt. Elle-même se levait, désignant la porte où ils devaient se rendre.

L'homme tardait à la suivre. Son regard passait de la fixité rigide au clignotement nerveux. Sa vue se brouillait. Il ne voyait pas la femme de chambre entrer. Au centre de la pièce, les bras levés au ciel, il captait le faisceau lumineux de l'astre royal dont il avait souhaité la venue. Lorsqu'il détacha ses mains du plafonnier de cristal, des menottes emprisonnaient ses poignets.

Je ne sais pourquoi j'avais fait ce rêve après la lecture du *Times* qui exigeait la tête du chef de Scotland Yard, au lendemain de l'aventure du rôdeur de Buckingham, qualifiée de surréaliste par la presse britannique. J'ignore également pourquoi la visite des chambres de la maison Trestler me le remet en mémoire. C'est comme si l'absurdité de l'existence m'arrivait par ce fait cocasse qui démentait les prétentions de l'ordre humain, sa capacité d'absorber le hasard.

L'ombre qui grandit sous les fenêtres touche le plancher craquant du couloir où j'avance. Je descends l'escalier en rasant le mur. Eva, occupée à préparer la table, se retourne. Ses yeux sont larges, fatigués.

— Nous avons mis la maison en vente.

— La maison ?

— Nous ne pouvons plus tenir.

— C'est impossible. Je ne vous crois pas.

— Quand même.

Je ne peux imaginer que la maison Trestler puisse être vendue, cédée, transformée. Et pourtant, je reconnais qu'elle a peut-être rempli sa mission. Elle a servi de lien à deux époques, deux conceptions de l'existence, deux modalités de croyance. Aux témoins qui l'ont visitée, elle a permis d'imaginer ce que pouvait être la vie avant que l'on entende parler de café en capsule, de mémoire cathodique, de pluies acides qui donneraient envie de dire bonjour comment ça va ? voulez-vous faire un bout de chemin avec moi avant que le monde ne s'écroule ?

Benjamin rentre de la baie James où il a mené une campagne de souscription pour cent soixante-dix œuvres de bienfaisance de la métropole. Là-bas, il a vu pousser la linaigrette et le thé du Labrador. Il a vu des bancs de moraine, des lueurs boréales, des turbines géantes, des digues épiques. Il a entendu le tumulte colossal de la Caniapiscau. Il a survolé des bassins hydrographiques pouvant couvrir le quart du pays mère, de quoi approvisionner Montréal en eau pendant trois siècles. Nous n'aurions plus soif, jamais, d'aucune origine intouchable. Il dit « la Grande » avec une fêlure dans la voix. Il dit la Grande est la rivière mère, endiguée par trois barrages, qui reçoit Opinica majeure, Eastman et Petite Opinica dans son lit pour des coulades et des chants incompris des bailleurs de fonds.

Vingt mille touristes se rendent là-bas chaque année. À ma dernière visite chez le dentiste, j'ai trouvé des dépliants touristiques des agences Nord-Tour et Marco Polo qui annonçaient des départs pour le Grand Nord avec guides parlant français. On y vantait le *Disney World de la caverne LG2, la plus grande centrale hydro-électrique souterraine du monde, où les autocars ont l'air de jouets.* On y vantait des engins de science-fiction, un paradis futuriste, le génie d'une nature matée.

Je partais photographier les fleurs de la taïga. Mais, très vite, envahie par une sorte d'étourdissement comateux, ayant perdu le sentiment de mon corps, de l'espace, de la durée, je rengainais ma caméra. Je voyais la toundra éventrée, je pensais à la terre indienne disparue, aux pistes boréales broyées par les machines, et je souhaitais m'évader encore plus au nord, vers la baie d'Hudson ou la baie d'Ungava. Revient-on jamais de cet enfer grandiose après y avoir mis les pieds ? Benjamin en a rapporté des visions titanesques.

— La baie James, c'est le tonneau des Danaïdes du Québec. C'est extraordinaire, je n'ai jamais rien vu de tel. L'avenir est là. Tous nos budgets vont là. Il n'y a plus que l'énergie qui compte.

Le ressort énergétique était le nerf de l'avancement occidental. Le monde est maintenant un grand business center qui capte l'énergie, la transforme en capitaux, en devises, en programmes, en concepts. Même les poètes se recyclent. Ils écrivent la matière est énergie, irradiation, propulsion. Ce pas osé, ce baiser donné est le produit de l'agencement cybernétique, parlez, bougez, traversez la ville en émettant des ondes, et les pierres capteront les signaux et les néons multiplieront les appels.

Benjamin sert l'apéro. Un bulletin de nouvelles, diffusé par un transistor placé dans la pièce voisine, suspend ses gestes. Petite leçon de morale en temps de crise. À la Maison Blanche, un repas a été servi aux sénateurs américains avec des ingrédients prélevés des poubelles de Manhattan, et les convives ont été unanimes à louer la qualité des plats. Insensibles aux bonheurs gastronomiques, l'annonceur enchaîne avec un second message. Rien que dans la Belle Province, nous dépensons annuellement quatre-vingt-treize millions de dollars pour engloutir sous terre cinq millions de déchets non recyclables.

L'avenir appartient à ceux qui osent croire à l'opulence. La terre regorge de restes. Chaque jour, la planète dégurgite ses rognures, débris, fossiles, carcasses, résidus qui empestent l'air et forment au-dessus de nos têtes le smog que Prométhée rêve de dissoudre au fond de ses éprouvettes.

Benjamin continue.

— J'ai mis une maison en ruines sur pied. Maintenant, c'est fini. Si un marchand vient d'Arabie pour l'acheter, c'est O.K.

Mais aucun marchand d'Arabie ne s'est encore présenté, et la banque prêteuse s'impatiente. Eva parle de liquider des meubles pour alléger l'inventaire. Elle vendra des chaises, des lits, des tables, mais elle gardera le coffre de diligence de la grand-salle, le lit de camp de l'armée napoléonienne, le grand tableau de la voûte exécuté par un copiste de l'École de Paris, d'autres meubles, des objets aimés reçus d'amis.

Elle parle, et dans son visage éclate une anxiété juvénile qui me rappelle Catherine. Une lueur de joie remplit son regard, la ramenant à ces années folles où elle n'avait eu qu'à se laisser vivre, c'est-à-dire à vivre sa propre vie. Après cette dure expérience qui leur fit rénover une maison délabrée et la convertir en centre culturel, il leur reste à perdre une illusion. Cesser d'attendre la réalisation de promesses chimériques.

— Nous devions hériter du mobilier de Sir Antoine-Aimé, mais des voleurs l'ont emporté le jour où il devait nous être livré.

— Sir Antoine, le mari d'Éphigénie?

— Oui. Un mauvais sort. Ici même, on a été cambriolé souvent. Pendant la restauration, on s'absentait cinq minutes et tout partait, les appliques murales, les lanternes, les poignées de portes.

Je pense aux mauvais esprits de la maison Trestler dont parlait l'article du magazine, ces formes mutantes qui lézardent la croûte terrestre et fissurent la raison. Un ami a gardé la maison Trestler pendant une récente absence d'Eva et Benjamin. Chaque soir, au-dessus du piano, il entendait un bruit monter de la cave. Confondu par les forces de l'ombre, il se tournait vers le lac d'où surgissait, dans un clapotis mêlé de brouillard, une femme nue, très belle, très triste, qui portait pour tout vêtement un cordon noué à la taille. Elle avançait, portée par la chaleur nocturne qui ombrait de flou les contours de sa chair, et il saisissait le mouvement des hanches, la pâleur de la chevelure, la sensualité du regard. Il se levait pour aller à sa rencontre, mais elle demeurait lointaine, indifférente, évanouie dans le cri aigu qu'elle lançait avant de disparaître.

Plus tard, il avait blagué pour se donner une contenance. Il disait : « J'ai manqué chaque fois mon rendez-vous avec Ophélie », dégradant le souvenir du visage qui l'avait ensorcelé et obligé à marcher jusqu'au lac, jusqu'à cette concentration de chaleur émanant du point invisible où l'eau devenait chair. C'était l'été. Il avait fui la ville pour se réfugier dans cette habitation mystérieuse qui fascinait tous ceux qui l'approchaient.

Cette maison donnait à entendre un battement de temps étranger à cette fin de siècle. Mais, je le sentais, tout cela achevait. Les murs lâchaient. Les fondations craquaient. L'écume du lac pâlissait. Des sèves nouvelles travaillaient le jardin. L'avenir vacillait dans les mots passés qui encombraient la bouche. On disait encore «la maison Trestler» et non «la maison». Rompre avec le passé obligeait à des renoncements dont on mesurait, à chaque bout de phrase, l'impossible ascèse.

— C'est probablement nécessaire, mais je ne comprends pas, absolument pas.

Eva craint de voir saccager par les futurs acheteurs la vocation d'amour développée sous ce toit. Elle a toujours misé sur la nécessité de la tendresse, sur la force de passion qui circule d'une maison à l'autre, d'un corps à l'autre, dans tous les lieux de chaleur, de souffrance et de création où intelligence et fidélité coïncident. Elle et Benjamin se dissocieront momentanément de leur œuvre. Ils vendront. Ils n'abandonnent pas. Ils consentent au passage.

Le vent se lève, agitant la surface du lac. Un sifflement traverse la maison. Pendant son séjour ici, l'ami a ouvert les fenêtres du grenier, et les chauves-souris ont recommencé à infester les combles.

Benjamin éclate de rire.

— En haut lieu, on nous accuse d'être élitiste. On voudrait nous voir ouvrir une cantine d'ouvriers, un stand de frites, ou quelque chose d'approchant.

Eva enchaîne.

— Vous ne savez pas tout ce qu'on nous suggère. Hier, un vieil Allemand de Québec qui a éduqué une fille de Frobisher, découvreur de la Terre de Baffin, nous suggérait un téléthon.

— Un téléthon?

— Oui, pour couvrir l'hypothèque.

Une ombre balaie la fenêtre. Quelqu'un sonne avec insistance à la porte principale. J'accompagne Eva dans le hall. Une jeune femme de taille moyenne, dont les épaules disparaissent sous une épaisse chevelure rousse, se profile derrière la fenêtre. Une certaine avidité brûle son regard. J'ai à peine eu le temps de faire le rapprochement avec la walkyrie slave, qu'elle demande :

— On m'a dit que vous louez pour des mariages ?

— Non. C'est privé. On vous a mal renseignée.

La jeune femme regarde le lac, en convoite la surface crémeuse, la beauté immense. Sa voix supplie. Elle insiste, levant la main, et je me rappelle avoir vu l'autre ébaucher ce geste lorsqu'elle souhaitait voir satisfaire un caprice.

— Même pas pour un cocktail ? Une heure. Rien qu'une heure.

Eva referme sans répondre. C'est la saison des mariages. Hier, lorsqu'elle et Benjamin sont rentrés en fin de soirée, trois voitures les attendaient dans la cour. Ils ont surpris des gestes, des bouches dévorantes, des corps affamés d'accouplements. Des gens copulaient à leur porte pendant qu'ils crevaient d'angoisse à propos de cette maison.

En d'autres temps, ils auraient pu s'en réjouir. Plusieurs mariages avaient été célébrés dans cette maison. Celui du fils, superbe garçon dont j'avais vu la photo dans le boudoir attenant à leur chambre. Celui de parents et d'amis, nombreux, qui avaient cru aux vertus de la chair et à la générosité du sang.

J'ouvre le livre d'or feuilleté lors de ma première visite. «Onze février», me dit Eva pour m'épargner du temps. Je relis les mots qui m'avaient retenue. *En souvenir des instants trop courts passés à la maison Trestler et avec mes meilleurs sentiments.* — R.B. Cette phrase me semble avoir perdu son sens, comme si l'inscription du dignitaire ne témoignait plus que de la vanité des titres et de la fugacité des événements. Le caractère anecdotique de ces deux lignes souligne la brièveté de l'existence et l'inutilité de la croyance en ceux qui possèdent le pouvoir d'orienter l'histoire susceptible de l'immortaliser.

Passer à la cuisine me resitue au cœur de l'intrigue que je dois boucler. Sur la table, parmi les restes du déjeuner, j'étale une dernière fois le dossier Trestler. Sous le regard complice d'Eva qui ne saura jamais de quelle transparence elle est capable, je revois la rencontre de l'adolescente et de la femme, la lenteur qu'elles mettront à saisir les liens qui les unissent, les substitutions auxquelles elles se prêteront à travers ces actes notariés qui témoignent de la méfiance du père, de son acharnement à sévir contre ses filles, le prétexte de leur mésalliance masquant des règlements de comptes plus profonds dont les motivations échappent à la réécriture que j'en fais.

Cour du Banc du Roi, Montréal, extraits des plumitifs. Le litige traîne. La cause est remise à plusieurs reprises. La blessure s'incruste dans l'entêtement filial qui refuse de céder. Aucun geste, aucune tendresse n'aidera à oublier l'affront. Et pourtant, Catherine voudrait savoir s'il l'a aimée, s'il l'aime malgré son refus de l'entendre et de lui pardonner. S'il l'accepte à l'intérieur même de la répudiation qui les sépare.

Bientôt, elle le saura. Ce matin du 27 octobre 1812, elle est convoquée avec Éléazar au domicile paternel. Dès son entrée dans le bureau où elle s'était autrefois introduite clandestinement, elle renoue avec les murs sombres, la puissance austère de la pièce, l'odeur de tabac qu'elle croyait avoir oubliée. Elle reconnaît le silence lourd, la fenêtre étroite, les tensions qui se dénouaient plus tard, à table, lorsque toute la famille était réunie. Espère-t-elle vraiment la réconciliation ? Recroquevillée sur elle-même, elle ne livre que son visage lisse et ses mains nues, comme si elle évitait de trop s'exposer à l'homme sec, hargneux, qui distribue les places.

Il est face à elle, la dominant de sa voix, de son insensibilité. « Tu l'épouseras, mais ne remets plus jamais les pieds dans cette maison », avait-il dit le jour où il la chassait. Il a choisi, pour cette rencontre, le lieu de leur défaite commune, la maison Trestler où seront fixés les termes de la confrontation qui les oppose depuis deux ans. La femme assise devant lui par ordre de sa volonté, et l'époux qui l'accompagne pour valider l'acte juridique, lui sont étrangers. Mais elle est de même sang et de même souche en dépit des distances imposées. Cela ne peut s'oublier.

Le notaire effectue sa besogne machinalement, indifférent à ce qui se joue derrière les mots débités par sa voix grise. «Justement présent le Sieur Éléazar Hayst, marchand de la paroisse Saint-Michel de Vaudreuil, lequel promet de faire accepter les présentes par Dame Catherine-Josephte Trestler son épouse, aussitôt son âge de majorité l'autorisant à cet effet par les présentes mêmes.»

Catherine sursaute. Il y a erreur. Éléazar ne l'a jamais contrainte à rien qu'elle n'eut d'abord décidé. Leur union est heureuse, fondée sur l'égalité du désir et du travail. Elle accepte cependant la formulation. Cette phrase ou une autre, après tout, qu'importe. Les biens reliés à cette transaction dérisoire ont toujours moins compté pour elle que l'amour dont on l'avait privée. Et le père le sait, ou devrait le savoir.

Rien n'indique qu'il a compris le sens de sa requête. Il gagne à sa manière. Il se porte acquéreur de la terre de Quinchien située dans la seigneurie de Vaudreuil, entre le Chemin du Roy et la Rivière des Outaouais. Il achète les droits de succession de sa fille sur la propriété héritée de la mère de sang, sa première épouse, coupant ainsi l'ultime lien qui les unissait. En se réservant cette terre jouxtant la sienne, il les sépare à jamais. Catherine ne sera jamais sa voisine. Il lui verse quatre mille livres pour l'éloigner de cette propriété.

Pendant un bref instant, leurs yeux se croisent. Elle interroge le père dans l'homme impitoyable qui persiste à la rejeter. Continuera-t-il d'ignorer sa demande, de nier son enfance? Continuera-t-il de la décevoir et de la blesser? Elle regarde ce visage impassible qu'elle souhaiterait frapper. Il détourne froidement la tête comme s'il n'avait été atteint.

Elle sent sa haine grandir. Elle doit oublier cet homme, fuir ce front, ces lèvres, ces mains. Elle doit se détacher de son attachement même, quitter cette maison et n'y plus revenir, car tant de dureté la poussera à souhaiter la mort de celui qui lui impose un tel poids d'amertume et de ressentiment.

« Laquelle somme le dit vendeur a présentement reçue du dit acquéreur, achève le notaire. » Elle est vendeur. On lui impose une transaction d'hommes. Que fait-on de sa volonté de femme, de son nom de femme, ce prénom choisi par la mère, qu'elle porte depuis toujours, et que son époux épelle en syllabes de feu dans l'intimité de leurs nuits. À quoi sert cette appellation démentie par les termes de la loi. L'acte de vente est terminé. Elle doit s'y reconnaître, s'y conformer.

« Les dits époux ont volontairement reconnu et confessé, par les présentes, avoir vendu, transporté et délaissé dès maintenant et à jamais les droits à la succession de feue dame Marguerite Noël. » La boucle est refermée. Il cède, mais il ne se rend pas. Il achète puisqu'il ne peut vendre. Éléazar signe le premier, étalant sa calligraphie de prince au-dessus de celle, lourde et massive, du roturier qui l'a déjà traité de va-nu-pieds. Puis Catherine s'exécute, usant de ce tracé lent, épais, qui témoigne à son insu de son appartenance au clan Trestler.

Elle hésite avant d'enchaîner la dernière lettre. Encore maintenant, elle renoncerait à cette somme pour acquérir le seul privilège qui pût la satisfaire, ses droits à l'amour filial. Elle regarde une dernière fois celui qui se dérobe. Elle voudrait lui demander s'il accepterait de connaître son petit-fils, ce deuxième enfant qui lui est né, un garçon fort et robuste comme il les aime et dont il serait fier.

Mais il s'est levé. Il a déplacé sa chaise et fait craquer une allumette sous son soulier. Il a mis le document dans sa poche et allumé sa pipe, échappant à la demande qui le pressait. Catherine l'implore en silence une dernière fois. Puis, comprenant qu'il ne fléchira pas, qu'il restera emmuré dans son orgueil, elle bouge à son tour, défaite, humiliée.

Une fois dehors, elle avance dans l'allée pierreuse, regardant la cour roussie par l'automne, le sous-bois où elle a joué, enfant. Elle examine le massif de crysanthèmes, le portail, le lac, comme pour fixer des détails qui pourraient lui échapper. Elle fouille le paysage, lui imposant les contours et la profondeur de son regard. Puis elle se retourne vers la maison Trestler, envahie par quelque chose d'étranger à la pitié ou à l'espoir. Elle effacera ce qui s'est déroulé là-bas. Elle reprendra sa vie où elle l'a laissée.

— Éléazar, jure-moi que cet argent n'a jamais compté entre nous.

— Tu sais bien que ça n'a jamais compté.

— Dis-moi qu'il sera léger à porter.

— Il le sera.

— Ajoute que tu pourrais jeter ces quatre mille livres au fond du lac si je te le demandais.

— Je le pourrais.

Elle se détache de lui, le dévisageant comme si elle le voyait pour la première fois. Il est tout ce qu'elle possède, avec son fils. Tout ce qu'elle a voulu éprouver comme son unique bien et son unique bonheur. Sa voix se durcit.

— Tu le pourrais, mais tu ne le ferais pas.

— Catherine, cet argent vient de ta mère. Il te revient. Il ira plus tard à tes enfants. Tu en as déjà un, tu en auras d'autres.

— Et que ferons-nous de tout cet argent ?

— J'agrandirai le magasin. Tu t'achèteras des robes, des livres, des bijoux. Nous nous achèterons aussi une ferme, des poules, des lapins.

Il allonge la liste, et elle l'écoute, n'essayant pas d'intervenir ou de se protéger de ses excès. Elle l'aime ainsi, impulsif, passionné par toute entreprise qui puisse satisfaire son avidité à vivre. Il baisse la voix et lui rappelle leur amour. Ses gestes s'alourdissent. Leurs corps se rapprochent. Ils montent dans la voiture qui les ramène à Saint-Michel.

Je reconsidère les documents, essayant d'établir des points de convergence entre cette conciliation ratée de la fin d'octobre et les événements politiques de l'époque. Je ne sais comment Trestler avait réagi à la menace d'occupation américaine qui pesait alors sur le Bas-Canada, ni comment il avait accueilli la nouvelle de la victoire de Châteauguay.

À l'été de 1813, ses affaires paraissent décliner. Le volume de ses achats décroît. Le four à potasse fonctionne au ralenti. Dans les écuries, les bêtes somnolent, à peine éveillées par la distribution des grains. Quelque chose se détraque dans l'ordonnance du travail et l'accomplissement des gestes. La vigueur du négociant s'altère. Il reçoit des signaux d'alarme. Un épuisement du corps l'obligeant à se soucier de frayeurs et d'obsessions encore jamais ressenties, une aggravation du mal mystérieux provoquant un essoufflement, un rétrécissement de la voix. Tous ces symptômes se manifestant à son esprit inquiet comme l'avalanche de maux qu'il n'a pas su prévoir, la somme d'obstacles qu'il n'a pas pu surmonter.

Ce matin, en se rasant, il observait dans la glace son visage tiré et pressait du doigt le nœud qui lui obstruait la gorge, comme s'il espérait conjurer la menace. Il tirait sa langue blanche, essayait d'apercevoir ce qui se dérobait à l'examen, mais il ne voyait qu'un frémissement de papilles, des fibres roses, une masse de tissus fuyants, contractiles, qui accroissait l'angoisse au lieu de la dissiper. Et de se répéter qu'il n'avait que cinquante-six ans ne le rassurait nullement. La vie pouvait l'abandonner brusquement, sans crier gare, et cela lui paraissait injuste, révoltant même.

Il se savait trahi par des forces supérieures à sa volonté. Lui qui avait toujours tout régi, contrôlé, administré,

échouait à enrayer ce mal qui continuait de le dévorer malgré
la propriété de Rigaud échangée, dix ans plus tôt, contre la
recette infaillible qui devait le guérir. On l'avait abusé. Il
sentait le chancre envahir le larynx, étendre ses tentacules
jusque dans la poitrine. Il sentait son cœur manquer, sa vue
faiblir.

Depuis quelques jours, ses perceptions se brouillaient.
L'espace de sommeil se confondait au temps de veille. La nuit,
il entendait des corbeaux planer sur le lac, même si Marie-
Anne Curtius le persuadait du contraire. Le jour, il regardait
le froid sévir, la neige tomber, et des coulées de glace
figeaient ses os. Il se tenait parfois longtemps debout devant
la fenêtre, le front touchant presque la vitre, occupé à
contempler le vide, comme s'il n'attendait plus rien ni
personne.

Rêvait-il, lui qui paraissait avoir si peu rêvé ? Dans ces
moments d'immobilité, revivait-il son enfance à Mannheim,
son besoin de quitter les siens pour s'expatrier en Amérique,
ou ne percevait-il que sa fatigue, le néant pressenti au-delà
du point fixé ? En le regardant ainsi posté devant la fenêtre
donnant sur le lac, j'avais l'impression qu'il cherchait à
exprimer sa détresse, à faire un aveu dont je mesurais
l'humilité. Je croyais deviner qu'il consentait à la maladie, au
délabrement.

Il fermait les yeux. La lumière ne l'atteignait plus. Il se
détachait du mur en titubant. La vigilance de Marie-Anne
Curtius s'était relâchée. Elle ne le voyait pas se frayer un
chemin en se cognant aux meubles. Elle n'entendait pas le
gémissement retenu. Il sombrait seul dans la chambre éteinte.
Il entrait seul dans la nuit de la mort.

À Saint-Michel, un cauchemar a tiré Catherine de son sommeil. Captant l'irradiation du mal qui venait à elle, la jeune femme s'est aussitôt levée. Elle a jeté un châle sur ses épaules, puis elle a commencé à errer dans la pièce, inquiète, agitée.

Un mal inconnu la touche, qui se répand dans sa gorge, son ventre, ses cuisses. Elle se sent totalement atteinte, blessée comme elle ne l'a encore jamais été. Elle voudrait crier, se libérer de la violence de la prémonition, mais lorsqu'elle tente d'approfondir la mémoire des sensations qui l'ont obligée à quitter le lit, elle ne peut rien retracer.

Brisée, elle avance vers la fenêtre dont elle tire les rideaux. La nuit est noire sur la campagne déserte. Immobile, elle fixe un point lointain pour se donner le temps de mesurer l'étendue de son deuil. Personne ne l'a avisée, mais elle sait. Cette douleur animale, cette fulgurance de la mémoire ne trompe pas. Tout le passé a défilé dans sa tête en un éclair. La maison, le lac, le chenal. Son départ, la dernière visite là-bas, l'ultime confrontation, la dissolution de son désir d'aimer cet homme.

Seule éveillée, elle se familiarise avec le poids de solitude qui l'accable. Elle absorbe l'impression de vide et d'effarement qui la touche, ce déchirement rattaché à un visage dont elle se rappelle les détails : les yeux bleus, le double menton, la lèvre inférieure tombante, les cernes gris sous les paupières. Elle ne désire pas davantage fuir cette vision qu'elle ne souhaite échapper à la souffrance qui l'afflige, sachant qu'elle aura toujours assez de vitalité pour traverser l'épreuve. Mais, incapable de se fixer, elle marche, espérant atténuer sa souffrance, déplacer le mal qu'elle sent répandu dans tout son corps et dans des milliers de corps semblables au sien.

L'homme qui l'a rejetée n'est plus derrière elle. Il n'y a peut-être jamais été, mais il nourrissait la mémoire. Il était celui qui permettait de situer les choses au commencement. Celui qui contrariait ses désirs, étouffait ses élans. Mais elle lui a résisté. Et elle résiste encore à travers ce degré d'absence plus poussé qu'il lui impose, et dont elle ne peut saisir l'ampleur tant la soudaineté de l'événement la frappe.

Des paroles se forment dans sa bouche. Elle voudrait parler, s'expliquer, franchir la distance qui les a toujours séparés l'un de l'autre. Elle voudrait amorcer la réconciliation définitive, réaliser l'impossible rencontre. Mais les mots se refusent. On ne la délivrera pas. Elle n'aura jamais le temps de rattraper la mort. Le nom qui la torture ne passe pas ses lèvres.

Portée par la violence du deuil, elle va et vient dans l'espace étroit qui sépare le lit de la fenêtre. Coller son front à la vitre glacée l'aiderait à insensibiliser la douleur, à en neutraliser les effets. Mais elle se contente de regarder tomber la neige pendant quelques secondes, d'en détailler la crudité blanche, et elle recommence à marcher, hagarde, comme si toute direction lui échappait, comme si le mouvement qui la meut venait de la douleur elle-même. Elle se prête à cette traversée du corps par le mal, éprouvant chaque écartèlement des os, chaque déchirement des chairs, comme autant de morts dont elle doit sur-le-champ faire la somme.

Cette coupure, elle croit l'avoir déjà ressentie. Elle imagine avoir déjà baigné dans un espace corporel. Elle reposait dans une femme, couverte du rayonnement maternel dont elle goûtait la transparence et la rondeur. Mais on l'arrachait à cette lumière, on la soustrayait à cette nourriture essentielle, et elle perdait le goût de l'enfance. Ensuite, elle ne put qu'espérer le retour d'une si parfaite plénitude, d'un si total accord.

Cette désolation charnelle, elle l'éprouva plus tard lorsqu'elle l'attendait, lui, couchée derrière le portail, brûlée par le soleil. La respiration du lac gonflait sa poitrine tandis que s'immobilisait l'embarcation. Alors il avançait. Il passait. Il était passé sans la voir, et il lui eut suffi, pour être heureuse, que cette main et cette bouche se fussent posées sur elle. Ensuite, c'était trop tard. C'était le pourrissement de la joie, l'abandon intolérable.

Comme autrefois, l'envie de boire s'empare d'elle. Elle se rend à la cuisine vider le reste de café d'orge abandonné sur le poêle. Puis, une fois revenue dans la chambre, elle s'approche du lit.

— Éléazar, il faut vite aller là-bas. Quelque chose est arrivé.

Je les accompagne sur la route poudreuse, à l'aube, au début de décembre. Entre eux, aucune phrase, aucun geste. Il la regarde, défaite, ravagée. Il voudrait l'aider, mais il sait que cet arrachement ne souffre aucun partage. Il peut seulement tenter de l'accompagner dans sa propre mort, la suivre dans ce retour auprès du père qui la rejetait encore lors de l'odieuse séance de signatures terminant le règlement de la succession maternelle.

Elle passe le seuil de la grande maison. Elle retrouve l'atmosphère ancienne, les planchers sombres, les murs épais. Elle reconnaît la densité du silence, l'odeur de pierre. Confrontée à ce qui l'a déjà contrainte, elle effectue, méfiante, un mouvement de retrait, retardant le moment de pénétrer dans la grand-salle. Ces retrouvailles éveillent sa rancœur. Il est trop tard. Ses yeux sont secs. Elle voudrait fuir.

Elle n'ose avancer, craignant de ne pouvoir trouver le répit qui la délivrerait du pardon cent fois accordé, cent fois retiré. Quelqu'un s'approche. Sa sœur, la familiarité d'une voix. Alors elle se met à pleurer comme si, en l'entendant, elle prenait subitement conscience de partager la même perte, la même blessure creusée dans une même chair dont on les a trop tôt dépossédées.

Dans la chambre, elle le trouve. Son front rend une lumière blanche. Ses lèvres sont closes. Ses mains n'interdisent plus, ne préservent plus. Elle se sent touchée, à nouveau éconduite. Elle ne peut rien recommencer, rien corriger ni effacer. Elle ne peut recréer cet homme. Elle ne peut assumer sa chute, ni se rendre là où il s'est rendu.

Plus tard, elle se souviendra de l'intolérable. La connaissance de l'impossible révélée par la position du corps immobile suspendu dans sa marche vers les ténèbres. Alors elle regrettera de ne pouvoir oublier, de ne pouvoir se décharger du poids de la mémoire. Amnésique, elle comprendrait sans souffrir.

Peu après, je quittai la maison Trestler pour réintégrer mon bungalow. Le ruisseau coulait paisiblement comme si rien ne s'était passé. En entrant, je jetai ma serviette sur un fauteuil et fis le tour des pièces. Puis je filai vers le bureau de Stefan où je retrouvai, parmi ses papiers, le billet resté sans réponse. « Je voudrais te parler ». La feuille où avait été rédigé ce message accusait deux ans de retard. Je n'ai jamais su tenir un agenda à jour.

Cela avait-il encore de l'importance ? Les mots arrivent toujours trop tard. Nous lançons des appels, nous posons des ultimatums, nous rédigeons des lettres, des contrats, des livres. Mais tout ces mots altèrent à peine l'exigence du désir, mais tous ces signes entravent à peine la marche du temps. Cela n'atténue pas l'usure des chairs, la brutalité de certains cycles, la violence de certains gestes. Cela n'empêche pas la mort des choses, des gens, des bêtes.

Souhaitant voir les fleurs, je traversai la salle à manger pour aller du côté de la terrasse. Dans leur effort pour atteindre la terre promise, un pot de miel laissé sur la table avec un bout de pain et un reste de café, trois mouches s'étaient écrasées entre la vitre et la moustiquaire. Je soulevai le grillage qui les gardait prisonnières. Elles tombèrent sur le paillasson en faisant entendre un bruit sec. Le ciel s'était couvert. Il pleuvait presque. Je refermai la porte.

À l'intérieur, le silence grandissait. J'arrivais au bout de l'aventure. Au terme du romanesque. La solitude éclaterait bientôt à l'intérieur du corps comme une exigence supérieure de l'amour, une plénitude de détachement que je n'avais pas le loisir de refuser. Mais cela arrivait trop tôt. Je n'étais pas prête. La nuit venait. L'obscurité réveillait mes peurs.

Dans le flou du regard, la presqu'île chavirait. L'eau du ruisseau pénétrait dans le ventre de la terre en passant par ma bouche. Mes jambes chancelaient. Je craignais de ne plus pouvoir tenir. J'hésitai quelques minutes dans l'espace déchiqueté où s'effritaient des lambeaux de passé, puis je me souvins que Catherine aimait les fleurs. Remettant à plus tard le choc de l'absence, je sortis acheter des plants vivaces pour la rocaille.

La voiture était encore chaude. Je me glissai sur les coussins de moleskine et tournai le volant, happée par la rue qui s'enfonçait dans le versant noir de la montagne. Je n'entendais plus que le ronflement du moteur. Une buée fine collait au pare-brise. Je suivais les courbes de la chaussée et, dans ces lieux où je m'enfonçais, des fragments de lumière me recouvraient. Ma vigilance tombait. La somnolence m'attirait comme une drogue.

Le lendemain, après une nuit blanche, je trouvai en première page du journal déposé à ma porte : *La plus grande étoile va mourir demain.* Les mots ne prolongeaient pas la vie des astres, mais ils nous en apprenaient le déclin ou la chute. Eta Carinæ, l'étoile la plus vaste et la plus lumineuse de la voie lactée, achevait sa révolution. Dire que sa disparition était proche, écrivait l'agence Reuter, signifiait qu'elle pouvait exploser à n'importe quel moment d'ici cent mille ans. Cette étoile était cent fois plus grande que le soleil. Sa vie aurait dû durer quelque deux millions d'années.

Eta Carinæ me rassurait. Elle me replaçait dans l'orbite des temps immémoriaux, des espaces illimités. Elle inaugurait un cycle qui anéantissait la mémoire. J'oubliais le départ de Stefan, la chute de la maison Trestler, l'angoisse

d'Eva et Benjamin. J'oubliais le compte rendu de futurologie
que je devais rédiger sur les neuf pays des Amériques
répertoriés par le *Washington Post*, parmi lesquels figuraient le
Québec, Mexamérica, Écotopia, le Grand Désert.

J'oubliais Catherine, la mort du père. J'oubliais chacune
des vies et des morts en suspens dans nos veines. J'oubliais
les légendes apprises, le roman inachevé. Il n'y avait pas
d'histoire possible, mais des récits, des anecdotes, des épisodes. Pas d'amour ni de destin durables, mais des coïnci-
dences, des audaces, des sursis gagnés sur le hasard.

Chaque minute de vie nous plongeait au cœur d'une
fiction grandiose qui pouvait nous anéantir ou nous trans-
figurer. Eta Carinæ, c'était le futur déjà commencé. C'était le
double de Catherine, la fusion du temps vécu et du temps
rêvé.

À la suite de cette lecture, je repris la vie solitaire. Je
traversai le bungalow désert et recommençai le tour des
chambres. Puis je fis l'effort d'entrer dans mon bureau et de
m'asseoir à ma table de travail. Très vite, mon cahier s'est
refermé. Je n'écrivais plus. Je ne me préoccupais plus de la
suite. Le huitième jour commençait.

COMPOSÉ AUX ATELIERS
GRAPHITI BARBEAU, TREMBLAY INC.
À SAINT-GEORGES-DE-BEAUCE

Achevé   Imprimerie
d'imprimer Gagné Ltée
au Canada   Louiseville

Réimpression février 1990